AF166151

Le Diable joue en Do Majeur

FSC
www.fsc.org
MIXTE
Papier issu
de sources
responsables
Paper from
responsible sources
FSC® C105338

Micheline Cumant

Le Diable joue en Do Majeur

Édition : BoD – Books on Demand,
12/14 rond-point des Champs-Élysées, 75008 Paris
Impression : BoD – Books on Demand, Noderstedt, Allemagne

Dépôt légal : Juin 2021
ISBN : 9782322268986

Le Chat

De sa fourrure blonde et brune
Sort un parfum si doux, qu'un soir
J'en fus embaumé, pour l'avoir
Caressée une fois, rien qu'une.

C'est l'esprit familier du lieu;
Il juge, il préside, il inspire
Toutes choses dans son empire;
Peut-être est-il fée, est-il dieu?

Quand mes yeux, vers ce chat que j'aime
Tirés comme par un aimant,
Se retournent docilement
Et que je regarde en moi-même,

Je vois avec étonnement
Le feu de ses prunelles pâles,
Clairs fanaux, vivantes opales
Qui me contemplent fixement.

Charles Baudelaire,
Les Fleurs du Mal, section II

I.

Je m'appelle Étiennette. Eh oui, tout le monde ne peut pas se prénommer Marilyn ou Anastasia. Et je suis pianiste. Non, ne cherchez pas dans les annonces de récitals, je ne suis pas une grande virtuose. Juste une musicienne honnête, consciencieuse, qui a suivi ses études au Conservatoire, a réussi ses examens parce qu'elle a bien travaillé, et maintenant je suis professeur de piano et j'accompagne des cours de danse. De temps en temps, je donne un concert avec des collègues, j'aime particulièrement jouer des sonates, des quatuors de Mozart, Schubert, avec eux je vis une parenthèse dans le monde terrestre, la musique nous offre le pouvoir d'arrêter le temps, c'est une tranche de vie parallèle. Ce qui se passe avant ou après n'est qu'une routine, une existence purement « biologique », je me sens un être humain avec tout ce qu'il a d'immatériel, d'infini, pendant que s'égrènent les notes, elles sont ma nourriture hors de celle du corps.

Présentement, je viens d'accompagner un cours de danse. Un, deux, trois, tournez, pas de bourrée, un, deux, trois, saut de chat... Les enfants, garçons et filles, s'appliquent, ils font de leur mieux. Pour le professeur, ils apprennent la discipline, une discipline autrement plus contraignante que celle du sport, il faut être efficace, mais aussi esthétique dans ses mouvements. C'est bien, dit-elle, mais elle déplore que l'on accepte tous ceux qui le souhaitent dans cette classe, certains n'ont pas le physique adéquat, sont un peu raides ou trop souples, leurs gestes sont disgracieux, et encore ils sont très jeunes, tout le monde les trouve mignons. Surtout les parents, persuadés d'avoir engendré une nouvelle Pavlova ou un nouveau Nijinsky, qui viennent se plaindre que leur rejeton n'a pas eu la « mention très bien ». J'ai les mêmes dans mes cours de piano, il va sans dire, « on n'a pas donné son examen à mon enfant, pourtant il a beaucoup travaillé ! » Comme si l'on apprenait la musique pour avoir un diplôme... Déjà, pour un professionnel, les concours, les jugements sont pénibles, alors, pour un gamin... On arrive toujours à jouer, plus ou moins bien, mais du moment qu'on se fait plaisir...

Dans un moment, il y a un autre cours, des élèves plus grands. En attendant, je travaille pour moi, il me faut étudier cette pièce de Bach que je dois jouer à l'orgue. Oui, je tiens l'orgue à l'église, j'ai réalisé là un rêve de jeunesse, moi qui suis plutôt petite, un peu boulotte, je puis dompter un instrument gigantesque, remplir un édifice non moins vaste d'une atmosphère sonore, être pendant quelques instants le maître de cet endroit, comme si l'on soutenait la voûte par les notes qui jaillissaient des tuyaux. Ma timidité s'efface quand je suis là-haut, à la tribune, et alors que je n'aime pas me faire remarquer, je cède à un désir de puissance, de domination... On a tous sa face cachée.

Et voilà que ma douce quiétude est quelque peu dérangée. Par ce collègue, un gros type qui joue du saxophone et donne des cours de solfège, pardon, de formation musicale, le terme est, paraît-il, moins rébarbatif. Il est toujours près de la salle de danse quand les grandes élèves arrivent. Il fait semblant de s'intéresser, mais il mate leurs formes et marmonne des réflexions déplacées entre ses dents, et après il raconte à ceux des collègues qui veulent bien l'entendre que les danseuses cherchent à attirer son attention, en les traitant de petites vicieuses et autres qualificatifs vulgaires. L'enseignante l'a remarqué, et elle l'admoneste vertement s'il traîne dans les parages, elle est plus âgée et plus ancienne dans la maison. Malheureusement, elle a une assistante, une jeune femme très gentille, très compétente, mais extrêmement naïve, qui lorsqu'elle voit des élèves adolescentes gênées par des hommes qui les regardent avec une expression un peu douteuse, leur dit qu'elles doivent s'habituer à évoluer en public... Pour elle, les quelques gars qui s'arrêtent devant la fenêtre de la salle dont elle s'obstine à laisser les rideaux ouverts, et rigolent en faisant des gestes obscènes, sont des admirateurs férus d'art chorégraphique. On se demande d'où elle sort... Je le lui ai fait remarquer, l'autre professeur également, mais elle ne comprend pas, apparemment.

Le collègue s'approche de moi, engage la conversation. Tout ce que je ne souhaitais pas, pour une fois que j'ai un moment pour travailler... « Tu joues ? » « Non, tu vois bien que j'épluche des patates... » « Pardon ? Qu'est-ce que tu racontes ? » Et le voilà tout près, il s'appuie sur le piano, me fait un sourire qu'il doit croire enjôleur, il m'énerve, je lui demande : « Tu n'as pas cours ? » « Dans un moment. Je te dérange ? » « Oui, j'ai du travail » « Ah ? T'es dans Chopin ? » « Non, Bach » « Ah, bon, je ne suis pas passé loin » « Juste un siècle de différence. Bon, tu me laisses, maintenant ».

Mais non, il reste planté là. Une élève arrive en avance, elle le voit, elle ressort de la salle. Il n'y a pas qu'à moi que ce type fait un effet de repoussoir. Je joue, il est tout près de moi, appuyé sur le bord du piano, à ma droite, du côté des aigus. Du coup, j'ai envie de descendre dans le grave, pour m'éloigner. Mais pas de chance, ça monte.

Eh, là, qu'est-ce que je fabrique ? J'ai tout décalé, je monte dans l'aigu... flûte, ce type m'énerve, il me fait dérailler. En plus, il est incapable de faire la différence entre Bach et Chopin... Mes doigts courent tous seuls, je fais n'importe quoi, la-sol-si, si-la-do, si-la-do, do-si-do... Et je suis arrivée à la note la plus haute du clavier, un do. Je le tapote, je répète « do-si-do » de plus en plus fort, de plus en plus vite.

Et toc, un « do » plus fort, je me suis même fait mal au doigt. Et le collègue a sursauté. Il est donc capable d'avoir mal aux oreilles ? Ah, non, il se tient le ventre, il a dû se cogner sur le côté du piano. Voilà ce que c'est que de serrer de trop près la pianiste. Il se recule, bafouille deux mots, les mains toujours sur le ventre. Il s'excuse — c'est bien la première fois — et il s'en va, en faisant la grimace.

Je dis merci au piano d'avoir des coins bien durs et bien pointus. Et je reprends mon morceau de Bach, pendant que les élèves arrivent, en ayant pris soin de laisser sortir le casse-pieds et en se tenant à distance.

II.

À peine suis-je rentrée chez moi que mon portable sonne en même temps que le fixe. Ce dernier étant plus accessible — attraper un portable nécessite un laborieux travail d'exploration au fond du sac ou de la poche — je prends l'appel. C'est Mathieu, mon copain, il veut que je lui confirme que l'on se voit bien ce samedi. Mais oui, je suis là, tu viens, mais à quelle heure ? Bon, d'accord, au restaurant, ensuite on ira à cette exposition dont tu me parles depuis longtemps. Mais oui, t'ai-je déjà fait faux bond ?

Mathieu n'est pas musicien, quoiqu'il ait pris quelques cours de piano dans son enfance, mais il pourrait l'être, c'est un hypersensible qui n'a jamais pu devenir enseignant, il prenait les choses trop à cœur. Heureusement, il est assistant dans une unité de recherche en histoire, il fouille dans des grimoires, il n'a affaire qu'à des universitaires de haut niveau, qui ne se préoccupent pas de sa tenue vestimentaire ou de sa façon de s'exprimer. C'était cela qui m'avait plu en lui, sa timidité, sa délicatesse, pour lui un petit mot a une valeur quasi sacrée, on a du mal à lui faire comprendre quand on plaisante. Bien que tenant à lui, je ne tiens pas à ce que nous vivions ensembles, nos horaires ne sont pas les mêmes, j'habite la banlieue ouest, lui le cinquième arrondissement. Il vit un peu comme un nomade, mais il est extrêmement maniaque : son appartement est toujours impeccablement rangé, il traque la moindre poussière, ses vêtements sont toujours propres, bien pliés, mais il en a peu, il ne sait pas les choisir, d'ailleurs il s'en moque, il vit avec le strict minimum, ne sait bien acheter que des bouquins ou des CD, qu'il range ou empile avec un souci de symétrie digne d'un architecte. Il reste des heures sur son ordinateur à discuter avec des chercheurs basés au bout du monde, passant d'une langue à l'autre, et s'aperçoit immanquablement au moment de dîner qu'il n'a rien dans son frigo et qu'à l'heure qu'il est, les magasins sont fermés.

En ce qui me concerne, je déteste faire le ménage et la cuisine, j'assure le minimum, et je ne veux pas devoir me disputer avec quelqu'un qui ne peut pas laisser un peu de désordre, il risque de perdre du temps à insister pour faire la vaisselle, ranger un vêtement qui traîne et va prendre une heure à recoller un bouquin abimé. Cela m'énerverait, du coup il ne saurait plus où se mettre, se fâcher pour des assiettes ou une pile de linge, ce serait idiot. Ne partageons que les moments agréables, pas les corvées ! Et il s'angoisse, il faut toujours que je lui confirme nos rendez-vous. Une fois, ayant oublié que j'avais une répétition de musique de chambre, je lui ai posé un lapin. Il en a été malheureux, a cru que je ne voulais plus le voir, n'a pas osé me téléphoner, et quand je l'ai appelé il a pris l'air indifférent, ce n'était pas grave, il ne cherchait pas à s'imposer... je m'étais confondue en excuses, j'avais oublié, mal noté le jouer et l'heure, bref...

Du coup, il me fait confirmer à plusieurs reprises. C'est du moins ce qu'il dit, en fait j'ai l'impression qu'il veut surtout parler, d'ailleurs moi aussi, mais notre « prétexte » c'est « je t'appelle pour confirmer/infirmer le rendez-vous de... » et ensuite on bavarde pendant un moment. Il s'est retrouvé un jour en dépassement de forfait téléphonique, un collègue lui a signalé qu'il avait droit à quelques numéros favoris, résultat le mien figure en tête et on passe des heures à discuter de tout et de rien. Mais là, il a fait celui du fixe, attention, ce n'est pas le même numéro, raccroche, je te rappelle. Mais oui, je te rappelle.

En fait, je suis aussi peu sûre de moi que lui, au début de notre relation je n'osais pas lui téléphoner, lui non plus, ce qui fait que nous avons mis du temps à trouver nos marques, notre style de vie. Il ne savait pas s'il devait me dire Mademoiselle ou utiliser mon prénom, et, estimant qu'Étiennette, c'était un peu trop long, il s'était risqué à m'appeler Titine, imitant Juliette, une amie de toujours. Je n'avais rien contre, du coup, tous nos amis croient que c'est un diminutif de Valentine, on s'en moque, on a le prénom qu'on peut, on n'a pas choisi.

Avec Mathieu, nous nous voyons le week-end, sauf si j'ai une répétition ou un concert, mais en ce cas il vient m'écouter, nous allons ensuite chez moi, j'ai des affaires de toilette et des vêtements de rechange pour lui, et tout se déroule normalement, sans que nous remettions nos rapports en question. De temps en temps, nous nous rencontrons dans la semaine, surtout durant les congés scolaires, j'aime bien aller lui rendre visite à son bureau, cela sent le vieux livre, même s'il y a pas mal de poussière, je fouine dans cette bibliothèque, son collègue me passe parfois une partition ancienne. Nous sortons aussi avec des copains, mais nous en avons peu, ils sont choisis : il y a Juliette, mon amie d'enfance, c'était elle qui m'avait poussée à oser parler à Mathieu les premiers temps, elle connaît tout de ma vie, comme je connais la sienne. Il y a une de mes partenaires, Alice, violoniste, elle est à peu près aussi timide que Mathieu, sauf quand elle joue du violon, sur une scène elle n'a plus peur de rien, le trac elle ne sait pas ce que c'est. Il y a également Jean-Claude, un collègue de Mathieu, et sa compagne, journaliste. Et Günther, un chercheur allemand avec qui Mathieu est en contact permanent par Internet interposé, qui loge chez lui à Paris, quand ils sont ensembles le monde extérieur n'existe plus, c'est à peine si je peux entrer chez mon copain ou placer un mot dans leur conversation, tout juste bonjour et au revoir. Je ne leur en veux pas, c'est ça la passion...

Ce soir, je n'ai pas envie de trop parler, il y a quelque chose qui me trotte dans la tête. Nous discutons une petite demi-heure, on se dit « à samedi », tout en sachant que l'on va s'appeler encore demain et après-demain. Et je me souviens que mon portable a sonné, qui... c'est la directrice de mon école de musique.

Il paraît que le collègue qui m'a importunée a eu un malaise en fin d'après-midi. Elle me dit que cela a commencé dans la salle de danse, vous n'avez rien remarqué ? Mais non, à part le fait qu'il m'a dérangée alors que je travaillais, et qu'il continue à mater les danseuses. Qu'est-ce qu'il a eu ? Quelque chose comme un problème digestif, il est parti en renvoyant ses élèves, pour aller chez le médecin. Ah, bon. S'il pouvait être malade quelques semaines, on aurait la paix... La directrice m'explique qu'elle a pensé à un quelconque produit toxique, peut-être un liquide de nettoyage, il n'y a pas eu d'élève de danse malade ? Non, pas que je sache. Elle appellera le professeur, qui n'est pas joignable pour l'instant. Mais elle m'assure qu'elle fera la leçon à ce type qui importune les gamines, cela ne va pas continuer, des parents l'ont entendu plaisanter avec des collègues et n'ont pas apprécié, et les grands élèves commencent à se fatiguer de ses réflexions oiseuses. Bon, très bien.

Je regarde mon piano, j'ai laissé le couvercle ouvert, et Chester, mon chat gris, s'est couché entre les deux piles de partitions. Je ne sais pas comment il fait, jamais rien ne tombe. Un chat qui respecte la musique, m'a dit Mathieu. Je m'approche, je le caresse, il aime, se tortille, présente sa tête pour se faire gratter derrière l'oreille. En même temps, je pose une main sur le clavier, joue quelques notes, Chester ne dit rien, il me regarde, et puis me voilà encore en train de tripoter le « do » le plus aigu. C'est alors que Chester se lève d'un bond, descend et se sauve dans la chambre. Ah, oui, il n'aime pas les notes trop aiguës. Je l'appelle, en m'excusant, pardon, Chester, je ne voulais pas te casser les oreilles.

Le chat daigne revenir, il se secoue, comme s'il avait été éclaboussé par les notes, puis il me fixe en se dirigeant vers la cuisine. Je dois me faire pardonner en lui servant son dîner séance tenante. C'est LE chat, c'est lui le patron.

III.

Je suis musicienne, cela me fait plaisir de le dire et de le répéter. J'ai toujours voulu faire ce métier... non, j'ai toujours voulu faire de la musique, donc il fallait que je gagne ma vie avec mon piano, sinon tout le temps que je passe sans lui me déplaît, à part les moments avec Mathieu, cinéma, restaurant, discussions, avec lui et ses collègues, ou des amis communs, mais le reste, l'économie, les finances, je n'y connais rien, la politique, bof, je regarde les nouvelles, il faut bien se tenir au courant, mais ces gens m'indiffèrent, je n'arrive pas à m'intéresser à eux. Mathieu me dit que ce sont eux qui font l'histoire, dans quelques années on en parlera, il faut avoir vécu telle ou telle période, tel ou tel événement. Mais je me demande ce qui restera d'un tel ou d'une telle, des anecdotes ridicules, des débats clownesques, bon, de temps en temps une loi, une réforme un peu importante, mais le reste, va-t-on s'encombrer la mémoire ? Je préfère répéter mes sonates de Mozart, mes polonaises de Chopin, les gens ne sont rien à côté de ces amis, de ces guides spirituels.

Cela n'a pas été tout seul pour moi, il faut beaucoup travailler, accepter les jugements, les concours qui vous collent la frousse, obtempérer quand le grand maître vous dit de jouer de telle ou telle façon, on n'est pas toujours d'accord, mais c'est le maître, il faut le suivre... Et il y a les rivalités entre les musiciens, les critiques, les copains sont pires que les professeurs ou le public. Comme cette chère Marie-Ségolène...

Marie-Ségolène, quel prénom ! Ségolène comme sa grand-mère, et Marie pour faire bien catho. Et elle tenait à son prénom en entier, six syllabes, je vous jure ! Enfin, je m'appelle bien Étiennette, je n'ai jamais aimé, mais je fais avec. Marie-Ségolène était assez douée, mais c'était une peste. Une jolie fille de bonne famille blonde et bouclée, toujours habillée à la dernière mode, des manières bien étudiées, elle savait se tenir à table, faire la révérence, attirer le plus séduisant garçon de la classe, elle apprenait tout très facilement, mais elle voulait absolument être la première, la meilleure, la plus belle. Et elle avait beaucoup de talent pour retourner les situations à son profit, quand elle ne comprenait pas quelque chose elle se plaignait du professeur, c'était lui qui n'était pas capable d'expliquer comme il fallait, et puis pourquoi celle-là avait-elle eu une mention très bien, vous avez vu comme elle est attifée, et comment elle se tient ? En public, il fallait aussi être beau, avoir de l'élégance, cela ne suffisait pas de jouer les bonnes notes si l'on s'habillait au Monoprix. Eh oui, pour elle, la grande musique, ce n'était pas fait pour « les gens du commun ».

Lors d'un concours, j'avais eu la mauvaise idée de jouer mieux qu'elle. Tous les membres du jury étaient d'accord. Elle avait été classée seconde, à égalité avec un garçon plus âgé, celui-là, elle ne lui en voulait pas, il était beau et bien élevé. Mais moi... elle m'avait sorti : « Cela ne m'étonne pas ! C'est la mère Machin qui t'a imposée, c'est une copine de tes parents ! » Ce n'était pas vrai du tout, mais elle l'avait dit sur un ton si convaincu...

Quelques jours après, je me trouvais au Conservatoire, attendant le professeur, et je faisais quelques exercices sur le clavier. Marie-Ségolène était entrée, s'était approchée, s'était accoudée au piano en prenant l'air idiot, serinant les notes que je jouais, marmonnant « Travaille, travaille, tu en as besoin ! » Je m'étais demandé comment me débarrasser d'elle, en continuant à jouer, et voilà que, soudain, elle avait sursauté, fait la grimace, s'était tenu le ventre… Et elle s'était enfuie vers les toilettes. Je m'étais dit qu'elle avait dû manger trop de bonbons ou de chocolat, et avec son caractère, l'aigreur, cela cause des troubles digestifs. Je ne m'en étais pas préoccupée, elle ne semblait pas à l'article de la mort, et son sort m'indifférait assez.

À la fin de l'année, il y avait eu un examen, elle ne s'était pas présentée. Pour cause de maladie. « Bien fait ! » avaient dit quelques camarades, qui ne l'aimaient pas plus que moi.

Pourquoi est-ce que je pense à cette nana ? Que je n'ai pas revu depuis, d'ailleurs. Oui, c'est vrai, elle s'était approchée du piano, s'y était appuyée, tout comme le collègue tout à l'heure. Et elle avait mal digéré, elle était partie. Tout comme lui. J'apprends quelque chose, les pianos donnent des indigestions aux imbéciles, alors. Tiens, je vais raconter ça à Mathieu, il va bien rire. Mais attention, si je néglige mon travail, ou si je pense du mal de quelqu'un, le piano va peut-être réagir aussi, et cette fois contre moi… Méfions-nous. Mais après tout, je ne souhaite la mort de personne, le collègue, je voulais seulement qu'il se tire, qu'il cesse de mater mon décolleté, qu'il fiche la paix aux danseuses. C'est lui qui avait commencé, voilà. Comme Marie-Ségolène, qui s'était aliéné tous les élèves, ainsi que leurs parents, sauf quelques-uns qui étaient du même milieu et connaissaient sa mère. Ah, oui, j'avais vu sa photo dans une revue, au Bal des Débutantes. Grand bien lui fasse… En tout cas, je n'ai pas entendu parler d'elle dans le milieu musical. Depuis son indigestion.

Tiens ? Un autre souvenir, bien plus récent, allo, Marcel Proust, rapporte-moi un stock de madeleines ! Une mère d'élève, du genre mal embouchée, qui venait se plaindre de ce que je n'avais pas accepté son rejeton dans ma classe. Le gamin était-il bon ou mauvais élève ? Je n'en savais rien, ne l'ayant jamais vu, mais je n'avais pas de place. On lui avait proposé un autre professeur, mais le jour du cours ne convenait pas, bref, il fallait que je prenne son fils tel jour à telle heure. Les autres, « Vous n'avez qu'à les déplacer ! »

Assise au piano, je l'avais laissée parler, sans broncher, les mal élevés de ce style ne comprennent jamais la moindre explication. Ne me voyant pas réagir, elle s'énervait, tapait du poing sur le piano, atteignant à un moment le clavier, la jeune élève qui venait d'entrer s'était réfugiée dans un coin de la salle et ne bougeait pas, visiblement paniquée. Je me suis levée, ai fait signe à la dame de sortir en ma compagnie, tout en disant à la petite de prendre place, de poser ses partitions sur le pupitre, j'allais revenir.

La dame avait sursauté, et était partie en claquant la porte, sans m'attendre. Mais j'avais entendu un drôle de bruit, des cris, quelqu'un était arrivé en courant... J'étais ressortie, et avais vu la dame, contemplant ses vêtements trempés et maculés de taches brunâtres. Sans doute ne s'était-elle pas aperçue que la machine à café était ouverte, quelqu'un était en train de la réparer, elle avait dû se cogner dessus, et appuyer sur le robinet qui commandait l'arrivée d'eau. L'employé qui y travaillait épongeait le sol en grognant « vous ne pouvez pas faire attention... » La secrétaire s'était précipitée avec un rouleau d'essuie-tout, s'était gentiment occupée de la dame qui ne lui avait pas dit merci et était partie, secouant sa jupe mouillée.

Tiens, tiens, encore une sur qui le piano s'était vengé, sans doute. A-t-on idée de cogner dessus ? Il n'y était pour rien. En tout cas, je n'avais plus eu de nouvelles de cette femme. La directrice, à qui j'avais raconté l'histoire, ne l'avait pas revue non plus, elle avait eu droit à la même scène et avait conclu « Bien fait ! » quand je lui avais relaté comment la rencontre s'était terminée. Elle avait ajouté que l'établissement ne perdait rien avec des parasites de ce genre, le gamin était sûrement comme sa mère. Nous avions bien ri.

Donc, les pianos réagissent quand on les brutalise, quand on joue trop fort dans l'aigu, quand on tape dessus… C'est vrai, quoi, on n'a pas à se venger sur un malheureux piano des misères que vous font subir professeurs, chefs de service, belles-mères ou percepteurs ! Tiens, j'imagine la tête de Mathieu s'il était témoin de ces actes de brutalité… Un vendredi soir, il a débarqué chez moi en me racontant que son service venait d'engager un employé méchant, raciste, iconoclaste, presque un serial killer : faisant du rangement, cet individu avait suggéré de jeter un paquet de vieux livres, « parce qu'on les avait en double ». Des ouvrages du dix-huitième siècle ! Quelle hérésie ! Mon copain avait failli demander à changer de service, heureusement son supérieur l'appréciait et l'avait adjuré de se calmer, le collègue était nouveau, son boulot était pour l'instant le classement, les photocopies, dresser les listes… Il ne s'y connaissait pas encore assez, il n'y avait pas de quoi se mettre dans des états pareils, il avait seulement fait une suggestion, on lui avait dit non, il n'avait pas insisté, les explications de son chef l'avaient convaincu, c'était tout.

Le lendemain, il s'était calmé, il a voulu toucher le clavier : nous avons l'habitude de jouer la Pavane de « Ma

Mère l'Oye[1] » à quatre mains, une pièce facile que je donne souvent aux élèves timides pour les auditions. Avec moi pour tenir la voix du dessous à côté d'eux, ils sont moins impressionnés. Et c'est aussi le cas de Mathieu, qui m'avait expliqué qu'il lui était depuis toujours impossible de jouer devant qui que ce soit, même sa mère, il s'arrêtait dès qu'elle entrait dans la pièce. Et avec son professeur, un monsieur âgé très gentil pourtant, il cafouillait quand il le voyait se mettre debout pour écouter de plus loin. Aujourd'hui, il n'est pas en forme, il va jusqu'au bout, mais tape une ou deux fois à côté, je me garde de le lui faire remarquer...

Heureusement, je n'avais pas de concert ni de répétition, nous étions restés ensemble, nous avions fait un tour et il avait souhaité que rien ne change, que l'on aille au cinéma comme d'habitude, nous n'avions pas réservé de place de théâtre ou de concert. Une fois, je lui avais suggéré de visionner un DVD, ou de télécharger un film pour le regarder à la maison, il n'a pas voulu, il tient à se rendre dans une salle, pour sortir, il aime cette atmosphère. Et surtout, un film drôle, sans interrogations sur la psychologie humaine ou le devenir du monde, un bon truc pour rigoler. D'accord, restons dans le classique, les Marx Brothers, ou un De Funès, tu choisis, ça te va ? Pas trop compliqué, ça ne charge pas les neurones ? Ça marche. En plus, il y avait au programme un vieux Charlot muet. En sortant, Mathieu était tout à fait calmé, et se demandait bien comment il avait pu s'énerver ainsi, il se promettait de s'excuser auprès du collègue à qui il suffisait d'expliquer les choses. Je lui avais répondu qu'on rencontre de temps en temps des gens pas très futés, mais que s'ils écoutaient ce qu'on leur disait, s'ils faisaient confiance, rien de grave ne pouvait arriver. Et Mathieu avait redoublé de câlins, de tendresse, me disant,

---

[1] Pièce pour piano à quatre mains et également pour orchestre de Ravel.

me répétant qu'avec moi, il avait vraiment confiance, il se sentait toujours bien, j'avais le pouvoir de chasser les papillons noirs... J'avais dû l'arrêter dans son bombardement de fleurs.

Du coup, je me morigène, je trouve que je me fais des idées stupides, à imaginer que les pianos se vengent. À vivre constamment avec son instrument, on finit par le considérer comme une personne, un collègue, un compagnon, un frère ou une sœur... et même comme une habitation, me dis-je en pensant à la tribune de l'orgue de l'église où il faut se glisser, presque se coincer, et où on ne vous voit pas, on est à l'intérieur de ce véhicule qui est comme un char d'assaut, mais un char transportant de jolies notes, des harmonies subtiles, des sonorités qui lui sont propres, qu'il déverse sur le public sans lui faire de mal, au contraire il le soigne.

Mais enfin, il y a des coïncidences assez bizarres... Bon, c'est plutôt drôle, les gens qui ont un malaise alors qu'ils viennent de se conduire comme des sauvages, ou de se moquer de vous. Juste retour des choses, les mauvaises actions vous retombent toujours sur le nez. Pour le moment, j'espère que la directrice mettra au pas ce collègue mal élevé. Quoique, peut-on le raisonner ? Macho comme il est, il ne l'écoutera pas, c'est une femme, même si elle est bien plus âgée que lui. À moins qu'elle n'appelle le délégué syndical, un grand balaise, cela fait drôle quand il joue de la flûte, mais cela ne se peut que dans le cas d'un problème sérieux, des parents qui auraient porté plainte, par exemple. Je lui souhaite juste une petite gastro ou bien une hépatite, il se tiendra tranquille un bon moment. Et toc ! Allons, ne traînons pas, l'orgue de l'église m'attend, il y a une messe où je dois jouer, et après l'endroit est libre, je pourrai travailler.

IV.

C'est dimanche, je suis à l'orgue, Mathieu est près de moi et gère mes partitions, il a vraiment le culte du papier, il range tout dans des pochettes, il perfore celles qui vont dans un classeur, il a toujours sa petite sacoche avec du scotch, une agrafeuse, des crayons — surtout pas de stylo sur les partitions ! Ni sur quelque document que ce soit – de quoi écrire, plus son portable, il note sur un carnet avant de rentrer une indication ou une adresse dans son outil de poche. Sur le plan informatique, nous sommes des perfectionnistes, toujours le dernier modèle, le meilleur, le plus élaboré, celui qui a la plus grande contenance. Cela vaut mieux, Mathieu enregistre tout, les morceaux que je joue, les messages des amis et des collègues, il hésite avant de les effacer, c'est presque comme jeter du papier, il scanne tout ce qui peut être intéressant, l'envoie sur son ordinateur qui est une vraie bête de course, ensuite il sauvegarde sur une unité de stockage, bref, rien ne se perd. Enfin, si, parce qu'il faut connaître son mode de classement, lui-même s'embrouille parfois. Chez lui, il y a toujours des piles de journaux, on a de quoi emballer des tonnes d'objets précieux. De temps en temps, je lui donne un coup de main pour faire de la place, il vérifie s'il a scanné les articles qu'il souhaite conserver, j'ai beau lui dire qu'il peut en retrouver beaucoup sur Internet en notant les liens, non, il les veut chez lui. Mais je me garde de critiquer, il m'a aidée à scanner toutes mes partitions, du coup je ne perds plus rien.

C'est la sortie de la messe, je joue une pièce intéressante, je suis bien concentrée, le char d'assaut se laisse diriger sans problème. Mathieu est descendu se dégourdir les jambes, mais j'entends quelqu'un monter l'escalier de la tribune. Une femme que je ne connais pas, sans doute s'intéresse-t-elle à l'orgue, je lui fais un signe de tête, je ne peux pas faire plus, mes deux bras et mes pieds sont pris par les claviers et le pédalier.

Accord final, la femme s'approche.

— Alors, c'est vous, qui jouez ici ?

— Oui, bonjour. Vous aimez l'orgue ?

— Je suis organiste. Ils vous payent bien ?

— Pardon ? Oui, on me paye, mais...

— Dans cette paroisse, ce sont des radins ! Un bel instrument comme celui-là, il faut savoir le manœuvrer ! Bon, vous ne vous débrouillez pas mal, mais il y a plus de possibilités que ça, vous vous limitez.

— J'utilise les registres indiqués dans les morceaux. Où jouez-vous ?

— J'étais organiste ici. Je me suis plainte, ils payaient une misère, le curé a les moyens de faire plus, et puis l'orgue a été rénové, je suis partie, on ne doit pas traiter les artistes comme ça. Vous ne devriez pas accepter de jouer pour si peu, je suis sûre que vous prenez ce qu'ils donnent, vous avez tort, vous nous gâchez le métier. »

Mais qu'est-ce que c'est que cette bonne femme ? Bon, elle dit être organiste, mais comment joue-t-elle ? Elle m'agresse sans doute parce qu'elle croit que je lui ai pris sa place. Alors que je n'ai jamais entendu parler d'elle, c'est mon professeur d'orgue qui m'a mise en rapport avec le curé, je viens travailler aux heures creuses et j'accompagne certaines messes, il y a deux autres musiciens qui s'entraînent et jouent aussi de temps en temps, eux je les connais, il faut que je me renseigne, qui est-ce ?

Elle parle, elle parle, elle cite le syndicat, *on* lui a fait du tort, *on* n'a pas voulu la défendre, *on* dit du mal d'elle, *on* l'empêche de travailler... Si elle agresse tout le monde comme cela, rien d'étonnant qu'*on* lui ferme les portes. Bon, je ne suis pour rien dans ses prétendus malheurs, qu'elle aille se plaindre ailleurs. Mais non, elle reste là, elle continue son verbiage pendant que je me remets à jouer.

Et là, brusquement... une idée... « quelque diable aussi me poussant », comme dirait Monsieur de La Fontaine, je tripote des notes dans le registre aigu, la-si-do, la-do-si, si-la-do, do-si-do, ré-mi-fa-sol... J'ai atteint la note la plus aiguë, j'insiste dessus... Non, c'est mauvais, et je jouais en do mineur, do-si-do, le registre aigu, puissant, les deux claviers, le pédalier... fa-sol-do... le *do* dure, c'est l'avantage de l'orgue, la note reste quand on garde le doigt appuyé.

Aïe ! Qu'est-ce que c'est que ces petits points noirs ? Quelque chose vient de sauter, j'entends comme un bruit mat, la femme pousse un cri et se tient le ventre, j'ai le temps de voir un rond noir, on dirait une note, une croche[2], une autre... comme si des petits grains l'avaient atteinte, un peu comme des plombs de chasse, enfin, comme j'imagine que doivent être des plombs de chasse, je n'en ai jamais vu.

Et la voilà qui s'écroule, heureusement elle s'accroche à la rampe, j'ai eu peur qu'elle ne bascule dans l'escalier. Je me penche, j'appelle Mathieu qui monte, je lui dis que cette personne se sent mal, il m'aide à la faire descendre, la femme a l'air mal en point, elle a de la difficulté à reprendre son souffle. Le curé arrive :

---

[2] Une croche : ♪

— Madame Morin ? Mais que vous arrive-t-il ? Vous étiez à la tribune ?

Madame Morin ne répond pas, elle halète. Mathieu demande s'il doit alerter les pompiers, elle a peut-être un malaise cardiaque. On la fait asseoir, quelqu'un qui a assisté à la scène lui apporte un verre d'eau, elle commence à respirer normalement, mais se tient la poitrine. Le curé acquiesce quand Mathieu insiste en sortant son portable, il compose le 18. En attendant les secours, le curé lui parle, lui dit de ne pas s'inquiéter, on va venir la soigner.

L'ambulance l'emmène et le prêtre m'appelle, me demandant ce qui s'est passé. Je lui explique, lui rapporte ce qu'elle m'a dit. Au moment de lui parler des petits points noirs, je me mords la langue. Non, ce n'est pas possible, il a dû y avoir de la poussière, j'ai cru voir des notes alors que ce n'étaient que de petits grains noirs, déformation professionnelle. Je lui précise qu'elle s'est tenu le ventre, la poitrine, effectivement ce peut être un malaise cardiaque, ç'a été aussi l'impression des pompiers.

— Mais, vous savez, m'explique le curé, cette dame a été organiste ici, pas bien longtemps, elle était assez désagréable, avait des exigences, tout juste s'il ne fallait pas que je change l'horaire de la messe ou que je rallonge mon homélie pour qu'elle ait le temps de s'installer, elle ne pouvait venir tel ou tel jour alors qu'il y avait une cérémonie où l'on avait besoin de l'orgue, elle voulait être payée plus que la paroisse ne le pouvait, et elle est partie du jour au lendemain. Je me suis adressé à votre professeur qui vous a envoyés, vous et vos deux collègues, vous pouvez vous partager le travail. Mais je suis désolé qu'elle vous ait parlé ainsi, n'y faites pas attention, elle devait se sentir mal, ou elle était énervée, sans doute. »

Je comprends l'attitude de cette Madame Morin, j'assure le curé qu'il n'y a rien de grave en ce qui me concerne, et je remonte à la tribune pour éteindre et fermer.

Mais je me demande ce qui s'est passé. J'ai bien vu des petites taches, des petits ronds noirs. Du coup, j'examine l'orgue. Non, il a été nettoyé, il n'y a pas de poussière. Ce devait être des bouts de papier, ils ont dû se coller à son manteau... Il doit certainement y avoir une explication rationnelle. Nous ne sommes pas dans les cases d'une BD, où les paroles et les bruits sont représentés dans des bulles ou à l'aide de signes, de dessins.

Mathieu me demande à quoi je pense, j'hésite, et puis je lui dis que j'ai vu des notes attaquer Madame Morin. Enfin, des points noirs, cela ressemblait à des plombs de chasse... Mathieu me regarde, a l'air de se demander si je ne deviens pas folle... Je lui dis que c'est ce que j'ai perçu, il est possible que j'aie eu un problème de vision, avec la lumière, cela arrive qu'elle clignote, ou qu'il y ait eu un courant d'air qui a fait voler de la poussière, il m'a semblé voir des points noirs... Mon ami me propose de l'aspirine, j'ai peut-être la migraine... Bon, allons déjeuner, on verra plus tard.

V.

Ce dimanche après-midi, il faisait beau, nous sommes allés nous promener en sortant du restaurant. Nous discutions musique, histoire, philosophie, Mathieu voulait parler de politique, il y a des élections prochainement, je l'ai prié de laisser ce genre de propos de côté, pas de politique le dimanche ! Ah, bon, me rétorque-t-il, pourtant c'est le jour où l'on vote ! Bien, si on appelait Artaban ?

Jean-Claude est un collègue de Mathieu, historien distingué, mais désordonné dans ses actes comme dans ses pensées, spécialiste du coq-à-l'âne, admirateur aussi bien d'Aragon que de Sainte Thérèse de Lisieux, il a toujours des travaux de recherche en train, sur des sujets plus pointus les uns que les autres, j'en ai lu un ou deux, je n'ai que vaguement compris, et, ce qui me console, Mathieu également a eu parfois du mal à suivre son raisonnement. Personne — et lui non plus — ne se souvient pourquoi on l'a surnommé Artaban, mais on ne l'appelle plus qu'ainsi.

Le sieur Artaban nous reçoit avec plaisir, il est complètement survolté, une grande maison d'édition a accepté son dernier ouvrage, une étude sur les groupes ésotériques durant la Renaissance, il va écrire la suite, on continue, dix-septième, dix-huitième siècle, il a garni ses murs de divers symboles ésotériques, maçonniques, rosicruciens et autres, étalé partout le *Petit Albert,* les œuvres de Nostradamus, des traités d'astrologie, les textes du rite maçonnique des origines, un joyeux fatras anachronique mêlant les mythes d'Isis, Marsile Ficin, la prophétie de Fatima et le trésor des Templiers plus une biographie de Cagliostro, et quand nous sommes arrivés, sa copine s'apprêtait à mettre le CD de *La Flûte Enchantée* de Mozart, l'opéra maçonnique par excellence.

La copine, qui est journaliste dans une revue spécialisée dans le domaine celtique, est irlandaise, son prénom est Cailin, c'est une variante de Cathleen, mais pas question de l'appeler Cathy ou quelque chose comme ça, elle tient à son vocable irlandais. Ce détail mis à part, elle est aussi calme que son mec est excité, on peut tout lui dire sans rien obtenir d'elle autre chose qu'un mot ou deux, du genre « pardon ? Vous dites ? » Propre à endormir un cyclone recevant sa feuille d'impôts. De loin en loin, elle se fâche. Parce qu'on a besoin d'une petite décharge d'adrénaline de temps en temps. Mais quand elle se fâche, il faut se précipiter aux abris.

Présentement, Artaban a sorti des verres, des bouteilles, et Cailin profite de ce qu'il reprend son souffle pour faire démarrer Mozart. Là, respect, on se tait. Parce que Mozart, ce n'est pas une musique de fond, on écoute l'ouverture. En plus, c'est une très bonne interprétation, un enregistrement d'anthologie. Après, on boit un verre. Et enfin, on peut parler. Vu que le chercheur nous a expliqué son succès éditorial, et qu'il est poli, on sait vivre, il nous laisse la parole.

Je regarde Mathieu, est-ce qu'il faut... mon ami me fait un signe d'acquiescement, il commence :

— Il est arrivé une drôle de chose à la tribune de l'orgue, ce matin... Titine, raconte. »

Je relate ce qui s'est passé, précisant bien que « j'ai cru voir », « j'ai eu l'impression », et je continue par l'aventure du collègue, l'obsédé de service. Nos deux amis écoutent patiemment, Artaban me demande :

— Pour ton collègue, tu as vu quelque chose ?

— Non... enfin, je n'ai rien remarqué... Il se tenait le ventre, c'est tout ce dont je suis sûre... Peut-être y avait-il quelque chose...

Je laisse tomber l'histoire de Marie-Ségolène, elle s'est déroulée il y a trop longtemps, mais j'enchaîne sur celle de la mère d'élève agressive. Là, Jean-Claude, pardon, Artaban, ouvre la bouche, on va pour l'écouter, il secoue la tête, mais finalement se lance :

— En fait, ce n'est pas le piano, ou l'orgue, c'est la personne agressive qui fabrique, enfin, qui matérialise sa propre agression, comme quelqu'un dont on dit qu'il « se rend malade » à force de ruminer des pensées négatives.

Nous acquiesçons, un ange passe, mais il s'enfuit affolé quand Cailin se lève.

— C'est la malédiction de la note noire !

— La... la quoi ? La note noire ?

— C'est la note exterminatrice, celle qui vient du fond de la terre pour reprendre le pouvoir. Les fréquences, les sons, les vibrations nous gouvernent, on l'oublie trop souvent !

Artaban n'est pas d'accord, apparemment, mais il laisse Cailin exposer sa théorie. Soucieux des détails, il me redemande :

— Quelles notes as-tu jouées, exactement ?

— Do si-do, les plus aiguës du clavier du piano. Mais sur l'orgue, le plus aigu est un sol… attends… j'ai joué do-si-do, dans l'aigu.

— Exact ! La note noire ! insiste Cailin.

— Pardon, dit Mathieu, mais do et si sont des notes naturelles, sur des touches blanches… pourquoi dis-tu… et d'ailleurs laquelle serait « la note noire » ?

— Rien à voir avec les touches. Le « do » précédé du « si », que l'on appelle le « diabolus in musica » peut agir sur les profanateurs.

— Les profanateurs, tu dis ? Mais mon chat a réagi, et lui n'a rien d'un profanateur, c'est un animal, il ne sait pas lire la musique…

— Ton chat ? Tu as fait remonter la note noire sur ton chat ?

— Oh, bien involontairement. En tout cas, il n'a pas aimé, ça l'a agacé, il est sorti dans le couloir.

— Il n'a pas eu de mal, j'imagine ?

— Non, j'ai eu peur quand je l'ai vu réagir, c'est tout.

— Les chats sentent les puissances telluriques, ils réagissent à la note noire.

— Mais enfin, reprend Artaban qui a l'air bien décidé à argumenter sur la question, ce n'est pas la première fois que l'on joue ces notes, non ? Si elles rendaient les gens malades, cela se saurait !

Cailin reste calme, elle se tourne vers lui et explique, comme une institutrice qui ajoute des précisions pour un élève un peu lent à comprendre.

— Il faut qu'il y ait un terrain négatif, qu'une personne en veuille à une autre, et que la « victime » cherche à se venger. Si l'on est serein, zen, la situation s'apaise d'elle-même, mais si l'on est impressionné, on réagit, et de deux choses l'une : ou on fait marche arrière, et on se laisse déborder, ou on se bat. Et comment se battre quand on est au piano, sinon avec des notes ? Tu as appelé les puissances, tu les as fait remonter et les notes ont fait le reste.

— Appelé… je ne sais pas si j'ai appelé quoi que ce soit. Dans le cas du collègue, je lui aurais bien volontiers cassé quelque chose sur la tête, je ne savais plus ce que je jouais, effectivement j'avais la sensation d'une agression. Mais pas pour la mère d'élève, j'attendais paisiblement qu'elle finisse son numéro. Et, précisément, c'est le fait que je ne réagisse pas qui l'énervait. Et pour cette Madame Morin, ce matin, j'ai eu peur une seconde qu'elle bascule dans l'escalier, c'est tout. Au moment où elle a commencé à me parler, je n'ai rien vu venir, c'est seulement quand elle m'a demandé combien on me payait que j'ai tiqué, elle ne me connaît pas, elle ne se présente pas, et elle me pose une question indiscrète, j'ai été surprise, évidemment, je ne savais pas quoi répondre.

— Dans les deux cas, tu as appelé à l'aide, inconsciemment, tout en jouant. Les notes sont venues à ton aide. Attention, tu es soutenue par les puissances d'en bas.

Là, Mathieu s'esclaffe.

— Tiens, tiens ! Je vais t'appeler ma sorcière bien-aimée… Coucou !

Je le regarde, furieuse. Entre Cailin qui me croit possédée et Mathieu que ça fait rigoler, je ne suis pas particulièrement avancée. Artaban, lui, mâchonne un cure-dents pour faire comme Lucky Luke, il a l'air dubitatif, il casse son bout de bois, il en prend un autre, apparemment il n'a pas d'idée, et ça, c'est bizarre, c'est la première fois que je le vois hésiter. Serais-je donc un problème ambulant ? Mathieu va pour dire quelque chose, réalise qu'il m'a agacée, et reste bouche bée comme un poisson rouge. Il y a un instant de silence, pas très long, mais nous sommes dans une autre dimension, cela dure, l'ange qui passe traîne ses grandes ailes qui ne doivent plus être en plumes naturelles, en synthétique cela pèse plus lourd, quelle époque !

C'est Cailin qui réagit enfin, se rendant compte qu'elle a plombé l'atmosphère.

— Attention, je n'ai pas dit que tu étais une sorcière et encore moins une damnée. Nous sommes tous aidés à un moment ou un autre par les puissances d'en bas, elles sont en nous, actives ou en sommeil. J'ai bien précisé que cette intervention est survenue à ton insu. Tu as eu besoin d'aide, la note noire était... je dirais qu'elle pouvait agir à ce moment.

— Elle passait par là, elle a vu de la lumière, elle est entrée, donc ? Elle s'est dit « tiens, la petite dame a un problème, on va l'aider histoire de...

Mathieu se marre franchement, cela amuse aussi Artaban qui jette son bout de bois et s'aperçoit qu'il s'en est mis plein les dents, il s'excuse et va à la salle de bains. Cailin ne réagit pas, comme à son habitude, me fait signe de rester calme, me propose une tasse de thé, j'accepte parce que j'aime ça et que j'ai soif, Mathieu et Artaban en prennent également, Cailin range le CD de Mozart et revient s'asseoir.

— Il faut à la fois des circonstances favorables, reprend Cailin, un individu qui offense l'objet, et une personne réceptive au moment où l'incident se produit. La personne aidée ne doit pas chercher à nuire, seulement à être déchargée de ce fardeau, de l'individu qui la gêne, et doit être respectueuse de l'objet offensé.

— Mais enfin, qu'est-ce que c'est que cette histoire de note noire, de puissances d'en bas ? Comment des pensées, une ambiance, une vibration peuvent-elles… je dirais se matérialiser ?

— C'est possible. Artaban n'avait pas vraiment tort quand il parlait de quelqu'un qui « se rend malade », c'est un peu ça, un peu de la télékinésie.

— Qu'est-ce ? Mathieu est devenu sérieux, il a sorti son portable et cherche sur Internet.

— La télékinésie, c'est le pouvoir de faire bouger un objet par la pensée.

Cailin a de plus en plus l'air d'une maîtresse d'école essayant de faire rentrer dans nos petites têtes de cancres quelques éléments d'ésotérisme, à moins que nous n'assistions à un cours de magie noire ou que nous ne soyons de simples stagiaires dans un séminaire de prestidigitateurs. Mais Mathieu semble très occupé par ses recherches, Artaban regarde par-dessus son épaule, lui propose de se servir de son ordinateur, mon copain acquiesce, mais utilise les deux appareils en tapotant tantôt l'un, tantôt l'autre. Cailin a sorti de la bibliothèque un gros livre ancien, je réfléchis, me penche vers elle, jette un coup d'œil à l'écran, et regarde autour de moi. Artaban a l'air de comprendre.

— Je n'ai pas de piano, seulement un clavier électronique, ça irait ?

— Je pense. Mais s'il n'a pas toutes les notes, je ne sais pas…

— En choisissant un timbre aigu, peut-être…

Cailin lève la tête de son livre.

— Vous essayez de faire quoi ? De provoquer un séisme, ou de vous coller une crise cardiaque ?

— On cherche, c'est tout. Je veux voir s'il y a corrélation entre le morceau que je jouais et les notes... noires, comme tu dis, quoiqu'elles soient sur des touches blanches. D'ailleurs, qu'est-ce que je peux provoquer, sinon un court-circuit, si Artaban continue à tirer les fils comme ça. Mets une rallonge, c'est tout.

Mathieu soutient le clavier pendant qu'Artaban trouve la rallonge, pose le tout sur la table et après une seconde d'hésitation allume l'instrument. Je n'ai rien contre les claviers électroniques, à condition qu'ils ne soient pas de trop mauvaise qualité. Plusieurs de mes élèves en ont, j'ai souvent conseillé les parents sur ce point. Mais le machin qui prend la poussière chez Artaban mérite tout juste le qualificatif de clavier, il a acheté cet instrument pour faire plaisir à une ancienne copine qui prétendait savoir jouer et a seulement pu poser un ou deux doigts dessus pour faire une fausse note en tapotant *Au Clair de la Lune*. Depuis, il a laissé la bestiole dans son carton, planquée dans le placard à balais. Je rejoue la pièce de Bach, le son rappelle un peu un accordéon asthmatique, j'arrive au passage qui monte dans l'aigu, ah oui c'est vrai, j'avais tout décalé, à cause du mec qui m'ennuyait... Mais aussi, il manque des notes, ce clavier est plus court que celui d'un piano. Hep, ne nous énervons pas après l'instrument, il se vengerait... Allons bon, voilà que je me mets à devenir superstitieuse... cela dit, je n'accuse jamais les objets, ils sont ce qu'ils sont, programmés pour certaines choses, ils ont leurs limites, c'est à nous de les connaître. Mais avec ce clavier, je ne peux pas jouer le morceau normalement, do mineur... l'accord, une position plus aiguë… ou do Majeur ? Est-ce que je n'avais pas modulé en Majeur ?

Je vois mes amis qui me regardent, en fait, j'ai réfléchi tout haut. Oui, do Majeur, sur les touches blanches exclusivement… et cela donne la note noire ? Do si-do… non, cela n'est pas venu comme ça. Mais, et le coup du chat ? J'ai effectivement joué… mais il n'y a pas de chat ici, même pas un canari ou une tortue, tiens, Cailin, il paraît que certaines musiques réussissent mieux aux plantes vertes que d'autres ?

Je croise le regard de l'Irlandaise qui tourne ensuite la tête vers une plante… enfin, si l'on peut appeler ça une plante, un cactus qui a l'air de souffrir d'une allergie ou d'avoir été dévoré par des puces, ou d'autres bestioles du même acabit. Elle esquisse un geste, comme pour prendre le pot, puis elle regarde Artaban, qui fouille dans les piles de livres, dans les rayons de la bibliothèque, dans les tiroirs, elle ne lui demande pas ce qu'il cherche, elle se tourne vers moi, puis fixe l'instrument, en levant la main et en bougeant les doigts. Je suppose qu'elle veut accéder au clavier, je m'écarte, elle me montre les notes concernées d'un air interrogateur, j'acquiesce, elle pose ses mains sur les touches, tiens, je ne savais pas qu'elle jouait, enfin, elle a appris à jouer, elle place ses doigts comme il faut, et elle joue. Do si-do… si-do-si-do… non, rien ne se passe. Elle paraît comprendre que tout ce cinéma ne sert à rien, hausse les épaules et retourne à sa chaise. Ce faisant, elle frôle le cactus, sursaute, elle a failli se piquer. En s'asseyant, elle regarde son ami, lui montre l'objet, cette espèce de cornichon rhumatisant, Artaban a l'air surpris, puis il se tourne vers elle, murmure : « Je sais, tu n'aimes pas », et reprend ses recherches, dans un dossier d'où s'échappent des papiers de toutes les couleurs et de toutes les dimensions.

Je me rassois devant le clavier, tapote « do-si-do », on dirait que l'instrument a le hoquet, j'éteins, ça vaut mieux. Je débranche, Mathieu se charge de remettre le tout dans le carton, il le range dans le placard aux balais, fin de l'intermède musical.

Du coup, Artaban et Cailin se montrent leurs recherches, on discute un moment au sujet des puissances telluriques, du magnétisme ou de la télékinésie, on bifurque sur la science et finalement la conversation s'installe sur les dernières avancées en matière d'informatique. Mathieu promet à son collègue de lui apporter deux revues sur le sujet, zut j'aurais dû les prendre, demain, promis. Il fait une allusion à la prochaine parution de son livre, lui signalant qu'il n'approuve pas sa décision de le donner en pâture au grand public. L'auteur lui précise qu'il ne pouvait le faire éditer comme un acte de colloque, ce n'est pas un ouvrage collectif, et que la maison qui l'a accepté est assez spécialisée en histoire, archéologie, philosophie, le livre ne sera pas sur les rayons des supermarchés entre un polar et une romance. Mathieu soupire, et préfère changer de conversation, nous parlons musique. Nous passons une fin d'après-midi agréable, vient le soir, on grignote un sandwich et chacun va se coucher. Mathieu reste chez moi, comme tous les dimanches, il règle le réveil, car il doit se lever plus tôt que d'habitude, il me ressert son couplet « c'est loin, la banlieue », je lui réponds que quelques stations de métro en plus, ce n'est pas un changement d'hémisphère, mais pour lui les pays lointains commencent passé le périphérique. Bref, rien de nouveau dans le monde ni dans les cerveaux. Même le chat n'a pas l'air de trouver quoi que ce soit d'intéressant, à part sa gamelle, évidemment.

Au petit déjeuner, le téléphone sonne. Bizarre, c'est inquiétant. Je décroche, c'est Cailin. Le cactus a eu une attaque, enfin, il est comme dégonflé, il est peut-être mort, on le laisse, on verra, en tout cas il ressemble à un petit tas grisâtre. Est-ce que toi ou Mathieu l'avez touché ? Ou un objet l'a-t-il heurté, en rangeant le clavier, par exemple ? J'explique la chose à mon copain, il me précise qu'il est passé de l'autre côté de la table pour ranger l'instrument, il n'a pas pu écraser le cactus. Et moi, je fais attention à ne pas approcher ces trucs pleins de piquants, pour une pianiste, c'est normal. D'accord, dit-elle. C'est moi qui ai dû y toucher, j'ai une irritation sur le dos de la main, c'est enflé et ça me gratte, comme une piqûre d'insecte. Alors, ce machin devait être vénéneux, balancez-le. Mais va surtout acheter une pommade chez le pharmacien, ça peut s'infecter. Oui, elle ira. Voilà. À bientôt.

Mathieu et moi, on rigole bien, Cailin ne pouvait pas supporter ce cactus à côté de ses azalées et de son yucca, elle cherchait sans doute un prétexte pour le jeter. Je l'imagine, la nuit, arriver silencieusement et taper dessus avec un journal ou un bout de carton pour ne pas se piquer, et dire le lendemain avec un air très innocent : « Tiens, qu'est-ce qui lui est arrivé ? » Mais, dans ce cas, elle ne m'aurait pas téléphoné aux aurores. Non, elle doit croire que ce malheureux cactacée — c'est le nom scientifique de l'espèce, ça fait plus chic — a subi les effets de la malédiction.

Du coup, je ne crois plus à cette histoire, Cailin est trop influencée par la magie celtique, et Artaban a marché. Évidemment, lui, il suffit qu'on lui donne une recherche à faire, même une suggestion, un seul mot le fait partir en exploration. Enfin, on s'est bien amusé avec cette histoire de note noire. Le coup du *« diabolus in musica »,* ce n'est qu'une question d'effet acoustique, un intervalle qui produit une impression de tension, un peu comme une virgule dans une phrase. Et c’est connu depuis longtemps. Qu’est-ce qu’on peut gamberger, à force de chercher la petite bête dans les analyses littéraires et musicales !

VI.

Quelques jours ont passé. Tout va bien, le collègue vicelard est en congé maladie, la directrice cherche des remplaçants, et la jeune assistante du professeur de danse a fini par comprendre que le monde n'était pas peuplé uniquement de doux anges admirateurs des exploits chorégraphiques de ses élèves. Il a fallu qu'elle voie un type s'exhiber devant la baie vitrée, que des parents qui étaient présents appellent la police et qu'un officier lui secoue les puces, on ne laisse pas des fenêtres ouvertes sur une rue passante alors qu'il y a des enfants en tenue légère. Elle s'est confondue en excuses, elle ne pensait pas... Du coup, elle a été malade toute la journée du lendemain, mal digéré, incapable d'avaler quoi que ce soit, rien ne restait. Aïe, cette fois, je crois qu'il y a une petite épidémie de gastro-entérite dans l'air, faisons attention. D'autant plus que j'ai une élève d'absente, malade elle aussi, m'a dit la secrétaire, on ne lui a pas donné de détails, mais je parie que c'est digestif. Voilà, c'est la faute de ce collègue qui se frottait à tout ce qui est de sexe féminin de moins de soixante ans, il a passé ses microbes aux élèves et aux professeurs.

Après mon cours, je me lave les mains bien soigneusement, je vérifie que j'ai encore du gel désinfectant dans mon placard, j'ai acheté une bouteille d'eau minérale pour ne pas boire celle du robinet, bref je prends un surcroît de précautions pour ne pas être contaminée, la maladie rôde... Mathieu, à qui je dis tout cela au téléphone, m'approuve, j'ai raison, il vaut mieux faire attention, dans le domaine de la santé on n'est jamais trop prudent. Même si la vie en ville nous a mithridatisés quelque peu question microbes, se désinfecter les mains et ne pas éternuer dans la figure des gens n'est pas de la frilosité, c'est normal. Et mon collègue, le frotteur ? En congé maladie. Très bien. Et ton chat ? Il va très bien, merci, il veut que je lui joue du Schubert, maintenant, il m'a montré la partition, ça le change de Mozart. Il a raison, il faut varier son répertoire.

Un jeudi matin, je suis de service à l'église, pour un enterrement. On m'a dit de jouer ce que je voulais, mais pas trop lourd, pas trop compliqué, pas trop long. Tout va bien, mon char d'assaut reste calme, simplement je suis un peu gênée, car je me suis trompée de chaussures et mes pieds ont tendance à glisser sur le pédalier. Bon, le morceau n'est pas trop difficile. Je n'aime pas vraiment les enterrements, mais il est normal de rendre hommage aux personnes qui nous quittent, en choisissant une belle musique pour les accompagner une dernière fois. La famille n'est pas éplorée, la défunte était une dame très âgée qui a eu une vie intéressante, elle est morte dans son sommeil. Le curé m'a raconté cela, du coup j'ai préféré des œuvres très calmes, très douces, comme si je ne voulais pas réveiller celle qui dort.

À la fin, je descends, la famille me remercie au moment de partir pour le cimetière. Le curé rassemble ses affaires avant de les suivre, nous échangeons quelques mots, et il m'apprend que la fameuse Madame Morin a eu une crise cardiaque sérieuse, elle est toujours à l'hôpital. Je lui dis que cela explique son attitude, elle devait se sentir mal. Oui, voilà, c'est sûrement ça. Je ferme la tribune, je rends la clé et je sors pour aller au conservatoire. Tiens, j'ai faim, passons prendre quelque chose au petit restaurant au coin de la rue.

L'ambiance du café-restaurant me réveille, ça parle, ça bouge, quelques ados s'excitent sur le flipper, le percolateur siffle, les serveurs crient les commandes, de la vaisselle est renversée, bref c'est un bistrot ordinaire. Je déguste mon omelette sans me presser, et voilà qu'à la table d'à côté s'installent quatre jeunes gens avec des guitares et d'autres étuis à instruments, on dirait une trompette, un saxophone... Ils discutent, apparemment ce sont des professionnels, ils ont eu un problème lors d'un enregistrement, le gars qui tenait le clavier a eu un malaise.

Aïe, la gastro aurait-elle encore frappé ? Du coup, je regarde mon assiette d'un air soupçonneux, je lève les yeux, oui, en face il y a une pharmacie, je ferais bien d'acheter quelque chose... Mais les guitaristes continuent :

— Il pianotait « love me », et au passage dans l'aigu, il a brusquement déraillé, il a fait des fausses notes, il a tapé sur le clavier...

Je sursaute, je me tourne vers eux :

— Excusez-moi, je suis pianiste, je vous ai entendus, est-ce que votre collègue a joué des notes très aiguës ?

Ils ont l'air amusés, ils me disent que oui, comment est-ce que je sais ça ? Les notes aiguës rendent malade ? Je suis un peu ennuyée pour leur expliquer brièvement. Je reste dans le langage technique : il a joué « do-si-do » en tapant fort, il était énervé ?

— C'est ça, me répond l'un des musiciens, il s'était eng... avec le preneur de son qui était arrivé en retard. En plus, le clavier n'était pas le sien, c'était celui du studio, il n'aimait pas les réglages qu'il y avait. Du coup, il a joué avec brutalité, beaucoup trop sec et trop fort, on lui a dit d'arrêter, il grognait, et pendant que nous nous accordions, il a pianoté, puis tapé plus fort, il a eu comme un hoquet et il s'est tenu le ventre.

— Il paraît qu'il y a une épidémie de gastro-entérite, dit un autre musicien, d'ailleurs il a foncé aux toilettes. Faut faire attention.

Je leur demande s'il y a eu un court-circuit, s'il a pu prendre un coup de jus, s'il y avait un fil dénudé. Non ? Alors, je leur explique succinctement, quand on est un peu malade, insister en tapant sur des notes aiguës, ça étourdit. J'ai eu le cas. Et je raconte l'histoire du collègue.

— Bien fait pour lui, me dit un des guitaristes, un vieux cochon qui embête les petites danseuses, il n'a que ce qu'il mérite !

— Bon, évidemment, dis-je, une copine férue d'ésotérisme, de magie, m'a parlé de « la malédiction de la note noire ». Ça, c'est du fantasmagorique, bien sûr.

— Oh, fait celui des musiciens qui n'avait encore rien dit, pas tellement ! Elle est anglaise ou irlandaise, votre copine ?

Le gars a un vague accent britannique.

— Irlandaise.

— Oui, alors, elle sait. Ça existe, la note noire, c'est une remontée des puissances telluriques.

Ses collègues le regardent, étonnés et amusés, un peu gênés quand même. L'un d'eux rigole doucement, puis secoue la tête d'un air sceptique, l'autre me fixe avec inquiétude. Je reprends la parole :

— Elle m'a vaguement expliqué, mais bon, je connais l'effet de ce qu'on appelle « diabolus in musica », c'est une quarte augmentée, un intervalle qui crée une impression de tension, dans la musique classique elle doit se résoudre, enfin être suivie d'un intervalle de repos, d'un accord final. Mais l'effet note noire, je n'en avais pas entendu parler, cela n'a rien à voir...

— Pas directement, mais c'est quelque chose qui y ressemble, une sensation de tension, par le côté aigu et le fait que les notes soient très voisines. Répétées très rapidement, ce groupe de notes résonne comme si elles étaient jouées ensemble, donc l'effet est très dissonant, on a l'impression d'un énorme point d'interrogation, comme si l'on élevait la voix, comme si l'on menaçait. En fait, la personne qui joue appelle au secours, appelle la note noire. Si on le fait sans besoin réel, on la dirige vers soi-même, on en subit le contrecoup. Apparemment, ce n'est pas votre cas, vous n'avez pas été malade...

Je leur raconte l'histoire du cactus, qui les amuse.

— Tiens, c'est un bon truc, fait l'un des musiciens, une blague à faire à ma tante qui a la manie de coller des plantes vertes partout, et qui ne choisit pas les plus jolies, on ne peut pas entrer chez elle sans prendre des piquants dans les vêtements, quand ce n'est pas sur les doigts. Elle a eu une bonne idée, votre amie !

— Oui, mais... reprend l'anglais, est-ce qu'elle n'a pas eu de problème après ? Parce qu'en fait, le cactus n'était pas dangereux, simplement elle le trouvait moche, non ?

— Elle a eu une irritation, un peu comme une piqûre d'ortie, je lui ai dit d'aller acheter une pommade.

— C'est cela, le cas typique, au lieu de jeter la plante ou de convaincre son ami de la jeter, elle fait un coup en douce, se sert d'un rituel magique dont les effets sont disproportionnés.

— Oh, j'ai l'impression qu'elle ne l'a pas vraiment fait exprès, elle a pianoté, sans conviction.

— Oui, mais elle a vraiment pensé à la plante. Eh oui, la nature sait quand on lui veut du mal, elle se venge. Là, l'effet a été immédiat. Elle en sera quitte pour un petit eczéma, mais dites-lui d'être prudente avec ça. Vous, vous aviez vraiment besoin d'aide, elle, non.

Je raconte l'histoire du chat, on se récrie, pauvre chat ! Non, rassurez-vous, il n'a rien eu de grave.

— Non, parce que ce fut involontaire, vous ne saviez pas. Mais maintenant, il vous faudra faire attention. Si quelqu'un vous énerve, jouez une étude de Chopin, tiens, la « Révolutionnaire », ça va vite, c'est fort, on s'agite, l'importun verra que vous êtes occupée.

Nous continuons à bavarder, l'un des gars regarde l'heure, l'autre sursaute en consultant son smartphone qui affiche un SMS. Quant à moi, je rassemble mes affaires. J'échange encore quelques mots avec l'anglais, qui me dit qu'il est saxophoniste. Je me souviens alors que la directrice a besoin de quelqu'un pour remplacer mon collègue, et je lui demande si... bon, je ne sais pas comment il joue, mais il est tout de même professionnel, il semble plutôt calme, et la plupart des élèves sont des débutants adolescents ou adultes, le jour lui convient. Pour être discrète, je descends aux toilettes et je sors mon portable pour appeler ma directrice, en précisant que je ne connais pas le musicien, ni son niveau, mais il peut dépanner... Elle est d'accord, c'est un petit temps partiel, s'il ne convient pas, elle cherchera quelqu'un d'autre. Dites-lui de passer me voir.

J'annonce la chose à Sean — c'est son prénom — il est assez content, il aime bien enseigner, il est également pianiste, il a fait du classique avant de se consacrer au jazz, il espère que ça ira. Je lui donne les coordonnées et nous filons chacun de notre côté.

À peine suis-je arrivée devant la porte de l'école de musique que je m'aperçois que je ne connais pas le nom du gars, seulement son prénom, que je n'ai pas ses coordonnées... Bon, s'il est sérieux, il contactera la directrice. En tout cas, j'aimerais bien discuter à nouveau avec lui de cette histoire de note noire.

VII.

Toute la semaine, cela a été l'obsession : la note noire, les puissances telluriques, ces notions occupaient mon esprit, j'avais l'impression que la nature allait se venger de ce que nous lui faisons subir, qu'un gigantesque séisme allait détruire toute notre civilisation… Oh non, ce n'est pas possible, pas Mozart, pas Bach, pas les jolies notes qui s'enchaînent si gentiment, qui vous transportent sur un petit nuage où tout semble doux, soyeux, chaud, autour duquel les gens sont aimables, attentionnés…

Mathieu m'a téléphoné comme d'habitude, et c'était curieux, je n'avais pas envie de bavarder avec lui, il voulait choisir un film, une exposition, je ne faisais que lui parler de cette malédiction. Je lui ai raconté ma rencontre avec les musiciens au café, son opinion a été « les coïncidences, ça existe », et il a changé de sujet. Apprenant que j'avais envoyé le saxophoniste à ma directrice, il a approuvé, c'est très bien de trouver du travail à quelqu'un, ne t'inquiète pas, tu as bien dit que tu ne savais pas comment il jouait, s'il n'est pas compétent, elle ne t'en voudra pas, c'est un remplacement en urgence. Et il m'a parlé de ses activités, des dernières parutions de son unité de recherche, j'ai dû me forcer à l'écouter. Je suis obsédée, ce n'est pas possible ! Et je ne suis pas gentille avec lui, pourtant il me laisse parler, il supporte mes élucubrations, alors que moi je le coupe. J'ai beau me faire des reproches après avoir raccroché, à chaque fois que nous discutons, je recommence. Il faut que cette obsession me passe.

Au conservatoire, j'ai revu Sean, qui est content de ses cours et a trouvé la directrice très sympathique. En plus, Charly, le professeur qui donne des cours de piano jazz, cherche à monter un groupe avec des élèves, ils se sont entendus pour collaborer, j'ai eu la main heureuse. Mais, quand nous avons pris un verre après les cours, nous n'avons parlé que de ce « do-si-do » fatal. Il a des connaissances en ésotérisme, il a de la famille en Irlande, une grand-tante un peu sorcière — du moins, on le dit —, un cousin historien qui a écrit un livre sur la magie celtique, sa grand-mère est française, mais bretonne et avait l'art de raconter des légendes locales à ses petits-enfants, bref il est tombé dans le chaudron tout jeune, comme Obélix. Bon, il n'est pas aussi gros et ne porte pas des nattes, il est plutôt grand, mais on ne l'imagine pas soulevant des menhirs ou se battant contre des envahisseurs.

Le lendemain, je sors après les cours de danse et je le rencontre à nouveau, il a des papiers à donner à la mairie près d'ici. Je l'accompagne, on discute, et alors qu'il est au bureau du personnel, Mathieu me téléphone pour me rappeler qu'Artaban nous a invités à dîner. Zut, j'avais complètement oublié ! Je m'excuse, je voudrais attendre Sean pour être polie, je ne le vois pas, je lui envoie un SMS disant que j'ai eu une urgence et je file chez le chercheur.

Artaban a beau avoir des choses à raconter, lorsque j'explique à Cailin l'histoire du pianiste de jazz, elle me demande des précisions, et la conversation s'installe entre nous deux au sujet de la note noire et des phénomènes telluriques. Son ami, qui semble s'impatienter, signale que ce n'est pas le moment de faire de la propagande écologique pour défendre la nature, elle se débrouille bien toute seule.

Et puis qu'est-ce qu'on peut faire en plein centre de Paris, avec des notes de musique, fera-t-on repousser les marronniers du boulevard ? Discutons de ces questions si vous voulez, mais sur un plan scientifique, il propose un livre de biologie, parle d'agriculture... Du coup, Cailin se fâche, réplique sur un ton un peu agacé, l'autre riposte vertement, Mathieu essaie de calmer le jeu en changeant de sujet, il se fait rabrouer, le ton monte, et ça y est, l'Irlandaise entre en ébullition. Elle a une voix qui porte, je m'inquiète pour les voisins... ah, non, il n'y a personne à côté, c'est un bureau. Je regarde Mathieu qui a l'air de se demander où il est, Artaban continue de discuter sereinement, argumentant sur un plan politique, Cailin le renvoie dans ses buts, ce n'est pas le sujet, nous vivons une période dangereuse, nous sommes de plus en plus robotisés, nous n'écoutons plus les signaux que nous envoie la terre, tout ce qui est impressions, pressentiments, nous les qualifions de superstitions d'un autre âge... Artaban reparle politique, son amie se fâche encore plus s'il est possible.

Mathieu me regarde, me fait discrètement signe de sortir, je crois aussi qu'il vaut mieux... mais je reste quand même, Cailin a des choses à dire, à expliquer au sujet de cette aventure qui m'obsède. Au bout d'un moment, je constate que mon copain n'est pas là, je vais voir aux toilettes, j'ouvre la porte, non, il n'est même plus dans l'escalier, il est parti, je devrais en faire autant... J'envoie un SMS rapide : « Où es-tu ? » Réponse immédiate : « Je rentre ». Tiens, serait-il fâché ? Matthieu fâché, bizarre ! Je l'ai connu intimidé, chagriné, déçu, content quelquefois, mais fâché... non, jamais ! Qu'est-ce qui nous arrive ?

Et qu'est-ce que je dois faire ? Demain matin, j'accompagne un baptême, je dois être en forme pour jouer, il vaut mieux que je rentre moi aussi. L'après-midi, je dois répéter. Je me lève, attrape mon imperméable, mais Cailin me retient : « Tu es d'accord avec moi ? » Je lui demande à quel sujet précisément, je n'ai pas suivi. Ni elle ni son ami ne se sont aperçus du départ de Mathieu. J'essaie de trouver un moyen de m'en aller sans les agacer, mais l'ambiance est telle que je ne peux que prendre la fuite. Avec un SMS à Mathieu : « je rentre, je t'appelle demain ». Pourvu que je n'oublie pas... En prime, ni lui ni moi n'avons dîné, je n'ai pas faim avec toutes ces histoires, quant à Mathieu, il n'a sans doute rien dans ses placards, je suis sûre qu'il s'est installé devant son ordinateur et a repris ses discussions avec Günther ou d'autres chercheurs étrangers, du moins ceux qui ne s'énervent pas et ne sont pas obnubilés par un événement touchant à l'ésotérisme ou à la science-fiction. Lire Bradbury ou Wells, c'est intéressant, mais imaginer que ces choses sont en train de se passer dans la vie réelle est légèrement exagéré. Si les martiens sont arrivés sur terre, personne ne s'en est aperçu. Et si le noyau de la planète se met à entrer en ébullition, c'est un phénomène naturel, nous n'y pouvons rien, nous grillerons si les lois de l'univers ont programmé cette échéance. Soyons un peu humbles...

Mais rien n'y fait, je suis à peine assise dans le métro que j'envoie un SMS à Sean, j'ai encore envie de discuter avec lui, au moins c'est quelqu'un qui y croit, et qui ne se fâche pas si l'on cherche à argumenter. Bien sûr, c'est difficile à raconter. Et si c'était une illusion collective ? Un peu comme si nous étions envoûtés par une force... dans ce cas, il y a bien une puissance supérieure, quelque chose qui nous permet de voir... Aïe, zut, ça ne capte pas. Je trépigne en attendant d'arriver à ma station, le métro est trop lent, voilà autre chose ! Enfin, il s'arrête, je me rue sur le quai, me précipite dans l'escalier, et enfin j'appuie sur « envoyer ». Pas possible, je suis esclave de ces machines, en plus d'être obsédée par mes préoccupations telluriques et musicales.

Voilà que je me pose une question : lorsque la note noire apparaît, peut-on être deux à voir les petites notes destructrices ? Peut-être, mais il faudrait que cela se produise quand nous sommes plusieurs, qu'il y ait un danger assez grand, que nous soyons au moins deux à avoir besoin d'aide. On ne va pas provoquer les choses, cela se retournerait contre nous, il ne faut pas jouer avec ça.

Mais au fait, je n'ai jamais demandé à Cailin si elle avait déjà vu les petites notes attaquer un ennemi, un agresseur... est-ce que l'autre jour, les petites croches sont montées à l'assaut du vilain cactus ? Au lieu de piquer sa crise, elle aurait mieux fait de m'expliquer. Non, son copain et le mien nous auraient interrompues, et elle n'a peut-être pas envie de raconter la chose à Jean-Claude, si elle l'a vécu. Il faut que je la rencontre seule. Et tic, tac, toc, encore un SMS. C'est bien pratique, cette invention.

J'arrive à m'endormir, mais je fais des rêves complètement idiots, je vois les petites notes jaillir de mon téléphone portable pour venir attaquer le chat, qui sort ses griffes, le téléphone explose, les petites notes sortent du piano en un flot continu de plus en plus épais... Je vois Cailin et Sean qui me déversent des seaux de petites notes sur la tête, ça gratouille... Et je me réveille, c'est le chat qui se frotte contre mon visage et ses moustaches qui me font éternuer. Mon pauvre Chester, qu'est-ce que tu penses de tout ça ? Est-ce que ta météo personnelle annonce un séisme destructeur ?

Le matou prend son petit déjeuner, je prends le mien, et Chester se perche sur le piano, la patte sur la partition d'une sonate de Beethoven. Tiens, il change, ce n'est plus Schubert. Mais c'est vrai, si on joue comme il faut, rien ne se passe et les puissances se calment. Le chat a toujours raison, d'ailleurs il me montre mon portable qui vient de grelotter, il y a un SMS de Sean, qui me dit qu'on peut se voir demain au Conservatoire, après les cours, très bien. Je remercie le chat, j'avais oublié mon anglais de collègue. Ce n'était pas la peine de s'énerver dans le métro parce que le portable ne trouvait pas de réseau !

VIII.

Mes leçons se sont déroulées sans anicroche, le cours de danse aussi. À part qu'il a fallu que je tire le rideau, la jeune enseignante innocente allait oublier, et en ce moment il y a beaucoup de passage, il peut toujours y avoir un plaisantin mal élevé, ou des petits imbéciles qui jettent des cailloux dans la vitre pour rigoler, il paraît que c'est amusant de déranger le monde et de casser des carreaux.

Les enfants se donnent du mal, moi aussi, on m'a demandé de nouveaux morceaux, on discute de la date de l'audition, et après le cours nous allons chez la directrice pour mettre au point le programme du spectacle, que le professeur en titre lui a déjà envoyé, mais il est susceptible de modifications. Je note les dates des répétitions supplémentaires sur mon agenda, je prévois de me faire remplacer à l'orgue le dimanche de la fête, je vérifie les partitions, je range mes affaires, et je suis contente d'apprendre qu'il n'y a en fait pas eu trop de malades, la plupart des élèves et des professeurs ont pris beaucoup de précautions.

Rentrant chez moi, je pense à Mathieu. Enfin. Je me dis que je l'ai trop négligé ces temps-ci, je me rappelle notre première rencontre, nos premiers émois... Nous nous regardions à la dérobée, j'avais envie de me blottir contre son épaule, lui un jour a esquissé un geste pour caresser mes cheveux qui le fascinaient... Même ce geste, ce besoin, n'a pas pu déclencher d'élan, tout s'est passé petit à petit, un baiser derrière l'oreille, on s'est serré l'un contre l'autre dans l'ascenseur, on se tenait la main... Mais dès qu'une de nos connaissances arrivait, nous nous séparions, comme si toute proximité nous était interdite, comme si nous vivions à une époque où la bienséance était de mise...

Auparavant, au Conservatoire, j'avais eu une brève aventure avec un répétiteur, un garçon sérieux, trop sérieux, qui me faisait sans cesse la leçon, cela ne se faisait pas de se tenir la main, s'embrasser n'en parlons pas... et en fait dès que nous arrivions chez lui c'était la folie, les vêtements volaient, les voisins entendaient tout, quoique je n'aie jamais poussé de cris d'extase, j'avais l'impression de passer un rituel d'initiation, j'étais attentive, mais quand ma vieille copine Juliette m'avait demandé « est-ce que tu as aimé ? » je n'avais pas su quoi répondre, qu'étais-je censée ressentir ? Bref, mon initiateur ne se rendait compte de rien, il prenait son pied, gentiment, c'était parfois drôle, comme si l'on jouait des scènes d'amour de films connus, mais bon... Enfin, je savais ce que c'était, quoi. Et puis il m'avait laissée, il avait trouvé mieux. Cela ne m'avait rien fait, d'ailleurs j'estimais qu'il était profitable de s'arrêter, de réfléchir à tout ce qui s'était passé, de se demander comment faisaient les autres...

Juliette et moi, nous étions sans attache pour un temps, elle venait de décrocher un poste de professeur de formation musicale, elle démarrait avec sérieux dans le métier, comme moi qui commençais à faire des remplacements, j'avais quelques concerts, bref ce n'était pas le moment de songer à la gaudriole. Aussi quand, du temps ayant passé, j'avais rencontré Mathieu chez des amis communs, je l'avais trouvé sympathique, sans plus. Nous nous étions rapprochés petit à petit, l'émotion était venue, avec la gêne que tout le monde s'en aperçoive, d'ailleurs Juliette me l'avait fait remarquer, « le gentil petit à lunettes, il ne te quitte pas des yeux, et toi tu ne fais que le chercher quand il est hors de portée ». Je me sentais gourde, et lui aussi.

Un été avait passé, j'étais partie avec Juliette en stage, nous nous étions trouvé des mecs, et j'avais même scandalisé mon amie en m'envoyant le maître-nageur de la plage, le beau gosse qui faisait le tour des touristes consommables et devait leur mettre des notes qu'il transmettait à ses copains. Mais Juliette avait jugé ce genre de relation « trop commune », il paraît que « ça faisait congé payé ». Je l'avais traitée de snobinarde et lui avais expliqué : « Mais pour une fois, j'ai voulu savoir ce que ça donne, d'être au bout de la liste. D'ailleurs le mec, à part le regarder... » « Je ne t'avais pas prévenue que les individus de cette espèce ne présentent aucun intérêt, sauf à la rigueur pour se rincer l'œil ? » Oui, d'accord, le genre sportif qui a tendance à précipiter les choses et confond le sexe avec le judo, ça déçoit. Mais il faut bien connaître les diverses possibilités, il faut une mauvaise expérience de temps à autre pour faire ressortir les bonnes ! Elle avait levé les yeux au ciel, me disant que l'amour n'était pas une expérience de chimie... De retour, nous nous étions taillé toutes les deux une réputation sulfureuse, au moins on ne nous traitait plus de gourdes. Mais cela s'arrêtait aux portes du Conservatoire, et Mathieu ne faisait pas partie de ce cénacle.

Finalement, notre liaison s'était concrétisée, entre la banlieue ouest et le cinquième arrondissement. Les ébats du samedi et du dimanche, pimentés par des parenthèses en semaine. Et puis le téléphone, les mails, les SMS, tout ce que l'arsenal des technologies modernes peut offrir pour la communication. Et nous nous entendions bien, la conversation ne tournait jamais court... enfin, jusqu'à ces derniers temps, je sentais bien que mon chéri n'appréciait pas mes obsessions ésotériques et telluriques. Déjà, il se moquait de moi quand je consultais mon horoscope, même histoire de rire.

J'avais préféré ne pas lui parler de Cailin et de ses idées sur la question, ni de la documentation, bien maigre, que j'avais pu réunir en piochant sur Internet. Je souhaitais présenter Sean à l'Irlandaise, mais le musicien était très pris entre cours, répétitions et enregistrements, et Cailin avait un travail aux heures de bureau à l'autre bout de Paris, il était difficile de trouver un créneau horaire.

J'avais aussi raconté la chose à Juliette, qui, elle, avait rigolé et m'avait traitée de superstitieuse. L'ésotérisme, ce n'était pas son truc, à part l'horoscope amoureux du samedi, il faut bien s'amuser un peu.

IX.

Mon cours est fini, et j'attends Juliette qui avait une course à faire dans le quartier. Il est encore tôt, je traîne pour ranger mes affaires, et je me souviens que Sean donne une leçon en ce moment. Je descends l'escalier, je tourne... ah, non, ce n'est pas cette salle-ci, c'est de l'autre côté, non, au bout de l'autre couloir... J'arrive finalement au bon endroit, il est en train de faire travailler un élève qui a bien du mal à lire ses notes et parvient péniblement à la dernière mesure de son morceau avec l'air d'avoir grimpé à pied jusqu'au cinquantième étage d'un building.

— Tiens, puisque tu es là, me dit le collègue, peux-tu l'accompagner ? Cela lui donnera une idée.

L'élève semble content de jouer « pour de vrai », avec l'accompagnement. Je m'assieds, Sean me met la partition, c'est une transcription simple d'une pièce classique, rien de transcendant. On commence, le gamin fait une faute de rythme, je le rattrape, il se trompe, son professeur lui fait signe de continuer, allez, du rythme ! On arrive tant bien que mal au bout du morceau, l'élève a l'air épuisé, bon, il a compris qu'il fallait se donner un peu de mal, et être patient, cela ne vient pas tout seul. Mais il est content d'avoir joué, c'est déjà ça. Son professeur l'encourage, tout en lui recommandant de travailler un peu plus, en suivant ses indications.

Je propose de prendre un verre, je lui dis que j'ai rendez-vous avec une amie, musicienne aussi, et je lui ai raconté, on pourra parler de « notre sujet ». Enfin, il est possible que je m'avance trop, Juliette n'est pas portée sur l'ésotérisme, mais elle fera la connaissance de Sean. Car je me pose des questions : est-ce que ce gars est vraiment sérieux dans ses histoires de puissances telluriques, est-ce qu'il y croit vraiment, ou est-ce qu'il vit à côté de ses pompes en planant dans un domaine imaginaire créé par ce que lui ont raconté ses grand-mères et grand-tantes ? Bon, j'ai « vu », enfin il me semble avoir vu les petites notes, mais étaient-elles réelles ou ai-je fabriqué une sorte de mirage ?

Juliette est exacte au rendez-vous, on discute de métier, elle est contente, en plus de ses cours d'initiation on lui a confié quelques heures de piano, et elle accompagne les élèves de la classe de chant. Seul problème, les locaux de son conservatoire étant anciens et exigus, elle doit crapahuter entre le bâtiment principal et des annexes en préfabriqué, ou dans une école primaire avec un vieux piano dont le son est digne d'un saloon dans la meilleure tradition des westerns. La chose amuse beaucoup Sean qui lui conseille de faire étudier aux élèves des morceaux adéquats, genre *« Dixie Land »* ou *« John Brown's Body »*[3]. Pourquoi pas le *« Stars and Stripes »* [4] *?* rétorque-t-elle.

— Sur un vieux piano, tu n'auras plus qu'à afficher la photo de John Wayne au mur ! lui réponds-je.

— Tiens, c'est une idée ! Embraye-t-elle. Et sur la porte, je mets une pancarte « atelier western » et je monte un

[3] Chansons populaires américaines datant de la guerre de Sécession. *Dixie Land* est « l'hymne » des sudistes, *John Brown's Body* celui des nordistes.

[4] Marche militaire américaine.

cours de musique « country ». Tu oublies que mon accent anglais est un peu trop parigot !

On s'écroule de rire, Sean nous avoue qu'un jour, venant de voir à la télévision le *« Marius »* de Pagnol, il a voulu imiter Raimu en disant *« Tu me fends le cœur »* et que ses collègues n'ont d'abord pas compris, puis se sont moqués de lui. Évidemment, l'accent anglais, même léger, est un peu éloigné de celui de Marseille…

Quand nous reprenons notre souffle, je vois Juliette qui me regarde avec un air interrogateur, ses yeux passent de ma personne à Sean, je lui demande ce qu'il y a, et elle me parle de Mathieu d'une voix pleine de sous-entendus. Assez surprise qu'elle ait supposé quelque chose de plus secret — si on ne peut plus prendre un verre avec un collègue sans se faire soupçonner de rapports très intimes ! — je lui dis que tout va bien, je l'ai eu au téléphone hier, on se voit le week-end comme d'habitude, voilà. Mais je lui avoue que l'histoire de la « note noire » et les explications de Cailin sur les puissances telluriques l'agacent.

— Tu m'étonnes ! Telle que je te connais, tu dois en parler à longueur de journée. Elle est comme ça, continue-t-elle en se tournant vers Sean, quand un sujet l'intéresse, elle y passe la journée, en rêve la nuit, en parle à tout le monde. À l'époque où tu as découvert la registration de l'orgue, on a eu droit à un exposé complet. Mais au moins, c'était quelque chose de technique, de réel. Tandis que les « puissances telluriques », oui, bon, il y a bien les séismes, les volcans, mais de là à imaginer que du centre de la Terre monte une force qui va s'ériger en juge de nos actions, c'est aller un peu loin. Non ?

Sean sourit, il n'a pas l'air vexé, apparemment, il sait argumenter sur ce sujet.

— Ce n'est pas exactement le centre de la Terre qui nous juge, c'est nous-mêmes qui attirons des forces magnétiques, positives ou négatives. On dit bien que quelqu'un « se rend malade » à force de ressasser quelque chose qui le préoccupe, et que cela peut rejaillir sur la santé physique. Là, c'est une sensation qui monte, une pression...

— Comme une cocotte-minute ? Et au lieu de siffler ou de faire sortir de la vapeur, ça dégage des petites croches qui viennent égratigner le méchant harceleur. Tiens, ce pourrait être bon pour les mecs qui vous pelotent dans le métro !

— Andouille ! Tu nous vois transportant un piano sur le dos ?

— Il faudrait essayer avec un clavier portatif, dit Sean en riant. En tout cas, ça a marché contre votre collègue, celui que je remplace.

Bon, on discute de ce sujet sur un mode badin, la plaisanterie détend l'atmosphère. C'est l'habitude chez Juliette, elle se rend compte quand la conversation languit ou si les choses tournent au vinaigre, elle sait changer de propos ou sortir la petite blague qu'il faut au bon moment. Encore que je n'aie pas l'impression que Sean soit agacé ou gêné de rencontrer une personne incrédule, il ne s'est pas mis à bouder ou à développer des arguments sérieux comme a fait Cailin l'autre soir. Donc il n'est pas un rêveur réfugié dans une bulle ésotérique, ni un dangereux sectaire adepte d'une religion déterrée du fond des âges, quand les puissances telluriques gouvernaient les êtres vivants...

Plus tard, Sean nous prévient en regardant sa montre qu'il doit absolument s'en aller, ses collègues jazzmen vont l'attendre. Il nous dit ça tout doucement, poliment, il est désolé, mais il déteste arriver en retard. Juliette se retient de rire, je lui dis « à demain », et il sort, laissant les deux nanas en tête-à-tête.

— Pas mal, ton British, me dit ma copine, en tout cas joli garçon et bien élevé. Ça peut marcher.

— Tu penses à quoi, espèce d'obsédée ? J'ai bien le droit d'apprécier quelqu'un sans vouloir lui sauter dessus, quand même ! Et Mathieu, alors ? Je suis pourvue, enfin !

— Hum, pourvue ? En ce moment... tu ne rencontres ton copain que le week-end et tu l'assommes avec tes préoccupations ésotériques. Celui-là, tu le vois presque tous les jours et je parie que vous parlez seulement de votre amie la note noire. Ça doit créer des liens.

— Mais non, je te jure que... oh, et puis zut, pense ce que tu veux, est-ce que je te demande combien tu en as dans tes placards, pour simplement avoir chaud la nuit ?

— Seulement trois, ma chère. Dont un qui est en vacances au Maroc, et un autre qui a la grippe. Question organisation, je n'ai pas de problèmes en ce moment.

— Et le beau chanteur d'opéra ?

— Le ténor ? Tu sais bien qu'on dit « con comme un ténor », alors...

— Je connais, collant comme un baryton et ivrogne comme une basse. Donc, plus de grand air de « La Tosca » ?

— Présentement, non... Ah, il me plaisait, autant à regarder qu'à toucher, mais un type qui au moment fatidique, pousse un contre-ut[5], tu imagines... La première fois, j'ai cru qu'il avait une crise cardiaque !

---

[5] Note *do* dans le registre aigu (au-dessus de la portée).

— Non, c'est vrai ? Tu me l'avais déjà dit, mais je croyais que c'était une blague ! Comment il arrivait à...

— Aucune idée, sans doute une détente à la fois respiratoire, cardio-vasculaire et vocale... J'en causerais à mon actuel, qui est interne en médecine. Quand il ne sera pas de garde.

— Ah, alors, le seul disponible qui te reste est de garde à l'hôpital ? Mais tu vas être en manque, ma grande ! Il va falloir regarnir tes armoires...

— J'y songerai. Mais si tu prends le British ésotériste, ne me refile pas Mathieu, il est gentil comme tout, mais pas mon genre. Garde-le en réserve.

— Tu vas trop loin, là. Rien n'est fait, Sean est sympa, mais c'est tout.

— Ah ? Tu ne te rends pas compte, quand tu le regardes... cela me rappelle la période où Mathieu et toi faisiez des travaux d'approche, vous rougissiez comme un rien l'un et l'autre. Avec Sean, qui entre parenthèses te mate en douce avec ses beaux yeux bleus, mais comme d'habitude, tu n'as rien vu, je crois que ce sera plus simple, maintenant que tu as grandi...

— Bon, j'avoue, il ne me déplaît pas, mais est-ce réciproque ? Tu me dis qu'il me mate, mais c'est peut-être sa façon d'être. On s'entend bien, je n'ai pas envie de tout gâcher en lui faisant des avances. En plus, c'est un collègue.

— Serais-tu du genre « jamais dans le travail » ? Au département de comptabilité d'une multinationale, je suis d'accord, mais dans le milieu des musiciens ou des acteurs, nous restons souvent entre gens de la même corporation, à cause de nos horaires irréguliers, de nos déplacements et du fait que nous devons entretenir notre technique à la maison.

— Et Mathieu ? Il n’est pas musicien.

— Mais tu ne le vois que le week-end, et encore quand tu n’as pas de concert, et lorsqu’il vient t’écouter il te sert de porteur ou de garçon d’orchestre, et il s’installe dans un coin avec un bouquin pendant les répétitions. Il ne t’a pas demandé pourquoi tu ne veux pas habiter avec lui ?

— Je t’ai déjà dit que c’était d’un commun accord...

— Pour des histoires de vaisselle ou de rangements, vous êtes quand même assez grands et assez conciliants pour vous organiser. Non, c’est toi qui ne veux pas t’engager, sans doute lui non plus. Dis, et moi, j’en ai plusieurs, qu’est-ce que ça fait ?

— Avec Mathieu, il ne me ferait pas de reproches, mais il serait très malheureux.

— Justement. Dans nos métiers, les accrocs peuvent plus facilement arriver, il faut pouvoir l’admettre. Jean-Luc est en vacances, je ne lui demande pas s’il fait vœu de chasteté quand je ne suis pas avec lui. Et si je pars en tournée avec mes chanteurs, j’en profite ou pas, selon ce qui se présente, tout le monde en fait autant. Qu’est-ce que tu veux faire le soir dans une ville de province où il n’y a plus rien d’ouvert à partir de dix-neuf heures ? »

Nous étouffons de rire, nous avons toutes les deux vécu ce type d’expérience, les organistes comme moi ont beau exercer leurs talents solitaires dans des hauteurs cathédralesques, à un moment, il faut redescendre et on a besoin de compagnie. Elle a vaguement raison en ce qui concerne Sean, il me plaît bien, mais une autre chose me tourmente : est-ce que je n’aurais pas un pouvoir maléfique, avec cette histoire de « note noire » ? D’après les assertions de Cailin, il y a du méphitique là-dessous. J’en parle à Juliette, qui me dit « Ça y est, tu recommences ! Mais non, tu n'es pas damnée, enfin, tu te prends pour Faust ? » Je lui rétorque que je ne veux pas porter la poisse aux amis. Je ne pense pas à elle, elle n'y croit pas, ça n'aura pas de prise, mais Mathieu, qui écoute Artaban, et qui a entendu Cailin, même s'il s'est montré sceptique... Et Sean, qui, lui, est vraiment dedans...

Tiens ? Est-ce que lui ne serait pas un peu sorcier, est-ce qu'il n'aurait pas cherché à m'envoûter ? Si je me colle avec un gourou de secte... Du coup, j'appelle Mathieu, je lui demande s'il veut venir ce soir... Ah, non, c'est une séance de travail, il a rendez-vous en visioconférence avec Günther et d'autres universitaires, ils doivent discuter de... enfin, des éditions anciennes de traités de biologie ou de médecine, ce sont des documents très intéressants. On se voit ce week-end ?

Allons bon ! Voilà que Mathieu n'est pas disponible, maintenant... Je sens que je vais dîner avec Juliette — oui, elle est libre puisque son toubib est de garde — et rentrer faire la conversation avec Chester en écoutant un concert à la radio. Je ne dois pas trop penser à Sean, laissons les choses se décanter. Et demain, je dois regarder un peu les morceaux destinés à l'accompagnement de la classe de danse. Mais Mathieu, pas libre... oui, c'est déjà arrivé, mais il se répand en excuses, d'habitude, il est désolé, il me propose le lendemain... Est-ce qu'il en aurait assez ? Stop, me dit Juliette qui m'a entendue penser tout haut, ne gamberge pas ! Tu ne vas pas déprimer parce que ton mec n'a pas l'air de s'écrouler en sanglotant à cause d'un rendez-vous remis !

X.

Je suis enfin arrivée à rencontrer Cailin seule, à l'heure du déjeuner. Elle m'a dit avoir du temps, n'ayant pas beaucoup de travail en ce moment, et moi je n'ai pas de cours avant seize heures. Je lui pose mes questions, en vrac, j'ai tout noté, mais je ne sais pas dans quel ordre en parler.

— Attends, attends, me dit-elle en plein milieu de mon énumération. Tu veux d'abord savoir si j'ai déjà vu ces petites notes ? Non, du moins je n'ai rien remarqué. Mais j'en ai entendu parler, par des auteurs assez spécialisés dans ce domaine. Si on peut être deux à les voir ? Il faudrait que deux personnes se sentent agressées en même temps, et qu'elles y soient toutes les deux réceptives. Et est-ce qu'un piano suffit ? Parce qu'il n'y a qu'une personne qui joue à la fois... Supposons deux personnes à qui il arrive la même mésaventure, dans une salle où il y a deux pianos, les deux pianistes jouant au même moment... C'est possible, mais tu te rends compte des coïncidences qu'il faut ?

— Peut-être en jouant à quatre mains ? Et avec un autre instrument ? Un violon, par exemple ?

— Hum... je sais que le violon peut casser des verres en jouant dans le suraigu, mais non, je n'ai jamais entendu parler de ça avec autre chose qu'un piano, enfin, un instrument à clavier, et tu es la première personne à qui cela arrive avec un orgue, à ma connaissance du moins. Ce phénomène est certainement possible autrement, il remonte à des époques reculées, quand les pianos n'existaient pas, mais comment cela se produisait... En chantant, sans doute, ou avec une flûte... Ou un bruit naturel un peu aigu, un grincement ? Mais il faut que ce soit instinctif, si une personne le fait volontairement, l'action se retourne contre elle.

— Tiens ? Comme tu as fait avec le cactus, tu t'en souviens ? Au fait, tu t'es soignée ?

— Oui, merci, j'ai encore une marque, tu vois, un gros eczéma, la pharmacienne m'a dit de consulter si cela ne disparaissait pas. Mais c'est presque parti avec sa pommade.

— Quoique, ce peut être parfaitement naturel, tu t'es piquée et le cactus est vénéneux, ou tu es allergique...

— Mais non, je ne l'ai pas touché, j'en suis sûre, enfin pas ce jour-là.

— Et Artaban, qu'est-ce qu'il en dit ?

— Bof, il a dit « dommage » en voyant le cactus écrasé, m'a regardée de travers et l'a tout de même jeté. Fin de l'histoire. Et évidemment, mon eczéma l'a convaincu que je l'avais volontairement écrabouillé.

— Mais il s'intéresse quand même à l'ésotérisme, non ?

— Oui, sur un plan historique, dans le domaine des recherches. Mais il ne croit en rien. Et c'est bête, car avec toute la documentation qu'il réunit constamment, il pourrait se faire connaître de pas mal d'associations, de maisons d'édition. Heureusement, j'ai pu le convaincre d'envoyer son livre à un éditeur très spécialisé avec qui j'avais été en relation, et il a été accepté. Il allait le publier chez celui des ouvrages universitaires, genre actes de colloques ou thèses, comme ses autres travaux, mais celui-là, qui est particulièrement intéressant, sera diffusé dans le grand public. Enfin, un public intéressé par ce sujet, les ésotéristes de la Renaissance, c'est quand même assez pointu. J'ai dû argumenter, il restait dans sa petite sphère.

— Eh, oui, comme Mathieu, qui désapprouve cette décision. Qu'est-ce qu'ils ont, à croire qu'entrer dans l'administration française est une consécration ? Tu vas me dire, je suis professeur dans un conservatoire, mais c'est parce que les structures fonctionnent ainsi, j'aurais pu également enseigner dans le privé.

— Oh, ça, on gagne sa vie où on peut. Mais Mathieu, comme plusieurs de ses collègues, ne veut pas se faire connaître parce qu'il ne veut pas fréquenter tel ou tel milieu, c'est une façon de se protéger du public... Il doit prendre les associations culturelles dans lesquelles j'interviens souvent pour des sectes sataniques, sans doute. Et quant à se faire éditer par une maison traditionnelle, il doit trouver que c'est se soumettre à l'économie capitaliste, et des choses de ce genre. J'ai expliqué à Jean-Claude qu'en dehors d'avantages financiers — et encore, pas si importants que cela, le domaine est trop spécialisé —, il peut faire découvrir des faits historiques ou littéraires au grand public, enfin, comme je te l'ai dit, à un public que cela intéresse. Les actes de colloques universitaires, ils dorment sur les rayons des bibliothèques et ne sont consultés que par d'autres chercheurs...

— C'est peut-être cela qu'ils souhaitent ? Rester entre experts ?

— Je comprends qu'on ne veuille pas être mis en lumière comme une rockstar, entendre des questions idiotes, recevoir des conseils de gens qui croient être capables de refaire le monde sur Facebook ou interprètent l'histoire selon une moralité actuelle, ou avec une tendance politique, quelle qu'elle soit. Là, effectivement, c'est ridicule. De plus, il y a une éthique, il ne s'agit pas de se servir des documents que l'on réunit dans le cadre de son groupe de recherches pour se faire publier ailleurs, évidemment. Mais le sujet de son livre, la Renaissance, n'interfère pas avec les travaux des médiévistes. Et pouvoir donner une conférence dans le cadre d'une association de sauvegarde du patrimoine, ou participer à une séance de signatures d'un éditeur spécialisé, ce n'est pas se dévoyer, tout de même... L'an dernier, j'ai demandé à Jean-Claude d'écrire un article sur l'alchimie dans le journal où je travaille, je l'ai traduit en anglais, au départ il a réagi comme si je lui proposais de vanter une campagne publicitaire pour une marque de lessive !

— Mais enfin, de nos jours, il écrit bien sur Internet, non ? Il a en plus une page Facebook, alors il fait bien connaître ses recherches au public, quand même !

— Mais l'accès à sa page est réservé. Mathieu le fait aussi, je pense ?

— Oui, mais il n'a pas eu tout de suite l'idée de bloquer l'accès, il a fait une crise en trouvant des commentaires idiots, du genre « ils étaient méchants, à l'époque ». Je lui ai dit qu'il n'avait qu'à les supprimer. Mais il a finalement mis un accès réservé, ça, je ne critique pas, le site est trop ouvert. Bon, quand il y a un rapport avec la musique, je copie son post dans ma page.

— Je fais de même avec Jean-Claude, quand le sujet concerne la tradition celtique, mais il veut toujours vérifier si je ne dénature pas le sens de ses écrits.

— Sur ma page, j'ai eu des commentaires du genre « comment savoir si mon fils n'est pas un nouveau Mozart », ou « comment apprendre à jouer la *Lettre à Élise* d'ici dimanche ? » En général, à partir de deux fautes d'orthographe ou de français, je supprime immédiatement, sauf si je peux me rendre compte que l'auteur du post n'est pas francophone, évidemment. Au début, je répondais, mais cela entraîne toujours une discussion interminable qui tourne au dialogue de sourds. Alors, je laisse, je ne réponds pas, je mets le propos en invisible, et si la personne réitère, ou si des amis jugent bon de relancer la discussion, je supprime, éventuellement j'en bloque l'auteur.

— Mais j'ai vu que tu expliques volontiers même des choses très simples.

— Oui, quand une question est formulée correctement, ou si je reconnais un de mes élèves ou un parent. Mais je ne mets rien de personnel sur ma page, tu as pu voir.

— Évidemment. Et tu ne parles que de musique, de littérature classique, d'histoire. C'est comme cela qu'il faut faire, on se fait connaître, mais sans étaler sa vie privée. Les photos de vacances, ou les premiers pas du petit dernier, ou les chagrins d'amour, on les garde pour les soirées en famille ou entre amis ! Bon, bien sûr, j'ai eu droit à des réflexions du genre « votre secte » ou des gogos qui me demandaient un rituel pour faire taire la belle-mère ou convaincre le patron de leur accorder une augmentation. Ceux-là, en général, je les mets en garde, ils peuvent se faire embringuer dans une arnaque. Mais après tout, s'ils ne savent pas se méfier...

— Oui, comme ma collègue professeur de danse, qui laissait les rideaux ouverts...

— C'est vrai, tu m'as raconté, la naïveté personnifiée. Elle n'a pas eu de nouveaux ennuis ?

— Non, du moins pas que je sache. Mais l'aventure l'a secouée, affolée, on dirait qu'elle a peur de tout le monde maintenant. Mais ça y est, elle ferme les rideaux. Ou je les ferme et elle n'y touche pas.

— C'est au moins ça. Mais pour en revenir à notre histoire, tu devrais me faire connaître ton copain Sean, il faut trouver un créneau horaire. Tiens, un soir ?

— Pas cette semaine, je sais qu'il a un enregistrement, mais je vais lui demander. Pas mercredi, il a des cours assez tard, comme moi, mais les autres jours... enfin, pour moi, je n'ai rien de particulier.

— Tu peux lui téléphoner ? Si on peut se donner rendez-vous tout de suite. Ça m'intéresse vraiment.

— D'accord, je l'appelle.

Sean répond, il est d'accord, oui, mardi soir, il n'a pas de cours et sa répétition se termine assez tôt. Oui, il sait qui est Cailin, il a consulté ses articles sur Internet, c'est intéressant. Mais lui, il n'est pas un expert, ce qu'il sait, il l'a appris de sa grand-mère, et le spécialiste de sa famille est son cousin, historien, il s'appelle...

Cailin connaît le nom, exact, c'est une sommité dans ce domaine. Elle aimerait bien faire un article sur certaines de ses recherches, ou traduire un de ses écrits, si Sean pouvait la recommander...

Bon, rendez-vous est pris. Du coup, je me calme un peu, je me raisonne, je me dis qu'il ne faut pas que j'assomme Mathieu avec mes histoires... Je l'appellerai ce soir, je tâcherai de lui parler de son travail, du mien, des morceaux que je vais jouer à l'orgue dimanche. Je me promets de faire un effort.

XI.

L'après-midi a passé vite, j'ai donné mes cours, je m'installe au piano dans la salle de danse. Et voilà que... oh, non ! Le collègue, le frotteur, qui arrive avec la délicatesse d'un éléphant à qui on n'a pas appris à s'essuyer les pieds avant d'entrer, qui se rue sur moi et tape du poing sur le piano. Je n'ai pas le temps d'en placer une, il m'insulte, me traite de salope, je lui ai fait perdre son travail pour caser mon jules, et lui vient d'être gravement malade...

Je reste assise devant mon clavier — je suis comme ça, quand on m'agresse, je ne bouge pas, ça étonne les gens qui croient que je n'ai pas peur d'eux et finissent par se méfier. C'est le cas pour lui, qui éructe « Alors, vous vous en fichez ? Connasse ! Je suis titulaire ici, je vais en référer au syndicat, je vous préviens... »

Or, je sais qu'il n'a qu'un contrat à durée déterminée, jusqu'à la fin de l'année scolaire, et que le délégué syndical ne le porte pas dans son cœur. Je le regarde sans rien dire, de mon air le plus innocent — enfin, il me semble — et je pose mes mains sur le clavier. J'ai juste le temps de les retirer, il a fait claquer le couvercle et continue ses invectives en me postillonnant à la figure. Deux jeunes élèves ouvrent la porte et, voyant la scène, prennent la fuite vers le bureau de la direction. Attirés par le bruit, deux parents entrent, la secrétaire arrive, suivie de la directrice. Cette dernière réagit au quart de tour :

— Qu'est-ce que c'est que cette façon d'entrer et d'agresser une collègue ? Et que faites-vous ici, n'êtes-vous pas en congé de maladie ?

La mère d'une élève s'approche de moi, je relève le couvercle du piano alors que l'énergumène s'est éloigné, pose mes doigts, histoire de me calmer en surveillant le type. Et voilà qu'il se retourne vers moi, bousculant la dame qui manque s'étaler, flanque un coup de poing sur le piano et m'agonit d'injures. La directrice et un père d'élève le tirent par le bras et l'entraînent vers la sortie, menaçant d'appeler la police.

Subitement, le gars s'écroule par terre, en se tenant le ventre. Machinalement, je fixe le clavier… oui, il a tapé à l'extrémité droite, dans l'aigu, et… tiens, il me semble… Non, regardons ailleurs, ce n'est pas le moment de croire à la sorcellerie, non, je n'ai pas vraiment remarqué les petites notes, il y a un reflet avec la lumière, et le type vient d'être malade, il a juste eu une rechute…

Je me mets debout, ça va, je tiens, après tout il ne m'a pas frappée, mais si nous avions été seuls, peut-être… Ne gambergeons pas, il ne sort quand même pas des hordes d'Attila, quoique… En plus, comment a-t-il su… ah, oui, la directrice a dû lui dire incidemment que c'était moi qui avais proposé quelqu'un pour le remplacer, à moins que ce ne soit un élève qu'il aurait rencontré…

Le perturbateur se relève, s'appuie au mur et quitte la salle sans ajouter un mot, accompagné de la directrice et du monsieur qui lui conseille de voir son médecin, lui demande s'il veut un taxi…

La mère me parle, nous discutons un instant, je l'assure que c'est vraiment la première fois que ce genre de scène se produit. Les musiciens ont beau être des gens sensibles, parfois un peu soupe au lait, nous sommes dans une école de musique, devant les enfants nous prenons soin de ne pas créer de scandale. Elle a remarqué que ce collègue était grossier, elle espère qu'on ne le reverra pas. Il paraît que le remplaçant est très gentil, compétent, vous le connaissez, alors ? Oui, vaguement. Je ne lui dis pas que je l'ai rencontré au bistrot il y a seulement quelques semaines.

La directrice vient me parler. Après cet incident, elle ne veut plus voir ce malappris dans l'établissement, elle va passer le mot aux collègues, elle nous prie de l'avertir s'il revient. D'ailleurs, il ne lui reste que trois mois à effectuer, il est encore en congé, il n'a qu'à le prolonger. L'adjoint au maire et le trésorier-payeur vont faire la tête, mais elle est catégorique, c'est ça ou une plainte au commissariat. Elle voulait conseiller à Sean de passer l'examen de professeur, mais il n'est pas français, il a fait une demande pour avoir la double nationalité, et cela prend du temps. Tant pis, on lui fera un Contrat à Durée Déterminée renouvelable, ou quelque formule que ce soit. Tout ce qu'elle espère est que l'autre ne vienne pas l'agresser. Elle m'explique qu'il s'est d'abord rendu dans sa salle de cours, heureusement il n'y avait personne. Il n'aurait plus manqué que l'affaire tourne au pugilat, Sean a beau être calme, il n'est pas un gringalet et aurait risqué de réagir. Et vous, ça va ?

Pas de problème, je vais bien. Mais oui, les enfants, vous pouvez entrer, le vestiaire est ouvert, le professeur arrive.

Mais je louche sur la partie droite du piano. Y a-t-il encore eu... Cela s'est-il fait tout seul, ou est-ce moi qui... Bon, assez, nous verrons cela avec Sean et Cailin, en attendant je raconterai l'histoire à Mathieu, en omettant de lui décrire mes impressions.

XII.

Nous sommes samedi, mais je n'ai pas senti les jours passer, j'ai été très surprise de voir Mathieu arriver, d'autant plus que nous ne nous sommes pas téléphoné depuis qu'il a décliné mon invitation. Il a son air de tous les jours, me parle de son travail, il doit se rendre quelque part en province pour une expertise de documents anciens, avec son chef, il est tout content, et le mois prochain il va en Allemagne pour travailler avec Günther. Et moi ?

Je lui raconte l'histoire du collègue, il réagit, semble s'inquiéter pour moi, je le rassure — ah, tout de même, Mathieu se fait du souci, il est dans son état normal, alors — et je lui dis que j'ai une répétition. Mais oui, il peut venir. Il est content, pas de problème, il tire de sa sacoche un gros livre qu'il m'assure être un chef-d'œuvre, que je ne m'en fasse pas si je le fais attendre, quand il a quelque chose d'intéressant à lire, le monde n'existe plus.

Apparemment, moi non plus je n'existe plus devant ce bouquin... Juste retour des choses, pour moi qui l'ai oublié entre deux considérations ésotériques ces temps-ci. Je lui parle de Cailin et d'Artaban, il donne tort à son collègue, un chercheur ne doit pas se dévoyer en se faisant éditer par des maisons de style grand public. Je lui précise que leurs publications ne sont pas du genre à trôner sur les rayons des livres de poche du Monoprix, qu'il y a des éditeurs spécialisés, que celui qui va acheter ce livre n'est pas un béotien dans le domaine historique, et qu'au moins on connaîtra l'existence de leurs travaux. Mais non, Mathieu n'est pas d'accord. L'accès aux recherches est réservé aux gens qui suivent des études classiques, passent les diplômes adéquats... Ah, bon, et quelqu'un qui n'a pas fait d'études, mais s'intéresse à tel ou tel sujet n'a pas le droit de le lire, alors ? Mais si, mais ce genre de personne ne peut pas suivre, alors il vaut mieux lui éviter des déconvenues...

Je suis assez suffoquée, voilà Mathieu qui s'enferme dans une sorte de secte dont l'accès est réservé aux chercheurs diplômés... Interdite aux personnes qui ne sont pas dans le sérail... Et moi, alors ? Je ne suis pas une historienne spécialisée, mais tu m'en parles, je crois quand même en comprendre une partie, non ? D'accord, les sujets qu'aborde Artaban, j'ai du mal à suivre, mais toi aussi, tu me l'as avoué, il a un esprit tordu.

Mathieu rougit — ah, ça y est, je le retrouve —, bafouille, s'excuse, je lui signale qu'il est tout simplement snob. Eh, oui, mon ami, être snob ce n'est pas seulement s'habiller à la dernière mode ou se pavaner sur la Croisette, c'est s'imaginer être au-dessus des foules, en plus il s'est montré sectaire, c'est presque du racisme de classe sociale... Mon copain ne sait plus où se fourrer, il met un genou en terre comme un chevalier devant sa Dame, me demande de lui pardonner, il s'est mal exprimé, c'est un truc de la fonction publique, il ne doit pas tirer avantage de la documentation dont il dispose à des fins personnelles... Je le rassure, et je n'ai pas envie de m'étendre davantage sur ce terrain.

J'ai eu le temps de me préparer pendant notre discussion, il faut que j'y aille, non, ce n'est pas loin, c'est à la salle de spectacle, mais le gardien attend que tout le monde soit arrivé pour nous ouvrir et il ferme derrière nous. Alors, viens.

Mon ami a l'air calmé, et moi je me remets à penser à mes petites croches, à la note noire, il faut que je fasse attention. Zut, stop, on parlera de ça mardi.

La répétition se passe bien, un quatuor de Mozart, c'est toujours un pur bonheur à travailler. Mes partenaires se donnent du mal, moi aussi, nous devons jouer cette pièce d'ici deux semaines, elle est au point. Il y a encore deux œuvres à revoir, mais nous les connaissons bien, tout va comme sur des roulettes. L'après-midi passe très vite, et lorsque je commence à ranger mes affaires, je me rappelle l'existence de Mathieu, mais où a-t-il disparu ?

Apparemment, il ne s'est pas préoccupé de nos prouesses musicales, il est pelotonné dans un fauteuil de la salle, absorbé par son bouquin. Un peu plus, il se faisait enfermer. Je l'appelle, il sursaute, secoue la tête, regarde autour de lui... Voilà, il se souvient du lieu où il se trouve, s'aperçoit qu'il y a des musiciens, et me dit « lire avec Mozart en toile de fond, c'est délicieux... ». Ah, bon, si nous lui avons servi de toile de fond...

Le concierge arrive, nous sommes prêts à partir, non, il ne ferme pas, il y a un concert de jazz ce soir. Je sors avec Alice, la violoniste, et toc ! Je manque me cogner dans Sean et ses partenaires guitaristes, ils font partie des groupes à l'affiche.

Je dis bonsoir à Sean, Mathieu me regarde, je me dis que je dois les présenter, tiens, c'est lui le saxophoniste qui a remplacé l'autre abruti, ils se saluent. Mais je me demande pourquoi je me sens gênée. Sacrée Juliette, elle m'a soufflé des idées subversives, du coup je sors assez vite, heureusement mes collègues se sont éloignés et je les rappelle, je ne suis pas sûre d'avoir bien noté le prochain rendez-vous.

Bon, Mathieu, je suis toute à toi, que faisons-nous ? On se promène un peu, il fait beau... Non, c'est vrai, mon bonhomme n'est pas ému par les pâquerettes ou les grands arbres du parc voisin, et on est en banlieue, lui il ne se sent bien que dans le centre de Paris. On dirait presque qu'il a été exilé au bout d'une ligne de métro... Et comment vas-tu faire, quand tu iras en province avec ton chef ? Une ville où il n'y a pas de métro, tu vas te sentir mal...

Du coup, j'arrive à le faire rire. Quand même... Allez, direction Place Saint-Michel, on verra là-bas.

XIII.

La journée du dimanche s'est traînée, je ne faisais que me forcer à penser à la présence de Mathieu, à écouter ce qu'il me disait. Le samedi s'est bien passé, nous avons vu un film intéressant, en discuter nous a occupés toute la soirée... Et je réalise qu'en rentrant du cinéma, nous nous sommes couchés et nous sommes endormis tout de suite. Non, il n'y a pas eu de câlin, apparemment aucun de nous n'a esquissé le moindre geste. On vieillit, ou quoi ? À nos âges, faire l'amour le samedi soir, c'est un minimum vital, qu'est-ce qui nous arrive ? On n'est pas fâchés, il y a eu juste une petite tension, mais la réconciliation sur l'oreiller, c'est habituel dans ces cas-là... Alors, quoi ? Apparemment, nous étions fatigués. Il faut dire que le temps est assez maussade, on n'a qu'une envie, c'est de dormir, avec à la rigueur un bon livre et le chat, mais la galipette ne semble pas être à l'ordre du jour.

Le lendemain, nous avons continué à parler du film, j'ai sorti un livre pour vérifier un fait historique, la conversation était savante, mais sans passion aucune. Comme par un fait exprès, je n'avais pas de messe à accompagner, c'était le jour d'un autre organiste, nous nous sommes promenés, mais il faisait froid, il a plu un peu, nous avons contacté Juliette à tout hasard. Heureusement, elle était libre, son toubib était de nouveau de garde, et celui qui se la coulait douce au

Maroc n'était pas encore revenu. Le troisième ? Ah, oui, il a la grippe. Je la charrie, lui disant qu'elle aurait dû aller à son chevet, jouer à l'infirmière, lui préparer des tisanes, des bouillottes. Mais très peu pour elle. Mathieu me rappelle que je ne suis pas de cette sorte non plus, mes talents médicaux se sont bornés à lui mettre un sparadrap quand il est besoin, nous on n'est pas du genre à materner nos mecs. Mon copain ne relève même pas cet emploi du pluriel, il est de nouveau perdu dans ses nuages. Juliette enfonce le clou :

— Mathieu, réveille-toi ! Il faut faire les poussières de temps en temps, je parle de celles de tes grimoires qui ont l'air de t'embrumer le cerveau !

Mathieu rigole, j'aime mieux ça, et j'enchaîne sur l'aventure de mon collègue l'Ostrogoth. Juliette ouvre des yeux comme des soucoupes, dit « Bien fait ! » quand je lui apprends qu'il a fait un malaise, et applaudit la décision de la directrice. Mais elle me fixe avec un œil en coin, susurrant :

— Alors, il a tapé sur le côté droit du piano, dans l'aigu, alors ? Et les petites notes sont venues le piquer comme des insectes venimeux, c'est ça ?

Je la fusille du regard, je ne voulais surtout pas aborder ce sujet. Zut et zut ! Et bien sûr, Mathieu soupire en levant les yeux au ciel :

— Toi aussi, tu donnes là-dedans ?

— Moi, pas du tout ! Rétorque ma copine. Mais c'est elle qui m'a bassiné avec ça... Tu ferais bien de te méfier, elle donne dans la sorcellerie, tu ne connais pas un quelconque « j'teux d'sorts » dans ton Berry natal ?

Mathieu est né à Bourges, mais il est venu très jeune à Paris et n'est pas amateur de folklore de campagne. Il secoue la tête, faisant visiblement un effort pour ne pas m'énerver. Il embraye :

— Et elle n'aime pas ça quand je l'appelle « ma sorcière bien-aimée » ! On en a parlé avec Jean-Claude et son amie Cailin, ça a provoqué une tempête, l'Irlandaise était comme un dragon qui crache du feu, on aurait dit qu'on avait insulté ses origines. Elle t'a raconté ?

— Oui, évidemment. Et elle en a reparlé avec la nommée Cailin, plus son collègue, Sean, le saxophoniste anglais, qui trempe aussi là-dedans. Fais gaffe, il y a de la secte dans l'air !

Je me dois d'intervenir :

— Arrête, Juliette ! Je sais que ni toi ni Mathieu ne vous intéressez à ces sujets, mais avec Sean et Cailin, je peux en parler.

— Le gars qu'on a croisé tout à l'heure ? Il fait dans la magie, la sorcellerie ?

Mathieu me regarde, l'air inquiet.

— Ma pauvre, tu t'étais coltiné un collègue macho et agressif, et voilà que tu l'échanges contre un gourou de secte ! Fais gaffe, quand même. Cailin le connaît ?

— Je vais le lui présenter un de ces jours. Mais rassure-toi, il est normal, il s'intéresse à ces questions parce qu'il a un cousin historien qui a écrit sur ce sujet, sa grand-mère bretonne connaissait tous les saints guérisseurs de la région et les rituels d'invocation adéquats, bref, c'est dans sa culture familiale.

— Comment s'appelle-t-il, son cousin ?

J'hésite un peu, le temps de me souvenir... ah, oui. Je lui dis, je cite le titre d'un de ses livres... Mathieu secoue la tête d'un air excédé. Évidemment, le cousin est publié chez un éditeur connu, ses ouvrages sont traduits en plusieurs langues, et il a un style facile à lire, n'utilisant pas un vocabulaire spécialisé réservé aux initiés membres du sérail.

— Lui ? Encore un de ces écrivaillons de magie de campagne genre grand public, aucune base scientifique ! Pardon ? Il est prof de fac ? Il envoûte les étudiants, alors ? Pauvres gallois ! Effectivement, présente-le à Cailin, ça lui donnera une idée de sujet pour un article dans un de ses magazines pour salle d'attente !

Juliette a l'air ennuyée, elle propose de changer de sujet. Chacun ses goûts, et elle signale à Mathieu que je suis une assez grande fille pour savoir si les gens que je rencontre sont dangereux pour mon mental ou non. Oui, elle connaît ce collègue, il est normal, et il a le sens de l'humour. Et il est plutôt beau gosse...

J'embraye :

— Ah, il est à ton goût ? Alors, sers-toi, si ta penderie n'est pas trop encombrée ! Facile, tu viens m'attendre après mes cours...

Juliette rigole, et Mathieu aussi. Ouf ! Il est temps de sortir dîner, nous nous focalisons sur le choix du menu.

Mais je ne peux m'empêcher de penser à l'histoire du collègue. Oui, c'est sûr, elles sont venues, les petites notes, j'ai bien vu. Et je pense à Sean, je regarde Mathieu, je suis un peu ennuyée. Bien sûr, on ne s'est rien promis, mais c'est vrai que depuis que nous nous connaissons, je ne lui ai jamais donné de motif de jalousie. D'ailleurs, est-il capable d'éprouver ce sentiment ? Être vexé, oui, cela arrive, mais jaloux, non, ce n'est pas son genre.

Je m'efforce de cacher mon trouble, on discute de tout et de rien, il me semble que Mathieu évite de parler d'Artaban pour ne pas citer Cailin, moi je ne mentionne pas les collègues, heureusement Juliette a toujours des bonnes histoires en réserve. Entre ses mecs et ses chanteurs et chanteuses, la prof de chant qui donne des conseils très intimes à ses élèves, « ne pas faire ça la veille d'une représentation, mais juste avant d'entrer en scène ». Il paraît qu'il y en a que ça galvanise pour sortir le contre-ut final qui fera exploser le public en applaudissements. Juliette, en verve, enchaîne sur l'habitude qu'avait un jeune ténorino d'opérette de ses amis qui avait besoin de frisson et visionnait un film d'épouvante avant les représentations. Chacun son truc.

J'avais déjà entendu l'histoire, mais j'étouffe de rire à chaque fois qu'elle la raconte. Et je demande à Mathieu ce qu'il a fait avant sa soutenance de thèse ? Rien, à cette époque il était bien incapable de penser à quoi que ce soit d'autre qu'à son sujet. Mais ces histoires l'amusent beaucoup et nous rentrons en continuant à rire. Merci, Juliette.

XIV.

Ce mardi, nous nous sommes retrouvés dans un bistrot accueillant avec Cailin et Sean. La soirée a été très agréable, nous avons pu discuter des sujets qui nous intéressent sans qu'il y ait de dispute, de polémique. Sean est très conciliant, Cailin aussi, ce qui m'étonne, apparemment elle se rend compte qu'elle a affaire à quelqu'un de sérieux, qui connaît bien le domaine qui nous occupe. En plus, leurs origines baignent dans des traditions voisines, ils emploient parfois des termes anglais ou en dialecte que je ne comprends pas, ils me les expliquent, on apprend des choses, bref tout se passe bien.

Qu'est-ce que j'avais à me faire de la bile en me demandant si Sean était un gourou de secte, si j'étais sorcière, si Cailin ne racontait pas des bobards... Évidemment, il y a pas mal de gens, comme Mathieu ou Artaban, qui se refusent à croire à l'irrationnel, ou d'autres comme Juliette, qui ne s'intéressent pas à ces sujets, sans pour autant se moquer des personnes qui ne sont pas de leur avis.

Mais, en ce qui concerne nos petites notes agressives, nous n'avons pas avancé d'un pouce. Apparemment, je suis la seule à les voir distinctement. Oui, c'est sûr, appuie Sean, tu les as vues. Une fois, on peut se tromper, il peut y avoir une illusion d'optique, un effet de lumière, mais pour toi cela s'est produit plusieurs fois. Et même il y a longtemps —

je leur ai raconté l'aventure de Marie-Ségolène —, donc j'ai vraiment le pouvoir de les faire apparaître. Non, cela n'est pas de la sorcellerie, il s'agit d'une sensibilité particulière, un peu comme si l'on était branché à l'électricité en permanence, mais est-ce un courant, est-ce une force magnétique... Cailin se souvient de quelque chose :

— Est-ce que tu peux porter une montre ? Je précise, une montre avec un remontoir, pas à pile.

— Attends... mais je n'en ai jamais porté, ça ne se fait plus depuis longtemps.

— Tu aurais pu en avoir une ayant appartenu à ta grand-mère, par exemple. Non ?

— Mais pourquoi ?

— Il y a des gens qui ne peuvent avoir ce type de montres, ils les arrêtent. Comme s'ils étaient aimantés, ils bloquent les aiguilles.

— Tiens ? Mais c'est le cas de mon père, effectivement, il m'a raconté ça, il a été content quand les montres à pile sont arrivées, simplement avec lui les piles s'usent plus vite. Moi, j'ai déjà vu des montres de ce modèle, bien sûr, mais je n'ai jamais eu l'occasion d'en porter.

— Pas de problème avec les montres actuelles ?

— Ben... non, apparemment je dois changer la pile un peu plus souvent que d'autres personnes, quoique cela dépende aussi de la qualité de la montre. Mais je l'enlève pour jouer du piano, et il arrive qu'elle reste dans mon sac.

— Il peut y avoir un rapport, tu as plus de magnétisme que d'autres.

— Bien, dit Sean en souriant, tu es une fée surgie des profondeurs de la terre qui vient aider à confondre les personnes malintentionnées, comme ce collègue, ou ta copine Marie-machin.

Je sursaute, je le regarde, non, il a dit « fée », pas « sorcière », et il a un sourire... j'essaie de regarder ailleurs, mais ses yeux m'attirent, c'est un fait. Juliette, aurais-tu eu raison ? Je me pince discrètement, je crois que j'ai rougi, zut, à mon âge... Quoique Cailin aussi rougisse comme un rien dès qu'elle s'énerve, évidemment, elle a une peau très claire, mais je suis quand même troublée. Est-ce à cause de ce qu'il vient de dire, ou est-ce que... zut, je fixe ses mains, j'ai envie qu'il me touche, j'ai envie de le toucher, voilà autre chose !

Essayons de revenir sur terre. Cailin a l'air de n'avoir rien remarqué, elle donne des explications, en avançant des arguments scientifiques, redevenons sérieux.

Mais voilà que le chat du bistrot arrive, instinctivement je lui fais signe, il s'approche et se colle à moi. Je sais, j'attire les chats. Sean reprend aussitôt la parole.

— Tu vois ? Les chats te cherchent, tu as ce pouvoir, tu es en accord avec les forces telluriques.

— Mais, attends... je croyais que les gens qui avaient une charge importante d'électricité statique énervaient les chats, au contraire.

— Je n'ai pas parlé de magnétisme, mais de force tellurique. Tu as la même que les chats.

Allons bon ! Voilà qu'on me prend pour Catwoman, dans un instant lui va se retrouver déguisé en Batman... Je réagis comme Juliette. Mais aussi, il me trouble, ce mec, je sens que quelque chose va se concrétiser. Quoique, peut-être est-il toujours comme ça, un petit côté charmeur, mais il ne s'intéresse peut-être pas particulièrement à moi sur ce plan.

Aïe, on dirait qu'il a deviné mes pensées, il me regarde en coin, je tourne la tête, m'adresse à Cailin. Elle poursuit :

— Je sais, tu vas dire que cela fait penser à une BD, rassure-toi, on ne te prend pas pour une sorcière ni pour Catwoman ou Cendrillon, simplement tu as un pouvoir particulier qui fait que tu peux matérialiser certains phénomènes, en l'occurrence les petites notes. J'ai fait des recherches sur le sujet, il y a quelques anecdotes historiques, des personnes ont constaté ce phénomène, comme toi. Et cela peut se produire avec n'importe quel instrument de musique, ou n'importe quel dispositif émettant des sons. Il faut juste pouvoir répéter très vite et quasi simultanément deux notes aiguës voisines, les plus hautes possibles, c'est plus facile sur un clavier. Tu connais, Sean ?

Mon collègue connaît, il l'a même vécu : lui et son jeune frère ont étudié le piano dans leur enfance, leur professeur était une bonne musicienne, mais assez autoritaire et qui ne supportait pas la plaisanterie. Un jour, le frère, moins assidu à la musique que lui, s'était amusé à coller des pastilles de couleur sur les touches du piano, elle s'est fâchée, les a enlevées et l'a obligé à faire un exercice assez difficile, très répétitif, qui montait dans l'aigu. Le petit s'est exécuté, de mauvaise grâce, et tapait comme un sourd sur le clavier. Arrivé dans l'aigu, il a fait une fausse note, elle a posé sa main et a joué les bonnes notes, les a répétées, plus fort et plus vite. Quand elle a retiré sa main, Sean, volant au secours de son frère, a joué les mêmes notes, encore plus vite et plus fort. Elle s'est aussitôt retournée, a eu une quinte de toux, s'est tenu le ventre et au bout d'un moment leur a dit de reprendre calmement. Sean s'est assis, a commencé à jouer son morceau, et la dame a laissé son frère tranquille.

Ah, donc, lui aussi, alors. Mais il ne se souvient pas avoir vu quoi que ce soit, notes, poussière, ou quelque objet que ce soit qui serait tombé. En tout cas, il a continué seul l'étude du piano avec cette dame qui s'est montrée désormais plus calme, et son frère, s'il a toujours joué un peu pour s'amuser, n'a plus pris de leçons.

La soirée est bien avancée, nous travaillons tous les trois le lendemain, il faut lever l'ancre. Cailin et Sean échangent leurs adresses, se déclarent très contents d'avoir pu discuter, ils me remercient, très bien, je fais la bise à Cailin qui prend le métro, mais Sean me dit qu'il part avec moi, il a encore le temps d'attraper un autobus.

Au bout d'un moment, je m'aperçois que je dors à moitié, mais je sens le bras de Sean sur mon épaule, et c'est assez agréable... C'est vrai, il est grand, c'est confortable, je suis bien calée, c'est doux... Tiens, tiens... Juliette, aurais-tu eu raison ? Qu'est-ce que je fais ? Bon, je ne vais pas m'écarter en prenant un air offusqué, cela fait un moment que nous sommes comme ça, et je me sens plutôt bien, j'avoue...

Oh, et puis zut, après tout, je ne vis pas avec Mathieu, alors il faut que j'apprenne à cumuler. Je sais, ce n'est pas mon style, même si à certaines périodes j'ai fait un certain nombre d'essais plus ou moins bien transformés. Mais ils furent successifs, un seul à la fois, s'il vous plaît ! Juliette me disait qu'avec moi, il fallait prendre un ticket et se coller dans la file d'attente... Comme si j'étais une femme fatale !

Nous montons dans l'autobus, discutons un moment, puis on s'approche de mon arrêt, je me lève, Sean aussi. Par courtoisie, ou pour me suivre ? « Bon, à demain », lui dis-je au moment où l'autobus ralentit, freine d'un coup, je manque dégringoler, il me rattrape, me serre un instant contre lui, m'embrasse rapidement... non, pas un vrai... et je descends, lui me fait signe alors que la porte se ferme.

Je reste une seconde sur le trottoir à regarder l'engin de la RATP s'éloigner, je fais demi-tour, hep, pas par là, encore un quart de tour et me voilà dans ma rue. Bon, dis donc, ma fille, tu sais ce que tu veux, ou pas ? Si ce gars te plaît, vas-y, pousse-le un peu, après tout il a beau être assez grand et carré d'épaule, il a le droit d'être timide, ou simplement réservé, pas le genre à vous sauter dessus comme un bulldozer. Mais alors, peut-être m'a-t-il branchée sur ces histoires seulement pour ça ? Non, quand même, il s'y connaît, et il a discuté avec Cailin, ils ont échangé leurs adresses. Et puis, il me voit souvent à l'école de musique, il n'a pas besoin de mettre en branle tout ce scénario. À moins qu'il ne soit porté sur les aventures ésotériques, qu'il n'ait besoin d'une ambiance particulière… Je repense au copain chanteur de Juliette qui devait visionner un film d'épouvante pour se galvaniser avant un spectacle. Peut-être Sean a-t-il besoin de recréer un décor celtique, il se prend pour Lancelot du Lac, ou Parsifal… Tiens, je le vois bien dans ces deux rôles, il a le physique adéquat…

Arrivée chez moi, je sors un DVD… non, je ne vais pas regarder *Excalibur* à l'heure qu'il est ! Je cherche un livre, tiens, celui écrit par son cousin, je l'ai commencé, il m'intéressait… Et voilà, du coup, je n'ai quasiment pas fermé l'œil de la nuit !

Sont-ce les petites notes, ou les beaux yeux de Sean ? En fait de fée ou de sorcière, c'est moi qui suis envoûtée ! C'est malin !

Je dois trier mes partitions, j'ai à faire une présentation dans une école, ensuite je donne des cours, ce n'est pas le moment de rêvasser. Et l'heure tourne, je verrai Sean cet après-midi, il a un cours de formation musicale à l'heure où j'accompagne les danseuses. Je me suis décidée, il me plaît, c'est un fait, et je n'ai rien promis à Mathieu qui doit s'exciter dans sa bibliothèque, lui, les grimoires l'inspirent, c'est vrai que l'odeur du papier, c'est ensorcelant.

Ça y est, j'ai encore parlé de sorcière. Ah, non, Sean, lui, m'a appelée « une fée ». C'est bien plus gentil. Bon, je laisse aller les choses, le tout est de s'organiser et de savoir ce que l'on veut, pas de situation fausse. Tiens, au fait, Mathieu m'a dit qu'il partait en province… quand ça ? Il faut que je le lui redemande. Eh, qu'est-ce… oh, pardon, Chester, il faut aussi que je change ta litière, sinon je vais avoir droit à des sévices. Tiens, qu'est-ce que tu fais ?

Le matou n'est pas sur le piano, cette fois-ci, mais sur l'étagère de la mini-chaîne, il pousse de la patte un CD… Oh, oui, encore pardon, je range. Il me regarde, tend sa patte vers autre chose… écoute, sois raisonnable, je ne vais pas te mettre « Excalibur » dans le lecteur, on verra ce soir ? Tiens, voilà des croquettes en plus, ne me fais pas de caprice. Un jour c'est Mozart, ensuite c'est Schubert, puis c'est Beethoven… et maintenant il veut voir un film. Non, ce n'est pas toi qui vas faire marcher le lecteur de DVD. J'ai dit « ce soir », Chester !

XV.

Je rentre chez moi, Chester se précipite aussitôt dans mes jambes, mais oui, tu as faim ? Non, il veut d'abord des câlins. Mais oui, le chat, et puis, il faut que je te raconte...

La journée a passé très vite, l'après-midi j'avais beaucoup d'élèves. J'ai pu faire une pause vers cinq heures, je me suis dirigée vers la machine à café et me suis quasiment cognée dans Sean qui arrivait par l'autre escalier. Il me rattrape, me serre un peu plus qu'il n'est nécessaire, m'embrasse dans le cou... je manque m'écrouler, je dois me cramponner à son bras, ça y est, je suis accrochée. Bon, c'est lui qui a commencé, alors, laissons les choses se faire...

Le café sert de diversion, j'essaie de n'avoir l'air de rien, la secrétaire vient près de nous, discute un moment avec mon collègue, d'autres personnes arrivent, la machine est prise d'assaut. Je dois revenir dans ma salle, je tape sur le bras de Sean, lui disant « à plus tard », il me dit « on peut se voir demain ? », je suis d'accord, j'accompagne la classe de danse, mais... tiens, lui, il n'a pas de cours demain... Donc, il me donne rendez-vous... Du coup, je n'ai plus envie de parler des petites notes, des forces telluriques ou de la magie celtique, j'ai envie qu'il me parle de lui, de moi, de nous, et encore, parler... Je veux passer à l'acte. Mais est-ce que je sais toujours démarrer une relation dans de bonnes conditions, depuis le temps ? Ça va, j'appellerai Juliette pour les détails techniques, histoire de rigoler et de détendre l'atmosphère.

Avant de quitter la pièce, je jette un coup d'œil sur l'objet de mes désirs, oui, il est assez grand, mais pas trop, pas maigre, mais pas trop gros, le bon modèle, quoi ! Je me dis que je suis en train d'évaluer un cheval, comme un maquignon, mais il a un regard... enfin, c'est assez clair. Il a de beaux yeux, très expressifs.

Tiens, bizarre qu'il ait choisi le saxophone, il a plutôt un genre pianiste romantique, s'il était chanteur il incarnerait *Werther*... Oh, le choix d'un instrument peut être fortuit, et il joue aussi du piano.

Tout en préparant le dîner de Chester, puis le mien, je téléphone à Juliette, qui a toujours des conseils utiles, je lui demande comment elle peut savoir... ah, alors, rien qu'en regardant le mec, elle arrive à se rendre compte s'il est un bon amant ou non ? Explique... On étouffe de rire, je lui dis que Chester écoute, Juliette me rétorque « t'inquiète, un chat, ça peut tout entendre, du moment que sa gamelle est pleine et sa caisse nettoyée ». Là, c'est vrai. Mais elle me conseille de faire attention si au moment fatidique, je vois des petites notes, et peut-être vaut-il mieux tourner le dos à une éventuelle partition qui se trouverait à proximité. Ah, bon, on ne peut pas s'ébattre sur une page de sonate de Beethoven ? Depuis le temps, ils en ont vu d'autres, non ? Oui, mais moi, je suis un peu trop obsédée par cette histoire, donc, ne mêle pas l'ésotérisme au sexe, il a beau ressembler à Lancelot du Lac, il est fabriqué comme tous les bonshommes. Enfin, c'est ce qu'il me semble. Je suis d'accord, je n'ai guère envie d'essayer un rapport avec un gars en armure, quand même. Tiens, comment ils faisaient, à l'époque ? Ils prenaient un ouvre-boite ?

Ma copine me coupe en disant que si intéressante et instructive que soit notre conversation, elle vient d'entendre un signal d'appel, c'est son interne qui doit sortir de sa garde prolongée à l'hôpital, sans doute a-t-il besoin d'un moment de douceur. Mais bien sûr, je comprends. Bonne soirée !

Je raconte tout ça à Chester, qui a daigné finir sa gamelle et jette de temps en temps un œil vers la télévision. Bon, d'accord, je te mets « Excalibur », attention, il y a des scènes un peu dures pour un chat. Ah, mais non, tu l'as déjà vu, et tu t'es endormi à la fin.

Du coup, je visionne le film en caressant Chester, qui ronronne en regardant l'écran par moments.

Au moment de me coucher, je me dis, tiens, bizarre, pas de coup de téléphone, d'habitude, Mathieu m'appelle. Oh, il le fera demain, ou un autre jour, on verra. Je vérifie mon portable, mon fixe, non, pas d'appel. Pas de message ni de mail non plus, à part les éternelles offres publicitaires. Bon, j'ai sommeil, j'espère rêver de... Lancelot Du Lac, ou Siegfried, ou Parsifal, aïe, attention, on ne s'endort pas en écoutant un opéra de Wagner. J'essaie de me réciter un poème romantique, les vers qui me viennent en tête sont-ils de Musset ou Vigny ? Peu importe, à cette heure, du calme, et ne réveillons pas le chat qui est déjà installé.

XVI.

On se prépare, on met ses affaires en ordre, on consulte son agenda, on regarde ses mails, ses SMS, donc en principe on a tout prévu... Et rien ne se passe normalement ! Quelle journée !

J'arrive au conservatoire, je me dirige vers ma salle, et une odeur horrible me monte aux narines. Je me précipite vers le bureau, la secrétaire est en train de se moucher, elle pleure à chaudes larmes. Entre deux hoquets, elle parvient à m'expliquer que des techniciens de la maintenance ont utilisé une salle du sous-sol pour faire du développement de photos anciennes dont on avait retrouvé les négatifs, et, leur travail fini, ils n'ont rien trouvé de mieux que de jeter le révélateur dans les toilettes. Du coup, tout le sous-sol embaume l'ammoniaque, l'odeur monte jusqu'au rez-de-chaussée, bref une bonne partie des locaux est inutilisable. On a ouvert les fenêtres, créé le plus possible de courants d'air, les gens qui passent dans la rue changent de trottoir en arrivant à proximité, c'est l'horreur.

La directrice, qui s'est mis de la pommade au camphre dans le nez, arrive et m'indique qu'il y a une petite salle au deuxième étage, dotée d'un piano droit très ordinaire, mais il est accordé régulièrement, il y a un bon tabouret et des chaises, je n'ai qu'à donner mes cours là pour aujourd'hui. J'y vais, j'attends, j'apprends que la première élève arrivée a senti l'odeur et est aussitôt repartie, la deuxième qui n'a pas compris les explications du gardien s'est égarée dans les couloirs, je parviens à la retrouver entre deux escaliers, nous avons perdu une bonne partie du temps de cours.

Et ainsi de suite, tout est décalé, un père d'élève exprime son mécontentement, comme si j'y étais pour quelque chose... Je n'ai pas le temps de prendre une pause, et d'ailleurs la machine à café est dans la zone odoriférante, quoique les miasmes commencent à se dissiper. J'enchaîne les cours, le piano n'est pas vraiment conçu pour quelqu'un qui a un niveau élevé, et la secrétaire m'apprend qu'elle a pu prévenir une bonne partie des élèves du cours de danse que la leçon était annulée. Elle me conseille de rentrer me reposer, j'ai paraît-il une sale tête, je veux bien le croire.

Je m'apprête à rentrer chez moi, je suis tellement crevée que je n'arrive plus à avancer, je décide de prendre l'autobus, j'arrive à l'arrêt... et zut, et Sean ? Voilà que j'oublie mon rendez-vous galant... à moins que ce ne soit qu'une petite galipette, ne prenons pas les choses trop au sérieux. D'ailleurs, je ne me sens pas très bien, avec cette odeur qui m'a retourné l'estomac. Mais soyons correcte, je reviens vers le Conservatoire, je vois passer Sean, tiens, qu'est-ce qu'il fait par ici, à cette heure-ci, je croyais qu'il n'avait pas cours ? Il a son étui de saxophone, il rejoint un groupe de musiciens, ils discutent et se dirigent vers la salle des fêtes.

J'ai la flemme de lui courir après, je sors mon téléphone et lui envoie un SMS, racontant comme je peux ce qui est arrivé, je lui dis de m'appeler quand il pourra, je m'excuse plusieurs fois...

Je me retrouve chez moi, Chester a l'air étonné, mais il est très content d'être servi tout de suite, et il file sur le lit piquer un roupillon. Pas merci, pas de câlins, le chat qui a été servi par son personnel n'a pas de comptes à rendre, n'est-ce pas ?

J'étudie un peu une partition en mettant la sourdine au piano, il y a une pièce que je dois jouer à l'orgue, je me mélange dans les doigtés, je confonds les dièses et les bémols, bref ce n'est pas mon jour.

J'ai complètement oublié Sean, je trouve un mail de Mathieu qui me dit qu'il passe tout le week-end avec Günther qui vient à Paris pour un colloque, c'est un événement important pour eux, il me rappellera au début de la semaine prochaine. Ça ne me fait ni chaud ni froid. À la limite, je suis soulagée, je ne veux voir personne, à cause de mon estomac qui me fait l'effet d'une chaussette sale retournée, non, je n'ai pas envie de rendre, je n'ai rien mangé, ma tête me lance, je ferais mieux de me coucher.

Par acquit de conscience, je regarde mes messages, ma directrice m'a envoyé un SMS me disant que demain le cours de danse aura lieu à la salle des fêtes, et que pour les élèves pianistes je n'ai qu'à utiliser de nouveau la petite salle. Elle s'excuse pour le piano, cas de force majeure, elle a chapitré le chef des services techniques, des enfants ont été malades, les parents ont râlé… Enfin, tout va bien. Je suis presque rassurée, on ne me fait pas porter la responsabilité de la chose, je suis bête, je n'y suis évidemment pour rien. Tiens, un autre SMS.

C'est Sean, il est étonné, il avait une répétition, il ne pense pas m'avoir donné rendez-vous… Pardon ? Il boit, il se drogue, ou il se fiche de moi ? Ah, il ajoute que si c'est le cas, il s'excuse, il s'est trompé. Il me rappellera.

Je soupire, pas un mot tendre, même pas d'amitié, un message factuel, sans sentiments, avec des excuses, point. Je me dis que je me fais du roman, on ne fait pas de déclaration par SMS, quand même. Bon, qu'est-ce que je crois ? Qu'il va m'appeler « ma petite fée » via un téléphone portable ? On n'a plus quatorze ans, pour dire « j'te kiffe » au moyen du dernier réseau à la mode.

C'est vrai, les moyens technologiques actuels nous permettent beaucoup de choses, mais ça bride un peu les sentiments... Non, du calme, un message peut être lu par quelqu'un d'autre, il faut rester neutre quand on écrit... Alors, plus de lettres d'amour ?

Je repense à Mathieu, je me disais que je l'avais trop négligé, et voilà qu'il repart dans ses grimoires avec son chercheur spécialiste du vieil-allemand et traducteur du *Serment de Strasbourg*[6]. Franchement, je préfère jouer du Schubert ! Mais j'ai envie de le voir... Non, pas vraiment, je me sens désarmée, je suis malade, dormons. Mauvaise journée.

---

[6] Le *Serment de Strasbourg* est un acte datant du 14 février 842 établissant une alliance militaire entre deux des petits-fils de Charlemagne contre un troisième.

XVII.

Le reste de la semaine a filé à toute allure, j'ai passé mon temps à courir de la salle des fêtes à mon petit réduit du second étage, j'ai dû remplacer deux chaises qui terminaient tranquillement leur existence, à cause d'une mère d'élève légèrement trop corpulente pour ce matériel. Elle s'est à moitié écroulée en s'asseyant, le gamin s'est affolé en la voyant par terre, j'ai failli me faire un tour de reins en la relevant, j'ai dû descendre au rez-de-chaussée pour récupérer des chaises correctes. L'aventure a amusé la directrice et la secrétaire, je n'ai pas trouvé la chose particulièrement comique... Et ça y est, aujourd'hui, nous sommes dimanche, je suis à l'orgue, sur mon char d'assaut qui obéit bien, j'ai pu travailler tranquillement mes morceaux. À la fin, le curé me félicite, ainsi que la personne qui s'occupe de la chorale.

Avant de sortir, je regarde autour de moi, il m'a semblé... mais oui, c'est Cailin qui est là, examinant une statue dans une chapelle latérale, en compagnie de... tiens, oui, c'est Sean. Ils me voient, me font de grands signes, on s'embrasse, Sean me prend par l'épaule et se répand en excuses. Il a eu beaucoup de choses à faire, il s'est trompé dans ses rendez-vous, aussi bien avec ses collègues qu'avec moi, il ne sait comment s'excuser...

Heureusement, Cailin lui a téléphoné, ayant effectué quelques recherches dont elle voulait lui parler, et il a eu l'idée de lui donner rendez-vous à la messe, sachant que j'y jouais souvent. Cela me fait drôle de les voir dans une église, ils n'ont pas le profil de bons paroissiens, mais il y a un bel orgue, et une organiste talentueuse, n'est-ce pas ? C'est l'argument que donne Cailin qui ajoute que ce lieu lui semble habité, il y a quelque chose dans ces pierres, peut-être une crypte recèle-t-elle des secrets ? Je lui promets de demander au curé, qui est déjà parti. Le sacristain nous presse de sortir, il doit fermer l'escalier de la tribune et la sacristie.

Une fois dehors, Cailin me demande si j'ai vu Mathieu avant qu'il ne rejoigne ses collègues... ah, mais oui, c'est vrai, Artaban est avec eux, le colloque a commencé hier, il paraît que ces chercheurs ont débattu pour la énième fois de leurs sujets favoris comme le sexe des anges, le baptême de Clovis et le texte original du *Serment de Strasbourg*. Il y avait d'autres spécialistes de France et de Navarre, même un Brésilien naturalisé belge et un Japonais résidant à Copenhague. On trouve de tout dans les bibliothèques et les séminaires littéraires et scientifiques... Bon, nous n'avons rien à dire avec nos obsessions ésotériques, qui va oser publier des travaux universitaires ou organiser une conférence au Collège de France sur les petites croches tueuses ?

Sans nous concerter, nous descendons dans le métro, direction le centre de Paris, la fontaine Saint-Michel est comme d'habitude envahie et le robinier du square Saint-Julien le Pauvre a toujours le même air penché. Comme Notre-Dame qui veille sur tout ce monde hétéroclite avec une tranquille bienveillance.

Nous parvenons à nous caser dans un restaurant grec où il est impossible de s'entendre, entre les conversations orales et téléphoniques des clients et la musique qui crachote un air de bouzouki depuis un haut-parleur fatigué. Je jette un œil sur mon portable, pas de message, donc tout va bien, mes amis en font autant, Cailin nous signale qu'Artaban prévoit que le colloque va durer, qu'ils vont se retrouver le lendemain dans son bureau, ils ont récupéré de quoi publier un compte-rendu qui va révolutionner l'histoire du Haut Moyen-âge. Je pouffe de rire, j'imagine Mathieu à cheval sur son ordinateur, mettant en ordre leurs trouvailles, critiquant une traduction, Artaban pérorant en des termes que personne ne comprend, Günther parvenant à le reprendre sur les mots en vieil allemand, et le brésilien s'endormant, complètement perdu.

Je décris l'ambiance, mes amis qui arrivent à m'entendre s'esclaffent, Sean m'embrasse sur le front, descend un peu... mais on nous sert, concentrons-nous sur nos assiettes, je me dis qu'il nous faut trouver un endroit propice à la discussion, les cafés et les restaurants sont comparables au métro aux heures d'affluence, et il faut que cinquante personnes consultent leurs SMS en même temps, sans les commenter, pour avoir un semblant de silence. Cailin a prévu de nous recevoir, elle a des documents à montrer à Sean, et Artaban ne rentrera pas avant une heure tardive, s'il rentre.

La table voisine renverse la carafe d'eau, je suis éclaboussée, heureusement ils n'ont pas pris de vin, Cailin parvient à rattraper une canette de coca qui menaçait de se répandre sur elle, les gens s'excusent, on rit, que faire d'autre ? Et en fait, je m'aperçois que je suis très bien, que j'avais faim, je n'avais quasiment rien mangé ces jours-ci, et que la présence de Sean me permet de tout supporter. J'ai envie de rester là, collée contre lui, à manier couteau et fourchette coudes au corps eu égard à l'étroitesse des sièges.

Les nuages et les miasmes des derniers jours se sont dissipés.

Bon, ça va, compris, je suis en train d'entamer une nouvelle relation, il me faut faire quelques efforts de diplomatie vis-à-vis de Mathieu, qui de toute façon doit être euphorique si son groupe a découvert des secrets littéraires, grammaticaux ou historiques touchant au Haut Moyen-âge. Quoiqu'il ne m'ait jamais semblé qu'il soit galvanisé par un grimoire, sur le plan sexuel, s'entend. Mais chez lui l'intellect semble piloter les fonctions vitales... Nous verrons bien, avec Sean, peut-être lui va-t-il me sortir une formule magique, à moins que ce ne soit une vieille musique issue du folklore celtique, ou tout simplement une impro de Coltrane ou Bechet... Au fait, et moi, est-ce que Mozart ou Schubert augmentent mes pulsions érotiques ? Tiens, je ne me suis jamais posé la question. Il est vrai que durant ces moments, on n'analyse pas, tout de même ! En principe... je pense au chanteur de Juliette qui poussait son contre-ut et je rigole, mes amis m'interrogent, je raconte, les deux s'esclaffent. Sean conclut par un « pourquoi pas, si ça le fait fonctionner... »

Je m'aperçois que je l'examine discrètement, mais non, il n'a pas des canines qui poussent, non, il a des yeux normaux, bleus, il n'a rien de satanique. Qu'est-ce que je vais imaginer ! S'il y a quelqu'un qui peut jouer les gourous, c'est plutôt Cailin, qui baigne dedans avec ses articles, ses recherches, qui est un vrai dictionnaire d'ésotérisme, je me garde de la brancher sur le sujet maintenant, les petites notes noires, ce sera pour tout à l'heure. Je me mords la langue, je ne veux pas en parler, mais à présent je sais que je les ai vues, les petites notes, quand le collègue a surgi pour m'agresser l'autre jour. Comment en suis-je sûre ? Je le sais, c'est tout, j'ai ressenti comme un souffle d'air, la sensation était bizarre, quelque chose semblait… est-ce que cela m'accompagnait, ou est-ce que cela venait de moi ? C'est vrai, je l'ai dit à Chester, et il m'a écoutée, si je raconte des idioties il me tourne le dos…

Mais ça ne va pas, Étiennette ? Tu tiens quelque chose pour acquis parce que ton chat a eu l'air de t'écouter ? Qu'est-ce qu'il y connaît, il a lu un livre sur le sujet ? Bien sûr que non, mais les chats ont toujours raison, et ils sentent si quelqu'un est sincère ou pas. Quand même, ne nous laissons pas entraîner dans l'ésotérisme de magazine, nous discuterons tranquillement tout à l'heure. Mais je sais que j'ai vu les notes.

Là, j'ai parlé tout haut. Sean devine de quoi il s'agit, et me dit : « Attends d'arriver dans un endroit plus commode, Cailin a des documents à consulter. On y va ? Marchons, il fait beau. »

Il faut se contorsionner pour sortir, je me prends le pied dans un bac à fleurs, tant pis, je suis prête à suivre Sean. Jusqu'en Enfer, même. Enfin, en prenant un minimum de précautions, quand même… Non, je n'ai pas caché des gousses d'ail ou des crucifix dans mon sac, je n'ai pas appris des formules propres à éloigner les mauvais esprits, je me dis seulement que je dois garder la tête froide, il y a des phénomènes étranges, certes, mais peut-être sont-ils explicables ? J'en doute, mais soyons prête à recevoir favorablement toute suggestion raisonnable, toute théorie doit être vérifiée. J'ai quand même du mal à rester stoïque à côté de Sean, il me trouble, ce beau saxophoniste, et de là à tout accepter…

Nous sommes arrivés chez Cailin et Artaban, l'atmosphère devient studieuse. Il est vrai que l'on se croit dans une bibliothèque, on ne peut essayer de s'asseoir sans risquer d'écraser de son postérieur un document inestimable, un ouvrage ancien, un grimoire indéchiffrable ou des papiers officiels. L'Irlandaise grogne un moment après son ami qui « ne range jamais ses travaux », apparemment elle non plus, si j'en juge par tout ce qui traîne. Nous parvenons à nous installer sans causer de désastre historique, elle écarte précautionneusement son pot d'azalées — c'est vrai que c'est plus joli qu'un cactus anémique — et ouvre tout grand un livre ancien, une chemise pleine de papiers de tous les formats possibles, et aussi un petit guide touristique qui a l'air ridicule à côté de vénérables reliures ou de documents consacrés aux mystères de la nature. Elle remarque mon expression amusée et me dit :

— Tu vas voir, moi non plus je n'avais pas envie de me servir de ce genre d'ouvrage, mais il renferme un renseignement précieux touchant à l'emplacement du « Trou du Diable » dans l'île de Jersey. Tu connais ? demande-t-elle à Sean.

— Oui, j'y suis allé avec ma famille, j'étais gamin. Bon, c'est un phénomène naturel, un trou dans la falaise, qui va de la forêt à la mer. Mais je crois qu'il s'y est passé quelque chose, une femme âgée nous a raconté une histoire d'apparition, c'était avant que l'on n'y installe la statue du diable qui s'y trouve actuellement.

— Exact. Au début du vingtième siècle, un habitant de l'île qui avait été trahi par son meilleur ami séjournait là, il a livré cette aventure : il ruminait une vengeance, a vu le trou, s'est dit qu'il aimerait bien que l'autre se perde là-dedans et que la marée qui monte jusqu'à la sortie l'emporte. Il y a pensé si fort que c'est arrivé.

— Mais quel rapport avec...

— Voilà : cet homme était musicien, il avait composé une pièce dédiée à une femme aimée, et celui qu'il prenait pour son ami l'avait séduite puis abandonnée alors qu'elle était atteinte d'une maladie grave qui l'a emportée. Cette pièce comportait un passage montant dans l'aigu. Rentré à l'auberge, il a repris son manuscrit, l'a complété, a joué le morceau — il y avait un piano dans la salle principale — et brusquement a ressenti quelque chose, il a décrit cette aventure bien plus tard dans un article, il avait quitté Jersey. Il a ajouté que, lorsqu'il a joué, la serveuse de l'auberge lui avait fait remarquer qu'il aurait pu lui demander d'épousseter le piano, elle a vu plein de petits grains de poussière voler au-dessus des touches, et elle a passé le balai. Pour lui, les notes se sont matérialisées dans les grains de poussière. Deux ou trois jours plus tard, son ancien ami s'est rendu dans cet endroit, il y a eu un orage très violent au moment d'une grande marée, il est tombé dans le trou et s'est noyé. Quelques années ont passé, le pianiste est parti à la guerre de 1914 et a été tué par un obus. J'ai retrouvé les articles, et le rapport de l'armée, ils sont dans cette chemise.

Sean examine le rapport, hoche la tête et ne peut qu'être d'accord, il s'agit bien du même phénomène. Cela m'inquiète. Alors, ce peut être dangereux… Le collègue malade, passe encore, c'était un imbécile, la Madame Morin qui a une crise cardiaque, la mère d'élève qui se fait inonder par la machine à café… En tous cas, mon chat n'a rien, et, au fait, ton cactus ? Enfin, le cactus d'Artaban ?

— Ton chat, tu ne l'avais pas fait exprès, et tu m'as dit qu'il n'avait pas eu de mal. Le cactus, peut-être est-il mort sans mon intervention, il était déjà assez ramolli. Je l'ai jeté, non, c'est Jean-Claude qui l'a fait.

Histoire de dissiper mon inquiétude, j'essaie de faire de l'humour :

— Bon, alors, si l’on veut débarrasser un jardin des mauvaises herbes, il suffit de jouer du piano, dans l’aigu, en pensant à ces plantes parasites ! Projet à soumettre aux mairies ?

Hilarité générale, mais on reprend vite son sérieux, d’ailleurs toutes ces histoires m’inquiètent, si je provoque des tempêtes ou des séismes, je dois en urgence me faire… me faire quoi, au fait ? Soigner, psychanalyser, démagnétiser ou dépolluer ?

Cailin m’explique :

— Tu n’as pas à te faire du souci, l’important est de ne pas agir délibérément. Tu as ce pouvoir, mais d’après ce que tu m’as dit, ces personnes n’ont eu que ce qu’elles méritaient et elles ne sont pas mortes.

Sean ajoute, avec un sourire en coin :

— Simplement, si tu es de mauvaise humeur ou en colère après quelqu’un, ne te promène pas au bord d’une falaise ou près de la faille de San Andrea en Californie, tu risques de déclencher un séisme ! Soyez prudente, ma chère sorcière !

Quoi ? Lui aussi, il m’a appelée « sorcière » ? À mon expression, il se rend compte qu’il m’a fâchée et reprend aussitôt :

— Ce n’est rien, je disais cela gentiment, bon, je t’appellerai « ma fée », si tu préfères. D’ailleurs, c’est dans nos traditions locales, les fées, en gaélique « Banshee », sont très connues dans le folklore celtique, elles sont souvent des protectrices des foyers, un peu comme les dieux lares des Romains.

— Tout à fait. En Bretagne, on parle des « korriganes » et il faut distinguer la fée de la « groac'h » qui est une sorcière, une créature maléfique.

— Morgane, ou Viviane ?

— Non, ces deux personnages sont des mortelles, filles de rois, qui utilisent les fées, ont le pouvoir de communiquer avec elles. La fée, c'est la « banshee », comme a dit Sean. Mais on s'écarte du sujet. Voilà ce que j'ai trouvé concernant la « note noire ». Pas vraiment précis, mais le phénomène a déjà été remarqué.

Elle sort un gros livre, dans lequel elle a glissé des feuilles couvertes de notes. Donc, je suis une créature... enfin, une créature magique s'est introduite dans mon enveloppe humaine pour me permettre de me défendre. Et, comme je suis pianiste, j'utilise les notes de musique. C'est ça, Cailin ?

— À peu près. Certaines auraient utilisé le feu, ou l'eau...

— Ne lui raconte pas l'histoire des « lavandières de nuit », elle ne va pas fermer l'œil !

— Puisque tu les as évoquées, j'explique : ce sont des femmes que l'on voit lavant des linges blancs durant la nuit, et ces linges sont souvent des linceuls. Voir une « lavandière de la nuit » présage une mort prochaine, ou un conflit armé. D'ailleurs, autrefois, dans les villages, il était interdit de laver la nuit, ou le dimanche ou le Vendredi saint. Mais tu n'es pas de cette espèce, tu as en toi quelque chose qui te permet de te défendre, pas de causer la mort des autres ou de prédire un événement quelconque. À part que tu annonces par l'action que tu provoques le malheur de la personne qui s'attaque à toi, pas forcément sa mort, mais ce que tu as vu, une maladie, un accident.

Quelque chose me vient à l'esprit :

— Mais, dis donc, toi, d'accord, c'est à moi qu'il est arrivé le plus de choses, mais, et toi, avec le cactus ? Tu ne l'as pas écrasé, tu n'y as pas touché ? C'est sûr ?

— Oh, là, encore le cactus. Bon, tranquillise-toi, tu n'y es pour rien, c'est moi qui... et pourtant, avec ce clavier qui ne vaut rien, qui a un son désagréable, je crois même qu'il est faux, et il n'a pas toutes les notes d'un piano, je n'ai pas pensé une seconde que cela allait se passer. Mais c'est sans doute l'intention qui compte...

— Tiens, tiens, dit Sean, on a deux fées, alors ?

— J'ai l'impression que tout le monde possède ce pouvoir, plus ou moins, mais qu'il faut pouvoir le faire ressortir, provoquer la réaction. Dans le cas du cactus, j'avoue, j'y ai pensé, mais en fait un peu comme un garde-fou, je cherchais à essayer de jouer les notes, je jouais vaguement avec le feu, mais je ne voulais pas provoquer d'accident ou de maladie chez quelqu'un. Un cactus...

— Tu as raison, ça pique, c'est moche, ça encombre...

— Oh, il y en a de jolis, dit Sean, avec des fleurs, mais effectivement il ne faut pas laisser traîner ses doigts, ce n'est pas fait pour une pianiste...

Voilà qu'il prend mes doigts, les caresse, bon, ça va, nous sommes sur la même longueur d'onde. Cailin, poliment, compulse ses notes et ressort un autre document :

— Tiens, regarde, justement, une histoire de trou, un berger qui jouait du pipeau a provoqué la fuite d'une bête sauvage qui s'attaquait à son troupeau. Les moutons se sont regroupés près de lui et la bête, un loup, ou un renard, est tombée dans un trou profond et est morte. Cela se passait dans un village qui tous les ans organise « la fête du berger », plus grand monde ne sait à quoi cette tradition se rapporte, un historien local a fait des recherches.

— Donc, ajoute Sean, il y a bien mention de notes de musique, enfin de sons qui protègent, font fuir, empêchent, bref aident la personne qui appelle la note noire à bon escient. Au fait, oui, pour ce qui est arrivé à ma prof de piano, c'est moi qui ai provoqué ce phénomène en voulant aider mon frère. Nous sommes tous des sorciers... pardon, pardon, corrige-t-il en voyant mon air agacé, des magiciens, des fées...

La conversation continue, Cailin a vraiment pioché le sujet à fond. Et voilà que la porte s'ouvre et qu'arrive Artaban, chargé comme un baudet d'un sac à dos, d'une pile de dossiers, appelant Cailin à l'aide, car il a du mal à passer sans risquer de renverser quelque chose. Elle le décharge de son fourniment, manque s'écrouler sous le poids, Artaban nous salue et se met illico à discourir sur les sujets qu'il vient de traiter. Je parviens à profiter de ce qu'il reprend son souffle pour lui demander ce qu'est devenu Mathieu, il me dit qu'il est rentré chez lui avec Günther, qu'il héberge, et qu'ils vont continuer le colloque demain, les autres participants sont disponibles, et ils ont assez de matière pour une publication qui fera date. Nous le congratulons, je me mets à penser que je ne vais pas revoir Mathieu de sitôt, tiens, ça tombe bien puisque Sean...

Artaban ne remarque rien, Sean m'embrasse dans le cou, cela fait sourire Cailin qui regarde son bonhomme en levant les yeux au ciel. Ces chercheurs, quand ils sont partis dans leurs spéculations... À moins qu'il ne soit tout simplement discret, après tout les affaires de couple de son collègue ne le regardent pas. Ah, exact, il fait un petit signe à son amie, tous deux transportent sac et dossiers à l'autre bout de la pièce, rangent, enfin essaient de ranger, au moins de caser les différents éléments, une pile s'écroule, Cailin sursaute, elle a reçu un livre sur le pied, les deux grognent sur le manque de place qui caractérise l'habitat urbain, pendant que Sean et moi sommes pris de fou-rire.

Tout a une fin, il se fait tard, on se salue et je sors suivie par mon saxophoniste que j'ai décidé d'appeler Dumnorix, du nom d'un druide cité par Jules César, Cailin vient de m'apprendre son existence. L'intéressé me précise que cela ne le gêne pas, mais enfin, ce personnage était un Éduen, natif de la Bourgogne actuelle, et lui est gallois, élevé entre Londres et la Bretagne. Je lui signale que je ne connais pas de nom de barde célèbre, à part Assurancetourix... Mais non, tu ne chantes pas faux, alors... On rit, il m'appelle « ma fée », et parce qu'il commence à faire nuit, il évoque les « lavandières ». Nous avons beau déambuler dans une rue de la capitale, comme d'habitude pleine de monde, je me mets à trembler.

— Tu as froid ?

— Non, tu me fais peur... enfin, non, cela ne va pas m'empêcher de dormir, mais cette histoire de sorcières... même ici, aujourd'hui, tu vois, ça impressionne, alors j'imagine, pour les gens qui vivaient à la campagne durant les siècles passés, ils avaient besoin de formules de prières ou d'amulettes pour se protéger des peurs de l'irrationnel.

— Bien dit, c'est tout à fait ça. Je ne suis pas très croyant ni pratiquant, mais je comprends les gens qui se servent de la prière comme d'un refuge, quand on n'a pas d'explication ni de remède.

Nous continuons à discourir en descendant dans le métro, le temps passe trop vite, nous sommes déjà au pied de mon immeuble, est-ce que je lui demande... non, c'est lui qui m'enlace, alors, viens, monte.

Le lendemain matin, je me réveille très tard, je jette un coup d'œil sur mon portable, non, pas de message, pas de mail... Je me dis brusquement que je préfère que Mathieu ait oublié mon existence, je sens qu'il ne va plus peser lourd... Sean dort encore, je le trouve magnifique, j'adore le contempler, j'effleure sa poitrine, je voudrais que cet instant dure... il se réveille, je me blottis contre lui, rien ne se passe qu'un moment de douceur.

On se regarde, on se dit qu'il faut tout de même émerger, nous travaillons tous les deux cet après-midi, et ce soir... non, il n'a pas de répétition, on peut se retrouver après les cours, mais pour l'instant il doit faire un saut chez lui, heureusement ce n'est pas loin.

Devant un café, je lui demande s'il a quelqu'un, après tout il vaut mieux savoir. Oui, il a, mais rien de sérieux, quelques jours par-ci par-là, un week-end, il n'est pas du genre à ramener une groupie pompette ou camée après une soirée jazz, comme un de ses collègues qui s'est encombré l'existence par simple peur de dormir seul. Il a une copine à Londres, une chanteuse d'opéra, qui parcourt le monde en interprétant *Tosca* ou *Traviata,* il rigole en me précisant qu'elle ne pousse pas de contre-ut au moment fatidique, comme le copain de Juliette. Elle a un mari, un ténor — oui, elle aussi — qui voyage de son côté, il lui laisse des loisirs. En dehors du domaine vocal, il voit de temps en temps une ingénieure du son, qui suit les festivals de jazz et qu'il connaît depuis longtemps. Rien de sérieux, si je te donne rendez-vous, il n'y aura pas de situation embarrassante, et je ne pose pas de lapin, sauf grève des transports ou déclaration de guerre, et encore, je téléphone. Et moi ? Mathieu ?

Je lui explique comment nous fonctionnons, nos rendez-vous du week-end et nos conversations téléphoniques en semaine, je suis un peu gênée, je ne connais pas les réactions que pourrait avoir l'intéressé en apprenant la chose, je n'ai jamais cumulé. Je parle franchement, je ne sais pas, mais j'ai envie de continuer avec mon beau druide... Dis donc, tu m'as envoûtée ! Il proteste, la fée c'est moi, il est bien incapable de jeter un sort, et je risque de me venger !

Ça y est, c'est lui qui a peur de moi, maintenant ? Ah, je n'ai pas bien regardé, il n'aurait pas des petites croches gravées quelque part, ou un pentacle, il paraît que les sorciers ont tous des marques particulières sur la peau... La prochaine fois, je vérifierai ! Je peux, me dit-il. Et dès ce soir, après les cours.

Chester, es-tu d'accord ? Puis-je venir ? demande-t-il à mon poilu de service, qui apparemment ne voit pas d'inconvénient à laisser entrer ce spécimen du genre humain qu'il ne connaissait pas, il l'a même salué, a quémandé une caresse. En plus, il ne nous a pas réveillés ce matin, il est vrai que je lui avais donné une grosse ration de croquettes la veille, il avait de quoi s'occuper.

Surprise, je vois le chat sauter sur les genoux de Sean et se frotter à lui, chose qu'il n'a faite avec Mathieu qu'au bout de plusieurs semaines. Eh oui, me dit-il, j'aime les chats et ils me le rendent bien, j'en ai eu toute mon enfance, mais maintenant, avec ma profession, je suis souvent en déplacement, je ne peux pas m'occuper d'un animal. Bon, dis-je d'un ton que j'espère doctoral, tu as la permission de Chester, tu peux venir ce soir.

XVIII.

Mardi, Sean avait un concert en province, j'ai répété avec mes collègues jusqu'à une heure tardive, Chester m'a fait la tête le temps que sa gamelle se remplisse, ensuite je me suis couchée avec un livre. Mais je me suis aperçue que je ne comprenais rien de ce que je lisais, je pensais... à Sean, à ma vie, à mes pouvoirs de fée, à Mathieu, tout de même... Tiens, je n'ai même pas téléphoné à Juliette, mais elle doit être occupée si son toubib n'est plus de garde, à moins que ce ne soit le grippé qui soit guéri ou l'autre revenu de vacances. Comment fait-elle pour ne pas créer d'embouteillage ? Elle m'a toujours assuré qu'il suffit de s'organiser, et d'annoncer la couleur dès le début d'une relation : je fais ce que je veux, quand je veux, si je suis libre je le suis, si je ne le suis pas il est inutile d'insister ou de demander des explications.

J'ai fini par m'endormir sur mon bouquin, et voilà qu'au petit matin Chester me réveille en me patounant consciencieusement, mon téléphone portable sonne. J'arrive à me lever, la sonnerie s'arrête, un message, c'est Mathieu, qui s'excuse, il est toujours avec Günther, dans ses recherches, au bureau il a tout de même d'autres rapports à rendre et des fiches à rédiger et à classer, du coup il passe ses soirées avec son collègue à mettre en forme son travail. Je l'appelle, lui dis que j'ai vu Cailin, Artaban m'a expliqué, j'ai répété, j'ai pas mal de boulot... Ah, Günther part samedi soir ? Bon, d'accord, dimanche à la messe, je suis de service. Non, pas besoin de nouvelles partitions, tu me les as toutes scannées. Ah, aussi, je serai prise le samedi, nous répétons pour le concert de fin d'année, j'accompagne les danseuses. Alors, à dimanche.

Je me demande si je n'ai pas été trop sèche... Mathieu est gentil, nous nous entendons bien, en principe, je ne dois pas le laisser tomber comme ça... Et si le beau druide se barre, se trouve une autre chanteuse ou enlève une groupie pas trop camée, ou s'il veut se servir de moi, m'enrôler dans sa société secrète ? Non, là, je gamberge, Cailin a discuté avec lui, je sais qu'elle a renvoyé dans leurs sectes respectives pas mal d'abrutis des deux sexes, elle s'en serait rendu compte.

Cela étant, nous avons passé deux soirées très agréables ensemble, mais rien ne dit que la relation va durer, et Mathieu, lui, est fiable. Mais, en fait, il est fiable parce que timide... et routinier... il m'a, du coup il est tranquille pour vaquer à ses recherches, on aurait pu... oh, non, il ne veut pas habiter en banlieue, il est maniaque du rangement, il n'a jamais vécu avec personne, toutes les tentatives de colocation auxquelles il s'est risqué quand il était étudiant se sont soldées par des scènes au sujet du ménage ou de la cuisine... Quant à moi, je paye un loyer pas trop excessif, j'ai pu faire à peu près insonoriser mon appartement, je ne peux pas m'installer chez lui, où mettrais-je mon piano ? Mais est-ce que le chéri n'aurait pas quelqu'un d'autre, au moins occasionnellement ? Je n'arrive pas à me l'imaginer, si, peut-être, entre deux rayons de bibliothèque, mais avec qui ? Peut-être avec un homme ? Je le lui avais demandé, il n'avait pas été choqué, il a des copains qui ont ces goûts, mais lui, non, vraiment, sans façon. Après tout, peut-être a-t-il changé, on évolue... Et puis, il a peut-être juste une collègue sympa, ah, oui, il fréquentait une universitaire qui est à présent en province, il la rencontre quand elle vient à Paris, une fois ou deux par an, leur histoire continue peut-être ? Mais nous nous sommes donné pour règle de ne pas nous poser de questions. Et puis je m'en moque, je n'ai simplement pas envie de faire de la peine à quiconque ni de me trouver dans une situation gênante.

De nouveau le téléphone, cette fois c'est Sean. En entendant sa voix, je sens un petit frisson, mon cœur s'accélère, oui, bon, je suis bien pincée. Il est encore là-bas, ils ont eu un problème de matériel, plus un litige pour être payés, il ne sait pas quand il revient, il a appelé la directrice de l'école, car il risque de ne pas pouvoir arriver à temps pour son cours de formation musicale... Mais je l'assure que je peux le remplacer, je n'ai pas de cours aujourd'hui. Oh, oui, ouf, je me faisais du souci, cela ne fait pas sérieux, je te remercie. J'ai envie de le voir, je n'ose pas le lui dire, mais c'est lui qui me demande si je veux... Mais oui, oui, sûr, tu peux débarquer, peu importe l'heure, d'ailleurs Chester est d'accord. À ce soir, Dumnorix ! Du coup, il me déclare qu'il m'appellera « Belisama », c'est la déesse des eaux, mais aussi des arts et du feu. Ciel, je te fais flamber ? Mais oui, je brûle, je veux me rafraîchir à ta fontaine, me répond-il...

C'est bien la première fois que j'entends des mots doux dignes de figurer dans les bulles d'Astérix...

XIX.

Je me réveille le mardi matin, ou plutôt c'est mon réveille-matin à quatre pattes qui s'en charge. Oui, Chester ? Est-ce que je n'ai pas entendu quelque chose cette nuit... Non, apparemment... Mais Sean m'avait promis de venir... sans doute n'a-t-il pas pu rentrer. Bon, j'ai assuré son cours, la directrice a été soulagée, l'ancien collègue, l'abruti, avait formulé une plainte auprès de la mairie, elle était allée discuter avec l'adjointe, accompagnée de deux parents d'élèves : pour l'administration, elle aurait dû faire paraître un avis de vacance de poste demandant un remplaçant... C'est ça, avait-elle déclaré, et nous aurions attendu au mieux un bon mois avant de trouver quelqu'un, alors qu'il y avait ce monsieur, très compétent, qui était disponible immédiatement. Il n'est pas français ? Et alors, les statuts prévoient le cas, non ? Ah, il faut payer l'autre puisque son contrat court jusqu'en juin ?

Et heureusement, la secrétaire venait de recevoir un certificat médical, l'autre était arrêté jusqu'à cette date. Mais, comble de mauvaise foi, le type se plaignait de ce qu'on lui avait fait du tort, genre harcèlement moral ou je ne sais quoi, c'était aussi la cause de sa maladie... Les parents d'élèves avaient réagi en rappelant les motifs de plainte contre cet obsédé, et en demandant à l'adjointe si elle souhaitait que l'on fasse une pétition ? Pour bien achever d'inquiéter les parents et faire peur aux enfants ? La dame avait aussitôt baissé la garde, elle ne tenait pas à provoquer un scandale. Du coup, notre directrice s'était fait du souci en apprenant l'absence de Sean, et m'avait remerciée, en ajoutant qu'elle espérait que cela n'allait pas se reproduire, vous imaginez les réactions des élèves et des parents… Oui, je voyais, mais mon beau druide m'avait semblé sérieux, j'avais précisé que je le connaissais personnellement, pas vraiment sur le plan professionnel. Et apparemment, les élèves semblaient l'apprécier.

À présent, c'est moi qui m'inquiète, il m'avait promis de venir, ou de m'appeler, qu'est-ce qui s'est passé ? Et, examinant mon téléphone qui est presque déchargé, je m'aperçois qu'il y a un message de Sean. Une voix un peu agacée, essoufflée…

Il est effectivement venu, au milieu de la nuit, mais, arrivé devant la porte, il s'est rendu compte qu'il n'avait pas le code, ces deux derniers jours il était entré avec moi et n'avait pas fait attention. Mais comment… Et flûte, pourquoi n'ai-je pas entendu l'appel ? Je dormais, voilà. C'était vraiment idiot ! Il doit être furieux, mais non, ce n'est pas ma faute, il aurait dû me le demander… Enfin, nous avons oublié. Et toi, Chester, tu entends tout, d'habitude, tu ne pouvais pas me réveiller ? C'est vrai, les chats, quand ça dort…

Je ne peux pas m'empêcher de rire. Un rendez-vous amoureux raté à cause d'un code de porte ! C'est malin… Dites, les forces telluriques, les petites croches, au lieu d'aller attaquer les gens, pourquoi ne servez-vous pas de pense-bête pour nous rappeler les codes de porte, les numéros de téléphone, les mots de passe des sites… Ah, oui, mais s'il faut courir pour se procurer un piano à trois heures du matin… Bon, c'est moi, d'habitude je mets mon téléphone à charger près de la table de nuit, là je l'ai laissé au fond de mon sac. Pauvre Sean ! Belisama va demander pardon à Dumnorix... Oui, je le verrai tout à l'heure, il donne un cours. Je lui envoie un SMS, avec mes excuses.

Je me prépare, je fais quelques gammes, mes doigts fonctionnent comme il faut, attention à ne pas se décaler dans l'aigu, je ne veux pas déclencher une catastrophe. Chester dort en boule sur le canapé, il a l'air satisfait. Le temps passe, je sors pour me rendre à l'école.

La jeune professeur de danse oublie encore une fois de fermer les rideaux, je m'en charge, le cours se déroule sans problème, le père d'élève qui avait accompagné la directrice à la mairie me raconte l'entrevue, ce qui m'agace un peu, je ne pensais plus à cette histoire. Et je me dirige vers la machine à café... Personne, Sean n'est pas là, pourtant... ah, non, ce n'est pas encore l'heure. Une collègue me parle de l'audition de fin d'année, elle veut rencontrer la directrice, qui est semble-t-il occupée.

Sean sort du bureau, l'air mécontent. En me voyant, il soupire, esquisse un vague sourire et me demande à quelle heure je termine. Bon, il m'attendra. Aïe... est-ce qu'il est vexé parce que je n'ai pas entendu le téléphone ? Ou croit-il que je le boude... Là, il faut que je mette les choses au point.

Et voilà que je pense à Mathieu. Que vais-je faire dimanche ? Nous nous verrons à la messe, d'accord. Et après ? Si nous allons chez Artaban, Cailin va se demander... Là, peu importe, ce ne sont pas ses affaires, et je crois qu'elle a compris. Juliette, je dois l'appeler, elle qui s'organise si bien, du moins c'est ce qu'elle prétend, comment faire ?

Heureusement, les cours qui suivent m'occupent beaucoup, ce sont des élèves assez avancés. L'un a des problèmes avec les doigtés de la *Fantaisie Impromptu* de Chopin, l'autre doit jouer une sonate de Beethoven ce dimanche lors d'une fête et se fait du souci, je la rassure, elle est au point, de plus elle doit la garder dans les doigts pour l'examen de fin d'année, et plus elle aura d'occasions de la jouer en public, mieux cela vaudra.

Je termine par une jeune adulte qui s'est mise au piano récemment et est une passionnée, nous discutons comme d'habitude après la leçon, mais je dois la laisser, apercevant Sean qui fait les cent pas dans le couloir.

L'élève partie, je lui fais signe d'entrer et me confonds en excuses, lui racontant ce qui s'est passé, le portable au fond du sac... Il me dit que, sur le coup, il a été furieux, puis inquiet, il pensait que je n'étais pas chez moi, il a failli téléphoner à Cailin, mais il était trop tard. Devant mes explications embrouillées, il parvient à esquisser un sourire et conclut : « donc, c'est la faute du chat, il aurait dû te réveiller ». Voilà, Chester, c'est ta faute.

En bas de l'escalier, nous croisons la directrice qui lui dit qu'il n'a plus à s'en faire, l'adjointe au maire s'est rendue à ses arguments, l'autre a un congé de maladie, on lui a signalé que son histoire de harcèlement moral n'était pas recevable et qu'en ce qui le concernait, les parents ont décidé de ne pas porter plainte puisqu'il partait. Mais elle demande instamment à Sean de faire son possible pour ne pas manquer de cours. Il l'assure qu'il a été furieux de cette mésaventure, qu'il n'est pas coutumier du fait, et jusqu'en juin il n'a plus de concerts en province.

Nous descendons la rue en marchant côte à côte, silencieusement, je lui jette des coups d'œil furtifs, et au bout d'un moment je me rends compte qu'il en fait autant. Je m'arrête, lui aussi, je me tourne vers lui et nous éclatons de rire. On connaît ce genre de réaction, une explosion après une période de tension, d'agacement. Je me jette dans ses bras, il me serre, oh, oui, mon beau druide, serre-moi encore... Mais il me lâche soudain :

— Eh, donne-moi le code de ta porte, tant que j'y pense, une fois suffit ! Et je te passe le mien. »

Bon sang, il faut tenir compte de ces maudits codes secrets que l'on oublie tout le temps et que les syndics d'immeubles éprouvent le besoin de changer tous les trois ou six mois, pour que l'on se retrouve à la porte de son propre logement... Je le lui donne, il me donne le sien, en précisant que chez lui il n'a pas changé depuis des années, mais il n'y a jamais eu d'effractions. Je lui signale qu'un magicien comme lui ne peut qu'être protégé par Toutatis... ah, non, lui est gallois, sous l'égide de la matriarche Dôn, mère de toute une fratrie de dieux. Quant à la mythologie bretonne, elle est passée dans les traditions chrétiennes.

Mais nous nous arrêtons là en ce qui concerne les recherches ésotériques, nous ne sommes pas Artaban ni Cailin. Il pouffe de rire en parlant du couple. Ils font la paire, lui plongé dans ses travaux, vivant et même dormant avec, capable de raconter l'histoire de Charlemagne à ses voisins de siège dans le train ou le métro, elle qui ne lâche pas une recherche dès qu'elle a trouvé un indice, sur ce plan il l'admire, ses articles sont parmi les meilleurs dans son domaine. Mais avec elle, il ne faut pas plaisanter, l'ésotérisme, c'est sérieux ! Et c'est un peu dommage, rire détend l'atmosphère.

Là je suis bien d'accord, j'estime qu'on a besoin d'humour, même en jouant Bach ou Schumann. Bon, tu montes ?

— Bien sûr, pourquoi, ça t'ennuie ? Ou tu veux voir si je sais dire non ?

— Pardon ? Tu...

— Tu viens de me dire qu'il faut savoir plaisanter ! Et n'oublie pas que je suis anglais, notre humour est parfois particulier…

Ah, oui, il faut que je m'y fasse…

XX.

Nous sommes dimanche, je suis à l'orgue. Et Mathieu est avec moi. J'ai fait part de mon problème à Sean, je ne veux pas brusquer les événements, je dois lui faire comprendre... Mais peut-être comprend-il déjà. Et l'avis de Sean m'avait surprise quand nous en avions discuté quelques jours auparavant :

— Si cela se trouve, il a organisé les choses ainsi pour que vous restiez libres l'un et l'autre. Peut-être ne veut-il pas être dérangé dans ses recherches, qui passent avant tout attachement humain, mais t'a-t-il une seule fois demandé ce que tu faisais quand vous n'êtes pas ensemble ?

Effectivement, je n'avais jamais pensé à ça... Sans doute suis-je naïve ? Ou tout simplement parce que cela m'était indifférent, nous pouvions nous téléphoner, d'ailleurs de temps en temps nous nous retrouvions en semaine. Et moi non plus je ne lui ai jamais rien demandé... enfin, si, mais sans insister, du genre « as-tu revu Untel, ou Unetelle ? » Nous avions mis les choses au point tout au début de notre relation, et depuis rien n'a changé.

— C'est assez facile pour lui, continue Sean, il a un travail de bureau, à heures fixes, il est libre le week-end, et toi tu as des heures de cours, les concerts ont souvent lieu le week-end, cela vous fait une sortie.

— Oh, je suis déjà partie en province pour des concerts, pendant les vacances scolaires, et lui s'absente pour des recherches. Je me demande si...

— C'est à toi de gérer la situation, je ne m'en mêle pas. J'ai une vie aussi, je crois que les heures de cours vont me stabiliser un peu, mais je me déplace, mes heures de studio ou mes concerts se déroulent n'importe quand. J'ai juste refusé quelques prestations en province à cause des cours, ce n'était pas vraiment intéressant musicalement, ni lucratif, j'ai trouvé un remplaçant. Simplement, dis-moi franchement si tu prends une décision quelconque. Et puis, laissons les forces de la nature agir ! Il n'y a pas que les petites notes, il y a le vent, la pluie, le soleil, tous les éléments qui influent sur notre humeur, ce sont eux qui feront le tri. Qui mettront nos idées en ordre, tu comprends ?

— Bien sûr, mais les éléments... au métro Odéon ou Pont de Levallois... ou dans un autobus un jour de grève...

— Cela joue quand même. Et dans le métro, les forces telluriques sont plus proches. Évidemment, le grand nombre de personnes qui nous croisent faussent les courants, mais on peut quand même être influencé. Sans être obsédé ni voir des signes bénéfiques ou maléfiques partout, c'est sûr, il ne faut pas céder à la superstition.

— Je veux bien te croire, Maître Dumnorix ! Mais pour en revenir à Mathieu, je vais attendre. Comme tu dis, c'est moi que ça regarde. Je ne pense pas qu'Artaban et encore moins Cailin lui aient dit quoi que ce soit.

— Eux, sûrement pas, lui, d'après ce que tu m'as dit est complètement dans sa bulle. Elle, c'est une personne qui a les pieds sur terre, il le faut sinon elle pèterait les plombs à écrire et faire des recherches dans des domaines touchant à l'irrationnel. Elle a sans doute compris pour nous, mais cela ne la regarde pas. D'ailleurs, je crois qu'elle aussi...

— Ah ? Tiens, tiens, tu caftes ! D'ailleurs, comment peux-tu savoir, tu ne la connaissais pas...

— Pardon, non, je ne sais rien, seulement qu'elle travaille pour une revue spécialisée, elle part souvent avec une équipe de journalistes ou d'archéologues, elle a forcément des amis de son côté. En fait, nous avons des relations en commun, des collaborateurs de mon cousin, qui m'avaient parlé d'elle. Ma chère Belisama, ne tombons pas dans la délation, restons au-dessus de ces contingences, vous voulez bien ? Ménagez votre ami carolingien, et faites confiance à la nature et à vos pouvoirs, les petites notes sont là pour vous aider, pas pour être complices de malversations. Si vous ne savez pas quoi faire ou dire, demandez-le à votre ami Chester, les chats ont toujours raison. S'il a l'air indifférent, c'est que vous vous faites du souci pour pas grand-chose. Sur ce, je vous quitte, belle dame ! »

C'est ainsi que nous nous sommes dit au revoir vendredi soir, Sean m'a prévenue qu'il était pris toute la journée le samedi, le dimanche et le lundi jusqu'à la fin de l'après-midi, il a averti son groupe qu'il devait sortir du studio à temps pour aller donner un cours.

Tout en jouant, je me dis que j'ai trouvé une solution rationnelle : un amant pour la semaine et un pour le week-end, cela va faire réfléchir Juliette, qui ne va plus me bassiner avec son sens de l'organisation. Nous avons pris un verre rapidement samedi, on a bien rigolé jusqu'à l'arrivée de son toubib de service, qui est un beau modèle genre médecin de série télé. À part qu'il ne sait pas s'habiller, mais cela n'est que mon opinion personnelle, je la garde pour moi. D'ailleurs, Juliette me dirait que les fringues du gars...

l'important est de les lui faire enlever. Le mec est sympa, nous fait bien rire avec un humour de carabin bien gore, Juliette qui n'est pas impressionnable est pliée en deux, moi un peu moins, mais bon c'est elle qui pratique ce bel animal...

Je suis ensuite retournée au conservatoire répéter, nous avons mis au point plusieurs programmes, et maintenant me voilà à l'orgue. En arrivant dans l'église, j'ai salué le curé, Mathieu n'était pas là, le sacristain me demande de ses nouvelles, car il l'aime bien, ils discutent souvent d'histoire. Je suis montée à la tribune, j'ai déballé mes partitions, et Mathieu est arrivé, il avait le même air que d'habitude, on s'est embrassés rapidement, il a machinalement rangé mon sac, le sien — tiens, il a l'air bien lourd — et il me dit qu'il doit voir Artaban cet après-midi, ils doivent travailler sur leur prochaine parution. J'acquiesce, lui demande si Cailin sera là, il m'explique qu'il ne va pas aller chez lui, mais au bureau, d'accord. Mais on a le temps de déjeuner et d'aller se promener un moment. Ah, bon, quand même, il ne m'abandonne pas complètement...

Je joue, tout se passe bien, pas de Madame Morin pour faire jaillir des petites notes méchantes, pas de panne d'électricité, j'ai mis les chaussures qu'il faut, le curé est de bonne humeur, le sacristain râle après des gens qui ont renversé une pile de missels, des gamins courent dans les allées, à part un qui se dirige vers moi et me demande s'il peut voir l'orgue de près. Je le reconnais, il est élève au conservatoire, dans la classe de piano d'une collègue. Je le fais monter, lui explique, il est émerveillé, je suis presque gênée de devoir lui dire qu'il faut redescendre, nous allons fermer. Et voilà qu'il tripote les touches aiguës, je n'ose pas l'en empêcher, il s'assied et joue quelques notes, il repart dans l'aigu, la sonorité lui plaît... Mais non, il ne se passe rien, qu'est-ce que j'avais à appréhender le registre aigu ? Ce gamin n'en veut à personne, il a envie d'essayer l'instrument, c'est tout.

Bon, il daigne se lever, me remercie, il m'explique qu'il souhaite apprendre à jouer de l'orgue plus tard, en attendant il travaille beaucoup son piano. Je le félicite. Nous descendons, il dit au revoir au curé et rejoint sa grand-mère qui patientait dehors. Je jette un coup d'œil vers Mathieu qui parle avec le sacristain et l'aide à remettre des chaises en place. Son interlocuteur va pour rentrer dans la sacristie et se prend la porte dans la figure à cause d'un courant d'air. Nous nous précipitons... et je me demande si ce n'est pas le petit, avec ses notes aiguës... mais enfin, pourquoi en voudrait-il au pauvre sacristain, apparemment ils ne se connaissent pas ?

Sortant avec Mathieu, je ne peux m'empêcher de lui faire part de mon inquiétude. Il élève la voix :

— Encore tes obsessions ésotériques ? Mais arrête, il ne regardait pas devant lui, la porte battait, je n'ai pas eu le temps de le retenir. Toutes tes histoires deviennent fatigantes, ou est-ce Cailin qui te fourre ces idées dans la tête ? Je peux te dire que Jean-Claude, lui, a complètement oublié ces légendes de bonne femme ! Ou plutôt, de paysan attardé !

Mathieu qui se fâche, maintenant... ah, non, il me fixe d'un air penaud, je fronce les sourcils, il me prend dans ses bras, s'excuse, pardon, je te fais de la peine... Il en fait des tonnes pour se racheter, mais que lui arrive-t-il ? Il me dit qu'il s'est rendu compte qu'il m'avait laissée tomber, ses recherches l'intéressent, mais cela ne l'autorise pas à être impoli, je ne l'ai jamais critiqué, je suis trop gentille... Je l'assure que je ne suis pas fâchée, j'ai eu aussi beaucoup à faire, il y a l'audition de fin d'année, plus des concerts avec mes partenaires...

Tout en discutant, nous nous sommes engouffrés dans le métro, et nous arrivons à la station Odéon, Mathieu me propose de déjeuner dans un restaurant grec, je sursaute... Euh, non, aujourd'hui je préfèrerais autre chose, si ça ne t'ennuie pas... Si je retourne dans le même restaurant qu'avec Sean et Cailin, je vais m'embrouiller, c'est sûr... Un japonais, alors ? D'accord. Nous remontons le boulevard, oui, par là, à droite, c'est bon, il y a de la place.

Nous discutons devant nos sushis, on dirait qu'il ne s'est rien passé de nouveau, simplement on a eu l'un et l'autre beaucoup de boulot, on ne s'est pas vus. On s'en va ? Tu viens chez moi ? Bon, d'accord.

Et voilà, je l'ai suivi chez lui, on s'est offert une petite partie de jambes en l'air, j'ai eu l'impression qu'il avait besoin de faire un peu de gymnastique, non, ne soyons pas dure, nous sommes habitués l'un à l'autre et il est toujours aussi câlin. Quoiqu'il me semble que j'ai dû faire un effort pour avoir un semblant de plaisir.

Aïe, et si justement l'habitude tuait la passion ? Baiser par routine, c'est affreux ! Du coup, on cherche du changement... Juliette, je te comprends... Mais non, elle, elle cumule, et son harem, elle l'a depuis longtemps. Et puis elle n'a pas échafaudé toute une organisation, n'a pas établi un tour de garde, du genre Julien le lundi, Christian le mercredi, Antoine le week-end sauf les jours fériés, et Claudio le deuxième jeudi de chaque mois... Si quelqu'un tombe sur l'agenda...

— Ça va ? À quoi penses-tu ?

Mathieu me fait sursauter, je reprends peu à peu mes esprits, je lui raconte les aventures de Juliette, histoire de détendre l'atmosphère. Enfin, mon atmosphère personnelle, parce que lui, il a l'air simplement satisfait après un petit plaisir, il n'est pas inquiet... Ah, si, il prend sa montre, regarde son téléphone... Ciel, il est en retard, Jean-Claude va angoisser...

Artaban angoissé, je voudrais bien voir ça ! Mathieu me dit que c'est plutôt lui, il a horreur d'être en retard. Ça, je sais. Mais ce n'est pas le moment de lui raconter mes doutes, mes élucubrations amoureuses ou ésotériques, le chéri est reparti sur les écrits d'Eginhard, le biographe de Charlemagne. Cet empereur, il n'a peut-être pas vraiment inventé l'école, mais il fait bosser les universitaires obsédés par les traductions de l'ancien français. Bon, allez, vas-y, va retrouver tes grimoires, moi je vais discuter de tout ça avec mon chat. Oui, oui, Chester va très bien.

Plus rien à se dire, je lui ai conté mes mésaventures odoriférantes, le congé de maladie pris par le collègue qui ne reviendra pas, les états d'âme de la conseillère municipale, les amours de Juliette, plus le programme des concerts et de l'audition de fin d'année, lui m'a décrit l'ambiance de son groupe de recherches, le directeur angoissé à l'idée que la photocopieuse ait des ratés et qui envoie le petit employé vérifier trois fois par jour les réserves de papier, de cartouches, les prises électriques, le collègue qui râle parce qu'une revue n'a pas accepté son article, bref son univers personnel. Il me signale quand même qu'il y a un enregistrement qui vient de sortir, des pièces d'orgue, par un artiste connu, si cela peut m'intéresser. Oui, sans doute, je note.

Est-ce qu'il est vraiment comme d'habitude, ou est-ce qu'il essaie simplement de se montrer poli ? Non, c'est moi qui me monte la tête. Et je pense aussi à cette histoire de petites notes, de forces telluriques, je ne peux pas en parler avec lui, du coup je me dépêche de rassembler mes affaires et de m'en aller. Nous sortons ensemble et partons chacun de notre côté.

Dans le métro, je pense à ce que m'a dit Sean au sujet des forces telluriques, il n'y a pas trop de monde, mais je ne ressens rien, personne n'a l'air ni agressif ni particulièrement sympathique, on se côtoie sans se déranger. À part un groupe encombré de valises, de sacs, ça sent la nuit dans le train et les sandwiches fadasses. Je dois enjamber leurs paquets pour descendre, ils s'excusent, ouf je suis sortie, je remonte à l'air libre, je peux à nouveau réfléchir.

Et je me dis que si je délaisse Mathieu, c'est autant par curiosité pour ce phénomène que pour les sentiments que j'éprouve pour Sean. Qui, lui, abonde dans mon sens. Évidemment, on s'attache plus à quelqu'un qui partage vos goûts. Du moins, à inclination physique égale. Enfin, égale, ils ne se ressemblent pas. Je réfléchis, qu'est-ce que je trouve à Sean ? Il me fascine, je fonds quand il me regarde, je n'ai qu'un désir, c'est de me précipiter dans ses bras. Et Mathieu ? J'aime me pelotonner contre lui, dans un canapé confortable, devant un bon film. Avec Chester pas loin pour occuper un peu plus les mains. C'est vrai que j'ai toujours envie de toucher quelque chose, de bouger les doigts, mais enfin, je suis pianiste. L'un, c'est le confort, l'autre, c'est l'émotion.

Tout en soliloquant, je suis arrivée chez moi, j'ai salué Chester, j'avais à peine posé un doigt sur le clavier que je me mets à jouer. N'importe quoi, mais il faut que ça bouge. Ai-je bien fermé la porte ? Aïe, non, ce n'est pas la peine d'avoir fait insonoriser la pièce pour laisser la porte ouverte, je me suis assez ruinée pour ça. Chester, heureusement, n'éprouve pas le besoin d'aller au petit coin et s'installe sur le côté, près de la partition. Seul problème, il ne sait pas encore tourner les pages.

Et voilà que je suis dans Chopin, ça court, tiens, je l'ai toujours bien dans les doigts, hep doucement, n'abimons pas la technique. Mais je me jette dedans, je me laisse emporter, Chester a l'air étonné, il me regarde, fixe le clavier... Et maintenant, je monte dans l'aigu... Aïe, je vais... non, il ne se passe rien, je n'ai pas fait de fausse note, je suis toujours en mesure, la sonorité me paraît correcte. Mais j'ai peur quand je monte vers l'aigu, c'est malin ! Bon, j'ai un accès de romantisme, c'est à cause de mon beau druide, c'est sûr, Mathieu ne m'avait jamais mise dans cet état.

Je me dis à présent que mon soi-disant pouvoir est bien petit, à côté de celui de l'homme du « Trou du Diable » qui a provoqué les éléments à distance... Il a joué, et celui qui lui avait fait du tort a été victime de « la note noire » plusieurs jours après... Moi, j'avais les gens à proximité. Non, en fait, ils me gênaient parce qu'ils étaient là, je ne hais personne au point de vouloir les tuer à distance... Cet homme, il devait haïr l'autre très fort, ou avoir une grande puissance de vengeance... Qui est-ce que je déteste ? Bon, mon percepteur, mais pas en tant que personne, en tant qu'entité administrative. Le maire de ce patelin qui nous a baladés plusieurs mois avec la promesse d'un concert et qui finalement l'a annulé, alors qu'en principe tout était organisé, et que la collègue qui s'en était chargée est encore à se battre avec le syndicat pour obtenir un dédommagement. Mes professeurs, non, ils ont toujours été gentils avec moi, ont su m'aiguiller.

Je me dis que je dois aller voir mon professeur d'orgue, je peux passer un diplôme, cela me sortira de mes emballements sentimentaux et ésotériques. Entre Bach et Messiaen, on a assez à faire.

Chopin résonne encore quand je fouille dans mes partitions pour trouver cette pièce de Bach qui me préoccupe. Et voilà Chester qui saute sur le clavier, parvient à faire un accord parfait, et s'assied sur les touches aiguës.

Aïe ! Qu'est-ce que... quelque chose m'a piquée. Chester, qu'est-ce que je t'ai fait ? Tu n'aimes pas Chopin ? J'ai mal joué ?

Je divague, je n'ai pas vu de petites notes, et mon tas de poils a fini par quitter le piano pour squatter le canapé, mes exploits pianistiques ne l'intéressent plus. Mais qu'est-ce...

Je me lève, aïe, qu'est-ce qui m'arrive. Je passe la main, ça y est, j'ai trouvé, il y a un clou qui dépasse du tabouret. Tout bêtement. Allez, pince, marteau, tout de suite, pour réparer ça, et on arrête de gamberger.

Je sors un livre, non, un autre, ah, voilà un bon polar, et je mets Radio Classique pour écouter le concert. Chester daigne me laisser la moitié du canapé, il est d'accord. Merci, le chat. Et merci de m'avoir fait redescendre sur terre, je n'ai pas subi d'assaut de petites notes, j'ai simplement dû renfoncer un clou. Rien de magique...

XXI.

J'ai invité Juliette à dîner, et voilà qu'elle me traite de fonctionnaire des sentiments ! Mais si, me dit-elle, tu as bien organisé ta vie : un amant pour la semaine, un amant le week-end. Ça va ? Tu arrives à fournir ?

Je fais mine de me fâcher : « Ne sois pas indécente », elle rigole encore plus. Et ajoute qu'elle a dans ses réserves quelques beaux spécimens qui pourraient m'intéresser, si les titulaires partent en vacances ou tombent malades... Je la menace des pires sévices, on s'étouffe de rire, cela dérange Chester qui somnolait en guignant les assiettes qui restaient sur la table. Non, le chat, je ne t'embauche pas pour faire la vaisselle. Vexé sans doute, il tente sa chance auprès de mon amie, qui le caresse, mais ne lui donne pas non plus satisfaction. Du coup, il saute sur le piano, réussit un énorme cluster digne des plus éminents compositeurs contemporains, pose la patte sur un do dièse, puis un ré dièse, et enfin renonce à continuer son chef-d'œuvre d'improvisation en montant sur le côté. La partition... ah, non, c'est la méthode pour débutants destinée à un jeune élève, je ne crois pas que tu veuilles prendre une leçon, non ? A-t-on déjà vu un chat apprendre quelque chose, alors qu'ils savent tout d'emblée...

Je reviens à mes préoccupations amoureuses : je ne suis pas comme Juliette, je préfère avoir un seul ami, qui ne soit pas trop collant, j'admets des parenthèses de temps en temps, mais sans plus. Du coup, j'ai l'impression d'être dans une situation fausse. Du côté de Sean, pas de problème, il est au courant, il me laisse décider et ne me pose pas de questions. Mais qu'en est-il de Mathieu ? Certes, nous avons pris de l'âge — enfin, pas tant que ça — depuis les premiers temps de notre idylle, nous nous sommes organisés. Mais il risque d'apprendre les choses par hasard, c'est toujours désagréable, comment aborder le sujet ? Est-ce qu'il considère qu'il doit avoir l'exclusivité, et réciproquement ? Ou est-ce qu'il s'en moque, du moment qu'il ne sait rien ? Et lui, a-t-il... ?

Juliette a son opinion :

— J'ai toujours trouvé Mathieu adorable, gentil, serviable, joli garçon quoique pas mon genre. Mais en fait, je t'ai traitée de fonctionnaire, comme si c'était une insulte, je blaguais, c'est lui qui est prisonnier de ses habitudes, de son train-train. Il ne sort pas le nez de son travail, bien sûr il est passionné, mais quasiment enchaîné à ses rayons de bibliothèque.

— Ça, j'ai toujours compris, l'odeur du papier, c'est une drogue dont on ne peut se passer. Lui et moi nous aimons les livres, et puis dis donc, toi aussi, tu n'as jamais voulu t'acheter une liseuse ! J'adore aller dans son bureau, ou à la bibliothèque du Conservatoire, ou chez les libraires de livres d'occasion. D'ailleurs, Sean également, quoiqu'il utilise une tablette quand il est en voyage.

— Ça, c'est le côté pratique, si on a envie de lire, tous les moyens sont bons, et on ne peut pas transporter toute sa bibliothèque sur son dos. Moi, ça ne me dit rien, mais je comprends, j'ai pas mal de partitions d'enregistrées, je peux les retrouver sur mon téléphone ou sur un ordinateur. Mais dis donc, on aime aussi l'atmosphère des théâtres, des salles des fêtes, ne parlons pas des églises, l'endroit rêvé pour un concert. Mathieu te suit, non ?

— Le dimanche, il s'intéresse à l'orgue, il connaît le sacristain qui aime les romans historiques…

— Ouille ! Je me souviens, il n'aime pas voir des œuvres ou des faits historiques vulgarisés, non ? Il s'était fâché, contre toi, contre Cailin…

— Il s'est complètement embrouillé dans ses explications. Broder sur la vie d'un personnage célèbre lui fait horreur, mais je lui ai passé un roman qui se déroule pendant les croisades, le héros est un personnage imaginaire, et les faits concernant ceux qui ont existé sont réels et bien documentés. Il a admis que c'était intéressant.

— Il a du mal à trouver un juste milieu, pour lui c'est tout bon ou tout mauvais. Ou alors cela le laisse indifférent.

J'acquiesce. Juliette continue :

— Il ne prend pas le temps de réfléchir, et il n'est pas beaucoup sorti. Il tient à toi, mais il te voit comme quelqu'un qui fait partie de son univers, il ne cherche pas à savoir si tu penses autrement. La preuve, il est affolé par ton histoire de note noire, il a peur pour toi, mais aussi ces manifestations ne rentrent pas dans son raisonnement.

— Oui, comme un médecin qui ne comprend pas qu'un patient guérisse alors qu'il le croyait condamné. Ou le contraire.

— Là, tu vas un peu loin, ton collègue, ou l'organiste, ne sont pas morts. Ils devaient déjà souffrir de quelque chose et l'énervement a aggravé leur cas. La mère d'élève, elle, n'a pas regardait où elle allait, c'est tout.

— C'est bien possible, du moins c'est ce que je me dis. Mais je sais que je les ai vues, les petites notes. Je ne suis pas folle, quand même, j'ai une bonne vue, je ne souffre pas de delirium tremens, donc il y a quelque chose de bizarre.

Sean, lui, connaît le phénomène, mais apparemment cela ne le dérange pas, il vit avec.

— Cela fait partie de sa culture, c'est tout. Comme pour Cailin.

— Mais revenons à nos moutons, enfin à mes mecs : à ton avis, est-ce que je parle à Mathieu, est-ce que je le lui laisse entendre, ou est-ce que je dissimule tout, au risque qu'il apprenne quelque chose d'une façon désagréable ?

— Écoute, je ne sais pas quoi te dire, il ne faut pas faire souffrir les gens. Mais c'est à toi de voir, veux-tu rompre, ou le garder ? Est-ce qu'il t'agace, ou est-ce que tu tiens encore un peu à lui ? Laisse passer du temps et mets des bornes, si un jour tu n'es pas libre il n'a pas à te demander pourquoi. Il ne te fait pas le coup ?

— Cela arrive, mais c'est pour des réunions de travail, me dit-il. Quoique, effectivement, je n'ai jamais vérifié.

— Si cela se trouve, il est moins naïf qu'il ne le paraît. Tiens, ton portable.

C'est Sean, qui me dit qu'il a récolté deux invitations pour un concert. Un trio célèbre, et un programme Beethoven-Schubert particulièrement tentant. Mais bien sûr que ça m'intéresse ! Quand ? Ah, dimanche après-midi ? Aïe... Je joue à la messe le matin, ensuite... Je dis à Sean que je suis d'accord, nous nous donnons rendez-vous près de la salle, peu avant l'heure du concert.

Eh bien, c'est le moment de s'organiser, d'être diplomate... en général, les musiciens ne sont pas mûrs pour le Quai d'Orsay ! Voyons, j'appellerai Mathieu, je ne sais pas ce qu'il fait samedi, moi je répète avec les danseuses... Tiens, il ne m'a pas téléphoné ces jours-ci...

Je regarde Chester. Qu'est-ce que tu me conseilles, le chat ? Ah, bon, il me tourne le dos, il boude, il s'en moque... Je me mets au piano, il daigne jeter un œil, j'effleure le clavier, je joue un petit Mozart, là, il écoute. Juliette me fait remarquer que je joue comme une gamine débutante, je n'enfonce pas les touches, mais enfin, vas-y, ne fais pas semblant ! Chester est habitué, quand même... Je reprends le morceau, cette fois correctement, Juliette me tourne la page, Chester reste attentif. Tout se passe bien, d'ailleurs, comment Mozart pourrait-il provoquer une catastrophe si on le joue sans fausses notes ?

Juliette partie, je repense à l'invitation de Sean, au dimanche. Je ne vais pas refuser pour ne pas faire de peine à Mathieu, ce serait un comble ! On m'a proposé une place, une seule, c'est tout. Rien ne m'empêche de déjeuner avec lui, ensuite je vais au concert. Non, il ne trouvera pas de place au dernier moment, vu la notoriété des interprètes, Sean ne m'a pas dit comment il avait eu ces billets... Bon, appelons Mathieu.

Ça sonne... tiens, il a éteint ? Ah, non, il répond. Il y a une résonnance bizarre... Il m'explique qu'il n'est pas chez lui, mais chez un collègue. Effectivement, j'entends des voix, il y a deux ou trois personnes, hommes et femmes, la discussion a l'air de tourner à l'aigre. Bon, il est encore dans sa planète carolingienne, il semble d'ailleurs pressé de retourner participer à la polémique qui est en train de se dérouler. Je lui raconte très vite mon changement de programme, il ponctue mes propos de « hum, hum », il est clair qu'il souhaite que j'abrège mes explications. Dimanche ? Ah, d'accord, pas de problème, je n'ai pas besoin de l'attendre. Bon concert !

Alors là... il me plante, il est vexé, il a appris quelque chose, ou quoi ? Après tout, ma personne est moins importante que celle d'un descendant de Charlemagne, il faut en convenir !

Je regarde Chester, qui s'amuse avec un foulard... zut, c'est à Sean, il le cherchait l'autre soir. Donne ! Mais non, Chester veut le garder, il s'est couché dessus. C'est vrai qu'il aime bien mon druide. Et à propos, que fait-il ce soir, ce nouvel homme de ma vie ? Qu'est-ce qu'il m'a dit ? Oui, il joue lors d'un concert dans une lointaine banlieue, il va rentrer tard... Donc, en principe, il ne va pas venir cette nuit. Eh, j'espère qu'il ne sera pas en retard demain, nous avons une réunion à l'école de musique, pour mettre au point les programmes de la fête, régler quelques détails des examens... S'il arrive après minuit, il ne va pas être frais ! Bon, quand je me réveillerai, je l'appellerai, au cas où il aurait une panne d'oreiller. Allez, Chester, c'est fini de jouer, on va se coucher.

Je suis à peine dans mon premier sommeil que j'entends la sonnerie de l'interphone. J'allume, je vais à la porte, j'hésite, il est tard... « C'est moi, Sean ». Je lui ouvre, il m'expliquera après. Il entre, s'excuse, il a passé une mauvaise soirée, une salle qui résonnait, des organisateurs pas dégourdis, des chahuteurs en plein milieu de la soirée, sans doute s'attendaient-ils à un concert d'un groupe de hard rock « heavy metal », pas à du jazz bien classique dont la batterie ne dépasse pas un nombre de décibels humainement supportable. On a lancé des pétards, des types à moto ont foncé sur les gens qui sortaient, il y a eu de la bagarre, les musiciens se sont sauvés vite fait, en espérant que le responsable leur enverrait le cachet. En émergeant du métro, il s'est retrouvé en face de chez moi, il a voulu téléphoner, pas moyen de récupérer son portable... Je lui promets que je vais lui faire faire une clé.

Et je me dis que je commets une imprudence, Mathieu a aussi une clé... ah, non, depuis que j'ai changé la serrure, est-ce que... je ne me souviens plus si je lui ai donné la nouvelle. Me voilà bien ! Oh, zut, en principe il m'appelle. Mais alors, Sean... il arrive devant chez moi, et il sonne... Bon, je pouvais lui dire que je ne pouvais pas... Mais il a l'air si malheureux, épuisé, il s'est fait bousculer par des spectateurs paniqués, ils se sont tous précipités dans le RER, qui s'est retrouvé bondé, les gens ont ensuite couru dans les couloirs du métro. Du coup, en émergeant, il a juste eu le courage de sonner à ma porte. Bon, il veut se faire consoler... alors, le druide, la potion magique n'agit plus ? Je garde ma réflexion pour moi.

Au bout d'un moment, il a l'air de reprendre ses esprits et s'excuse, me demande s'il peut rester... Oui, pour la réunion au conservatoire, il n'a pas oublié. Il a l'air soucieux, attrape son sac, examine l'étui de son instrument, non, il n'a rien cassé, mais peut-être a-t-il perdu... Il fouille ses poches et brusquement, ouf ! Il retrouve son portable dans la doublure de sa veste, il avait eu peur de l'avoir perdu, quelqu'un l'a accroché et il a senti que quelque chose se déchirait. Bon, allez, on se calme, tu veux un tilleul ? À ma grande surprise, il accepte. Mathieu, lui, a toujours grogné quand je lui proposais tisane ou remède de grand-mère, croyant que je me moquais de lui. Sean, lui, il aime bien. En plus, Chester, d'abord mécontent d'être dérangé, est sorti de dessous le lit pour se frotter à ses jambes avant de sauter sur ses genoux. Bon, d'accord, le chat a décidé, tu restes. Avec un tilleul.

XXII.

Ce week-end a été très différent des autres, j'étais avec Sean, pas avec Mathieu. Le samedi, j'ai répété avec mes partenaires, lui a rencontré le professeur de piano jazz et celui de percussion pour mettre au point quelques pièces avec les élèves. La directrice, qui a le don de surgir de n'importe où n'importe quand, a suggéré de faire participer les saxophonistes au concert de fin d'année... non, ils ne sont pas vraiment au point, l'ancien professeur ne s'est pas fatigué pour les faire progresser, et quant au jazz, il n'avait pas l'intention de leur apprendre que cela existait. À part un, un étudiant qui joue de plusieurs instruments, a déjà un peu de pratique d'orchestre classique, et qui connaît bien une de mes pianistes avec qui il a travaillé une pièce intéressante. Elle a acquiescé, ajoutant que des grands élèves et des parents sont venus la remercier d'avoir trouvé un remplaçant compétent et gentil.

Les répétitions avec la classe de danse se sont prolongées, je commençais à fatiguer, et lorsque Sean est venu m'attendre à la sortie, je ne pouvais lui dire que « on rentre ? »

Une fois dehors, j'ai brusquement pensé à Mathieu. Oui, il téléphone avant, mais s'il lui arrive une mésaventure du genre portable perdu... Ça m'agace. Mon druide a la solution :

— Si ça t'inquiète, tu viens chez moi. Bon, il y a le chat, il faut passer le nourrir. Comment fais-tu quand tu t'absentes ?

— Ma gardienne s'en occupe, elle a aussi un chat, elle adore Chester. Elle a la clé, bien sûr.

— Il va falloir que tu t'excuses auprès de Sa Majesté le chat, découcher comme ça... Explique-lui bien !

— Oh, oui, sinon il va bouder. Ou me jouer des notes aiguës pour faire venir les petites notes... Et demain, je suis à l'orgue, tu peux passer, ou on se retrouve à la sortie.

— Hum... je dois travailler un peu un morceau, je te rejoindrai à l'église. On pourra déjeuner ensemble ?

— Oui, je pense, à moins que... ah, ça m'énerve ! En tout cas, allons chez toi ce soir. Mais avant, Chester a la priorité ! »

Sean n'a pas l'air fâché, d'ailleurs il m'a bien précisé qu'il me laissait libre de régler la situation, et que s'il y avait un problème de quelque ordre que ce soit, je ne devais pas hésiter à lui en faire part. Quand on est musicien, on a déjà à gérer un emploi du temps irrégulier, des voyages, pas la peine de se faire en plus des cachotteries, soyons corrects. Je suis bien d'accord, mais j'aimerais savoir ce que pense Mathieu. Il va falloir que nous ayons une conversation franche, quand même. À condition que nous parvenions à nous rencontrer un peu mieux qu'entre deux portes.

Je regarde Sean à la dérobée, mais qu'est-ce qu'il est bel homme... J'ai beau être fatiguée, j'ai envie de lui, mais est-ce l'attrait de la nouveauté, ou bien est-ce que je commence à tenir à lui ? La routine qui s'est installée entre Mathieu et moi me pèse, c'est sûr. Évidemment, entre son travail et le mien... Bon, j'ai sommeil. Enfin, pas vraiment, avec mon

Dumnorix qui me serre contre lui, dont je respire le parfum... Non, les druides ne se parfument pas avec de la potion magique, ne sentent pas le sanglier, et si le mien porte les cheveux un peu longs, il ne se fait pas des tresses, tout de même. Je pouffe de rire en passant ma main dans ses cheveux, je lui fais part de ma suggestion... Il m'a répondu qu'il l'avait fait, il était beaucoup plus jeune et trouvait amusant de ressembler à un gaulois de bande dessinée. Mais attention, ajoute-t-il, je joue du jazz ou du classique, au saxophone ou au piano, pas du biniou ni de la cornemuse... Il me demande si je veux mettre ce genre de musique, il doit bien y en avoir sur You Tube... Non, merci, on discutera plus tard des éventuelles vertus érotiques des prestations du bagad breton.

Nous sommes dimanche. Je me sens si bien avec Sean, j'ai eu du mal à me lever le matin, lui aussi d'ailleurs, mais j'ai pensé à Chester, je devais aller lui donner à manger avant d'aller rejoindre mon char d'assaut. Ah, en plus, je n'ai pas pris les partitions, je perds la tête, l'amour rend idiot, ou quoi ? Nous nous donnons rendez-vous à la sortie de la messe, et je fonce chez moi. Chester n'a pas l'air fâché, simplement il me montre clairement que sa gamelle est vide. Oui, ça va, je sais, je vais te servir, tu as la priorité. Bon, mes partitions... eh, où est celle de Bach ? Ah, c'est vrai, sur le piano, je l'avais un peu travaillée. Je retrouve Jean-Sébastien entre Chopin et Scott Joplin, ce n'est pas sa place, il va falloir que je fasse du rangement... Mais, au fait, c'est vrai que Mathieu n'est pas venu depuis... et du coup, les livres et les partitions ne sont pas classés. Est-ce que je vais le regretter pour ça ?

Je rigole en pensant à un copain de conservatoire, en déprime depuis que sa dulcinée l'avait plaqué, et qui avait eu cette réflexion : « Et elle faisait si bien la cuisine ! »

J'avais poussé des hauts cris en le traitant de macho, d'esclavagiste, une amie en avait rajouté, bref… Bon, oui, ne tombons pas dans le même travers, on n'aime pas quelqu'un parce qu'il ou elle vous rend la vie plus confortable en vous faisant la cuisine, le ménage ou en rangeant vos partitions, quand même ! On trouve machos les mecs qui cherchent à mettre une bonniche dans leur lit, mais on peut avoir des réactions du genre « il est bon bricoleur » ou « il fait le ménage ». Et donc, c'est humain de vouloir se servir des autres, d'oublier qu'ils sont des êtres doués de sensibilité, alors qu'on parle à son chien ou à son chat comme à une personne ! Non, je n'ai quand même pas ce défaut, les partitions en désordre, je m'en fiche, je suis quand même capable de les retrouver ! Et d'ailleurs, je ne vis pas avec Mathieu à cause de sa manie du rangement…

Au fait, est-ce lui, ou moi qui a décidé ? Du plus loin que je me souvienne, cela s'est fait d'un commun accord, moi je ne veux pas de quelqu'un qui passe son temps à ranger, classer, et lui veut rester dans le centre de Paris, près de son Institut de recherches, la banlieue même proche c'est pour lui le bout du monde, plus de quatre stations de métro c'est une expédition polaire, une tasse oubliée sur la table c'est une hérésie chalcédonienne… Chez Sean, j'ai pu me rendre compte que les choses étaient à peu près correctement rangées, mais qu'il restait un peu de fouillis, normal pour un musicien à horaires irréguliers et qui voyage. Les livres sont mis un peu n'importe comment, juste ceux traitant de musique d'un côté, avec les partitions, et le reste de l'autre, en français ou en anglais indifféremment, d'ailleurs il lit le plus souvent sur liseuse, ça économise de la place.

Mais comment Mathieu fait-il pour supporter d'aller chez Artaban, dont le capharnaüm est quasi dangereux, même Cailin qui n'est vraiment pas maniaque décide parfois de faire le rangement, qui se transforme vite en nettoyage par le vide... Je me souviens, je lui avais fait la réflexion, il m'avait répondu que dans son bureau à l'Institut tout était en ordre, du moins on trouvait les choses où elles devaient être. Chez lui, c'était son problème, il n'habitait pas avec lui. Je m'étais alors dit que nous avions bien organisé nos existences... Mais suis-je faite pour vivre seule avec des week-ends de détente, ou est-ce que je cherche un compagnon de tous les jours ? En parler avec Juliette était vain, j'avais vite compris que je n'aurais pas de réponse, elle a besoin de pouvoir choisir, en fonction des possibilités. Je lui avais fait remarquer que c'était un drôle de nom pour un mec, « possibilité »...

XXIII.

Ce dimanche a passé trop vite... j'ai assisté à un concert extraordinaire. Avec Beethoven et Schubert joué par des interprètes d'exception, on ne peut qu'atteindre le nirvana... En plus, j'étais avec Sean, qui vibrait autant que moi, je sentais que nous étions sur le même nuage...

Tiens, c'est peut-être ça, le grand amour, on dit que c'est regarder ensemble dans la même direction, c'est peut-être aussi partager le même nuage sans l'endommager, qu'il soit un flocon blanc dans un ciel ensoleillé ou qu'il devienne gris puis noir dans une nuée d'orage, il faut vaille que vaille tenir dessus... Enfin, bref !

Nous sommes rentrés chez moi ensuite, Chester était bien content et participait même à la discussion, ronronnant quand on parlait de Schubert, nous interrompant tout de même quand la conversation devenait trop technique pour nous rappeler que remplir sa gamelle avait plus d'importance qu'une phrase mélodique. Il a daigné nous laisser étudier une partition sans même essayer de se coucher dessus, c'est dire s'il s'est montré conciliant. Bon, notre liaison est validée par le chat, qui a désormais deux humains à son service. Sean a fini par lui abandonner son écharpe, qui n'avait pas une grande valeur, mais que le greffier a exigé de garder pour lui, un gage en quelque sorte. Et toi, Chester, lui dit-il, qu'est-ce que tu me donnes en échange ? Juste un câlin avec un gros ronron, c'est bien un chat !

Ce matin, j'ai fait des rangements, j'ai travaillé plusieurs œuvres pour la classe de danse, revu mon répertoire, téléphoné à mes partenaires... Et il y a un concert en vue, ce n'est pas le moment de s'endormir. Sean m'a appelée, il a eu un message de la personne qui lui a donné les places de concert, une adjointe au maire, qui avait déploré la façon dont le concert de jazz s'était terminé, lui proposait de le refaire en prévoyant un encadrement un peu plus sécurisé. Dans la foulée, mon beau druide a eu l'idée de lui demander si un concert classique, un bon quatuor avec piano l'intéresserait... Elle a promis qu'elle y songerait.

Entendre sa voix me fait plaisir, comme si déjà il me manquait, alors que je ne l'ai quitté que depuis quelques heures... Du coup, je téléphone à Juliette pour lui annoncer que ça y est, je suis pincée, rien à faire, c'est celui-là que je veux... Elle me coupe en me disant :

— Après les vieux grimoires carolingiens de ton chercheur, tu te précipites dans le chaudron du druide ? Tu fantasmes sur le Moyen-âge, ma chère !

— C'est ça, fantasme ou pas, je suis attachée à mon Dumnorix, qui d'ailleurs m'appelle Belisama, c'est une déesse gauloise.

— Tu donnes dans les sectes, maintenant ? Fais gaffe...

— Mais non, c'est une passion commune pour l'histoire, c'est tout, il ne participe pas à des réunions secrètes dans des clairières habitées par des elfes et ne pratique pas des rituels magiques, je peux t'affirmer qu'il ne verse pas de poudre dans la nourriture ou la boisson et qu'il est bon musicien, nous avons décortiqué ensemble une partition de Schubert...

Je lui raconte le concert de dimanche et la soirée qui a suivi. Elle me traite de tous les noms, elle aurait bien aimé trouver des places pour ce concert... Je lui fais part de mes impressions, de celles de Sean, de nos propos et analyses musicologiques qui ont suivi et ont été dûment approuvés par Chester.

— D'accord, d'accord, dit-elle, il est bon musicien, il est compétent au lit, et Chester l'apprécie... Mais enfin, tu connais l'histoire de ce grand chef d'orchestre qui était membre de l'Ordre du Temple Solaire ? C'était une sommité dans le domaine musical, mais cela ne l'empêchait pas d'avoir une activité occulte... Quoique, dans ce cas, c'est plutôt du lavage de cerveau pour obtenir des avantages au détriment de personnes plus faibles et crédules...

— Oh, la la ! Qu'est-ce que tu vas chercher ! D'accord, tout le monde peut avoir une double vie, pas seulement sur le plan sexuel, mais aussi professionnel ou occulte, mais ce n'est apparemment pas son cas, simplement le celtisme fait partie de sa culture personnelle. Comme pour Cailin, d'ailleurs, qui, elle, en fait son métier, tu as déjà lu ses articles, même si ce n'est pas quelque chose qui t'intéresse beaucoup.

— Non, effectivement, l'irrationnel, moi... je préfère le concret, un beau mec qui me fait plaisir quand je veux. Tiens, au fait, avant-hier, j'ai eu un danseur, ça manquait à mon carnet d'adresses.

— Ah ? Alors ? Il ajoute de l'esthétique aux diverses positions ?

— Ben, pas vraiment. Ah, à regarder, superbe. Mais sur le plan du savoir-faire... normal, ordinaire, comme tout le monde. C'est vraiment stupide de fantasmer sur les corps de métier, les mecs sont tous fabriqués pareil !

— Les corps de métier ou les races, tu te souviens de notre copain de conservatoire qui rêvait de rencontrer une belle Suédoise, qui est allé dans le pays où il a eu plusieurs aventures, et quand il nous a montré les photos...

— Oh, oui, des mochetés. Le genre sportive en survêtement, cheveux tirés, grosses godasses de rando, des corps sans défaut, bien musclés, mais sans expression, on s'est bien fichu de lui ! Faire des kilomètres pour s'envoyer ce qu'on peut trouver dans son quartier...

— Et voilà, on a eu tort de se moquer, il vient de t'arriver la même chose. Bon, pour en revenir à mon druide, lui, tu l'as vu, il est normal, il me plaît...

— Il te fait ça comme il faut, et vous avez des sujets de conversation communs, très bien. Donc, alors, et Mathieu ?

— C'est le problème : il est aux abonnés absents. Enfin, pas vraiment, mais il est englué dans ses séminaires, avec son copain Günther...

— Hum... est-ce qu'eux deux... non ? Tu y as pensé ?

— Évidemment, je le lui ai même demandé, il m'a dit que non, il avait eu des occasions, mais ce n'était pas vraiment son truc. Ça ne le gêne pas, c'est tout, et en fait il se moque de la vie privée des uns et des autres.

— Apparemment, également de la sienne et de la tienne. Ce qu'il veut, c'est que matériellement rien ne change, et les pratiques sexuelles font partie des meubles, il faut que ce soit bien ordonné, à jours et heures fixes... Pour que le reste du temps il ne soit pas dérangé dans ses travaux de recherche.

— Il y a quelque temps, je t'aurais dit que tu exagères, mais maintenant, quand j'y pense... tu n'es pas loin de la vérité.

— Mais, dis donc, quand vous êtes partis en tournée, l'été dernier, sans lui, et que tu as rencontré ce chimiste mélomane...

— Oh, oui, je l'avais oublié, celui-là. C'était une petite soirée sympa, j'avais pratiquement poussé ma collègue Alice dans les bras d'un gars qui lui plaisait, tu la connais, elle est très timide, et comme c'était un copain de ce chimiste, on avait fait d'une pierre deux coups. Non, je n'en avais pas parlé à Mathieu, je ne vois pas pourquoi je lui aurais raconté ça, d'ailleurs ! Même pas l'aventure d'Alice, ça ne l'aurait pas intéressé.

— Et voilà, ton Mathieu ne s'intéresse pas aux gens, seulement à leurs écrits, à ce qui reste d'eux après leur mort. Il peut faire dire ce qu'il veut aux descendants de Charlemagne, ils ne viendront pas le tirer par les pieds pour protester contre ses analyses.

— Il y a du vrai dans ce que tu dis. Sa manie du rangement, ce n'est pas qu'il aime les objets, c'est parce qu'il ne veut pas que ses réflexions soient interrompues parce que tel ou tel livre ou accessoire n'est pas à sa place. Il veut n'avoir qu'à allonger le bras pour ouvrir un tiroir, qu'à tourner la tête pour vérifier le titre d'un livre, la lessive c'est tel jour à telle heure, la cuisine — quand il en fait — c'est tant de temps de cuisson et tel ou tel plat ou casserole, et chez moi il était constamment en train de ranger les livres et les partitions par genre ou ordre alphabétique.

— Et au lit, c'est tel geste pour tel soupir ?

— Quand même pas, je ne serais pas restée aussi longtemps avec un robot. Il était rassurant, confortable...

— Je remarque que tu en parles au passé, c'est un signe !

— En fait, j'ai besoin de stabilité sur le plan des rapports humains. Toi, je te connais depuis le conservatoire, Alice aussi, mes autres partenaires enseignent dans le même conservatoire que moi, on sait où se retrouver. Mais bon, en amour, il y a toujours une part d'incertitude, et la routine créée par les week-ends avec Mathieu me devenait lassante. Enfin, je crois.

— Tu crois… moi, j'en suis sûre, depuis que tu as rencontré Maître Dumnorix, comme tu l'appelles, je ne te reconnais plus. Tu mets dans ta vie de tous les jours autant d'énergie que quand tu joues en scène, tu ne t'économises pas. Avant, tu étais plutôt calme, même un peu indifférente.

— Oui, enfin, ce qui me préoccupe est l'histoire des petites notes. Sean n'a pas pu me donner de réponse claire, il ne sait pas ce qui fait que ce phénomène arrive à une personne plutôt qu'à une autre…

— Ça y est, tu es repartie sur tes préoccupations ésotériques ! Mais laisse donc ça de côté, si la terre s'ouvre dans la salle où tu auras joué un accord de septième majeure aigu, ce sera à cause de travaux dans les conduites ou d'un séisme, pas parce que le piano voudra se venger d'un public de béotiens ou de musiciens qui auront mal joué !

— J'ose l'espérer figure-toi. Surtout que les séismes sont plus courants au Japon ou en Californie que dans la banlieue ouest de Paris. En revanche, les accidents dus à des conduites percées peuvent survenir n'importe où.

— Oui, et les allergies ou les crises cardiaques guettent les personnes hargneuses, comme ton collègue ou ta Madame l'organiste. Des nouvelles, au fait ?

— Non, aucune. Pour ce qui est du collègue, ça y est, Sean est accepté pour le remplacer, il a signé son contrat. Outre qu'il est nettement plus sympathique, il est compétent, il connaît aussi bien le répertoire du saxophone classique que celui du jazz, bref…

— Bref, la perle rare, fais gaffe, ta directrice ou une autre prof va te le piquer ! Bon, voilà mes chanteurs qui arrivent.

— Ah, alors, de beaux spécimens ?

— Pas mal, mais pas comme mon spécialiste du contre-ut orgasmique.

— Obsédée, va ! Allez, bisous, et à plus ! »

La conversation m'a bien amusée, j'en rigole encore dans l'escalier et dois faire un effort pour me souvenir de ce que je suis venue acheter au Monoprix. Ah, oui, ciel, les bouchées spéciales pour Chester ! Ah, et puis, il faut que je passe chez le vétérinaire pour lui prendre rendez-vous pour son vaccin. Bref, je suis sortie faire des courses pour le chat. Et, au fait, il m'arrive de manger aussi, ah, oui, il me faut… J'arrive à me souvenir de la plus grande partie de ma liste de courses que bien évidemment j'ai oubliée dans un coin de la cuisine.

En rentrant, je me mets à penser aux petites notes, cette histoire m'obsède, tiens, j'appellerai Cailin un de ces jours, elle a peut-être trouvé un indice, ou une mention du phénomène quelque part. À part l'anecdote du « Trou du Diable »…

XXIV.

J'arrive chez moi un vendredi soir, et je trouve que Chester a l'air bizarre, il reste tapi dans un coin. Je lui demande s'il est malade, il ne répond pas, il daigne venir, je le sers, il chipote dans son assiette et finalement se colle à moi, manquant me faire tomber. Hum, il a dû mal digérer quelque chose, un insecte ou une poussière, Ah, mais, il est monté sur le piano, des partitions sont déplacées, il y a un cahier par terre… Heureusement que je ferme toujours le couvercle quand je sors, les voisins n'apprécieraient peut-être pas les improvisations félines… Aïe, mais non, je ne l'avais pas fait aujourd'hui, j'espère qu'il n'a pas dérangé tout l'immeuble !

J'ai une drôle de sensation, je n'arrive pas à me concentrer, je ferme la porte, je m'installe au piano, je mets la sourdine… non, je ne suis pas inspirée. Je range, je grignote quelque chose, je me vautre sur le canapé avec le chat. Rien de particulier à la télévision, pas de film intéressant, heureusement j'ai une importante « pile à lire » en retard, je lis toujours plusieurs livres à la fois. Et je pense à Sean, qui doit être en train de se préparer pour son concert. Va-t-il pouvoir attraper le dernier train, et venir ? Allons, ne le harcelons pas tout de même, s'il a envie de terminer la soirée avec ses collègues ou sa copine ingénieure du son, c'est son droit. Eh, Chester, qu'est-ce que tu fais ?

Voilà le greffier qui monte sur le piano, saute sur la bibliothèque et fait dégringoler une pile de livres. Il redescend, éparpille le tout, il a l'air de chercher quelque chose. Mais non, Chester, du calme, ton vaccin est pour la semaine prochaine, je t'ai acheté tes sachets favoris, tu n'as qu'à ne pas poursuivre les mouches pour les avaler. Et ça y est, tu tousses, tu vas vomir, je t'ai déjà dit de ne pas grignoter les bouts de papier de la corbeille...

Je le caresse, je nettoie par terre, je ramasse les livres, les papiers, vide la corbeille... Et brusquement, je me mets à regarder une étagère... Les livres ont été déplacés, Chester s'est transformé en cyclone, ma parole ! Voyons... mais où est celui sur le Moyen-âge que j'avais commencé ? Ah, peut-être était-ce Mathieu qui me l'avait prêté, j'ai dû le lui rendre... Bizarre, je ne sais plus. Bon, ça y est, le chat, tu vas mieux ? Il est temps de se mettre au lit, alors tu t'installes où tu veux, mais tu restes tranquille !

Heureusement que j'ai eu envie de me coucher tôt, voilà le téléphone qui sonne aux aurores ! Je grogne un « allo » embrumé. C'est une secrétaire d'un hôpital, Sean a eu un petit accident, renversé par une moto. Non, rien de grave, on l'a gardé pour la nuit, il sortira en fin de matinée, il prendra un taxi, il demande s'il peut venir chez vous, on lui a conseillé de ne pas rester seul en cas de malaise. Mais bien sûr, qu'il vienne, je remercie la personne.

Et voilà que mon cœur se met à battre la breloque. Sean, accidenté ! Est-ce que Chester l'aurait senti ? Bon sang... Qu'est-ce que je fais ? Je ne peux pas sortir... Ça va, je n'ai rien ce matin, nous répétons l'après-midi. J'attends qu'il soit une heure décente, j'appelle Alice pour la prévenir que je risque d'arriver un peu en retard, on ne sait jamais. J'essaie de me mettre au piano, il faut quand même que je travaille, mais je ne suis pas à ce que je fais, je saute une ligne, je rate des notes, rien à faire.

Et maintenant, un nouveau coup de téléphone. C'est Cailin, qui me dit qu'elle aimerait nous voir, Sean et moi, elle a trouvé des renseignements. Il paraît que la note noire voyage, une personne qui l'appelle peut transmettre son pouvoir, c'est en fait une chaîne, qui peut passer d'un individu à un autre... Je lui raconte que Sean... Elle commence par s'inquiéter, je la rassure, il paraît que ce n'est pas grave, mais ce qui s'est produit... elle me coupe en me disant de ne pas me faire des idées, quand même, tout le monde peut avoir un accident sans que des forces occultes ne s'en mêlent... Je lui promets de la rappeler, quand je saurai si Sean va bien ou non, on peut se voir demain s'il est assez en forme.

Je me précipite quand retentit la sonnerie de l'interphone, je manque m'étaler, j'appuie sans écouter... Je piétine, j'entends des pas, j'ouvre la porte... Ouf, c'est Sean ! Apparemment, il marche correctement, mais il a des pansements sur la figure, un poignet bandé... Je n'ose pas le serrer dans mes bras, il me rassure, il n'a rien de cassé, seulement des points de suture sur l'arcade sourcilière, un poignet foulé, des bleus un peu partout...

Je l'installe dans le canapé, le laisse reprendre son souffle, il me demande un verre d'eau, il a des comprimés à prendre. Mais j'ai hâte de savoir, je le questionne. Alors ? Rien que de banal, m'explique-t-il, il traversait la rue, une moto, qui pourtant n'allait pas trop vite, a dérapé sur une flaque d'eau qui cachait un trou dans la chaussée et l'a heurté, c'est du moins ce que lui a raconté le collègue qui l'a accompagné à l'hôpital. Sa tête a cogné sur le rebord du trottoir, mais le motard, lui, a eu la jambe cassée. Et quant à son saxophone, la moto l'a écrasé.

— Enfin, me raconte-t-il, j'ai prévenu mon assurance, j'espère que ça ne va pas trop traîner. J'ai un autre instrument, mais pas de la même qualité. On m'a conseillé, ainsi qu'au motard, de porter plainte contre la municipalité, la chaussée est pleine de trous à un endroit où il y a un théâtre, une école et un gymnase, il paraît que ce n'est pas le premier accident qui arrive ici. Des tracasseries dont on se passerait bien, mais je dois le faire pour l'assurance, précise-t-il. Je lui conseille de s'adresser à notre directrice s'il rencontre un problème, elle s'y connaît en assurances, transports d'instruments et autres questions logistiques.

Nous discutons de l'aventure, je n'ose lui faire part de mes inquiétudes de la veille. Chester, lui, s'est collé à Sean sur le canapé, ronronne en se frottant contre lui, on dirait qu'il s'est fait du souci pour son ami... En plaisantant, l'humain demande au chat s'il s'est inquiété pour lui ? Du coup, je ne tiens plus et lui raconte ma soirée. Ainsi que le coup de téléphone de Cailin.

Sean réfléchit un bon moment. Il se lève, bouge un peu, non, la machine fonctionne, la tête ne lui tourne pas, les antidouleurs commencent à faire de l'effet, les bleus tant pis il faut attendre que ça vire au jaune et vert avant de disparaître... Ça va, il est d'accord pour aller voir Cailin. Bon, moi aussi, je n'ai pas de messe à accompagner demain matin. Mathieu, pas de nouvelles, laissons-le s'occuper de Lothaire, Pépin ou Charles le Chauve, et... enfin, je n'ai pas en tête la liste de tous les petits-enfants de Charlemagne. Appelons Cailin.

L'Irlandaise est ravie d'entendre Sean, elle lui demande si tout va bien, se déclare très contente et nous invite à déjeuner demain chez elle. Nous sommes d'accord.

Je me tortille, pourquoi ai-je accepté de venir chez elle ? Artaban sera peut-être là... Et si Mathieu se pointe... M'entendant, Sean fronce les sourcils, fait la grimace, car cela a tiré sur ses points de suture, mais il me regarde et dit sérieusement :

— Écoute, tu ne vas pas passer ta vie à te planquer, je n'ai pas envie de te rencontrer constamment entre deux portes. Si tu souhaites continuer avec lui, dis-le-moi, sinon, assume. Apparemment, il ne nous a pas trop dérangés ces jours-ci, non ? Et quant au copain de Cailin, lui ne doit pas se soucier des fréquentations des uns et des autres. Tu veux rester avec moi, ou pas ?

Je craque quand il me regarde, pas moyen de résister, en plus je le vois du bon côté, de l'autre le pansement lui donne un aspect comique. Je l'embrasse, je lui jure que... non, ne jurons pas, mais enfin, c'est lui que je veux, je suis sûre. Mon Dumnorix...

Il me répond en m'appelant Belisama. Décidément, je navigue entre des Carolingiens et des Gaulois... et tout ça en consultant Wikipédia sur smartphone ! Si j'en parle à Juliette, elle va me dire que le prochain sera spécialiste des Ramsès ou d'Alexandre le Grand, histoire de reculer d'au moins un bon millénaire...

J'ai pensé tout haut, et Sean éclate de rire, me disant qu'il connaît un paléontologue, si par hasard je veux encore remonter dans le temps... Non, mon beau druide, je n'ai pas envie de loger dans une caverne, il y fait trop froid, je ne sais pas faire du feu en frottant des silex, et je préfère les tableaux du Louvre aux peintures rupestres de Lascaux. Et Chester n'est pas un chat d'extérieur. Ah, oui, le chat. C'est vrai, c'est lui qui décide.

XXV.

Nous sommes chez Cailin qui a daigné ranger un peu son capharnaüm pour dégager des sièges et mettre la table. Enfin, elle n'a quand même pas fait la cuisine, il ne faut pas exagérer, mais elle a commandé une pizza avec dépendances au restaurant d'à côté.

Elle est seule, Artaban est à son bureau, il prépare avec toute son équipe une communication de la plus haute importance, on ne verra plus Charlemagne de la même façon quand cela paraîtra. Bon, d'accord, on veut bien. Elle aussi, elle veut bien... Mais revenons à nos moutons, c'est-à-dire à nos petites croches et à la note noire.

Elle nous montre des notes prises à droite et à gauche, écrites en pattes de mouches, des fragments copiés-collés de divers articles du Net, des photocopies de pages de revues. Elle nous résume le tout : la plupart des gens possèdent le pouvoir de faire remonter des forces telluriques, mais de façon plus ou moins efficace, et plus ou moins consciemment. De plus, une personne particulièrement puissante peut transmettre ce pouvoir à une autre, elle le perdra provisoirement, pourra le retrouver ensuite... Je lui dis que cette capacité n'est tout de même pas une voiture de location ou un quelconque appareil que l'on prête. Elle précise que ce n'est pas aussi simple, en fait on peut voler le pouvoir de quelqu'un qui ne le maîtrise pas bien. Es-tu sûre que cela ne t'est pas arrivé ?

Je réfléchis, et réponds que je ne vois personne, à part Maître Dumnorix, qui aurait pu me chiper mes pouvoirs... Mathieu ? Tant Cailin que moi n'y croyons pas, il ne s'intéresse pas à ces choses, qui l'agacent. Un autre musicien, une amie ? Je n'ai parlé de cela à personne, Juliette ce n'est pas son truc, elle en rigole... peut-être inconsciemment ? Sean vient d'en être victime, mais a-t-il touché un piano, joué des notes particulièrement aiguës ? Oui, il a vaguement tripoté le clavier de son collègue à des fins de réglage, mais seulement dans le médium, et quand il a joué de son instrument... non, même en improvisant il n'est pas monté dans l'aigu. Et il n'avait envie d'assassiner personne, le concert s'était bien passé, on les avait reçus très correctement. Parmi les autres musiciens ? Là, franchement, il ne voit pas, le pianiste est un peu râleur par nature, mais ils s'entendent bien, les deux guitaristes sont des amis de longue date, les cuivres, rien à signaler, le batteur est maniaque pour son matériel, mais c'est tout, bref ils ont l'habitude de travailler ensemble et ne se font pas concurrence.

Et le chat ? C'est Sean qui a émis cette hypothèse, nous éclatons de rire. C'est trop, pourquoi mon Chester adoré m'en voudrait-il à ce point ? Serait-il jaloux de mon druide ? Ah, oui, c'est vrai, il est monté sur le piano, il a dérangé des partitions, des livres sur les étagères, il s'est passé quelque chose. Un bruit qui lui a fait peur, des cris... quoique, on n'entend pas grand-chose, même si la porte du salon est ouverte... Ah, c'est vrai, la fenêtre de la cuisine, je la laisse toujours fermée à l'espagnolette, elle donne sur la rue, et les chats ont l'oreille fine... Oui, mais le fait d'avoir pris peur ne l'a quand même pas conduit à jeter un sort à Sean ! Non, pas Chester !

À la fin de l'après-midi, nous ne sommes pas plus avancés. Après tout, peut-être l'accident de Sean est-il tout à fait fortuit, il ne faut pas s'imaginer être victime d'une malédiction à chaque fois que l'on se casse la figure...

Du bruit dans l'escalier, la porte s'ouvre, c'est Artaban, comme à l'ordinaire chargé d'un énorme sac, suivi par... zut, Mathieu ! Ah, mais, il y a aussi Günther qui traîne une valise à roulettes entourée de ficelles pour renforcer les fermetures qui ont rendu l'âme.

Les trois entrent, Artaban embrasse Cailin qui fait rapidement les présentations, Mathieu nous fait un salut collectif, pose son sac, il me jette un bref regard, il a l'air surpris en voyant Sean, puis a un sourire en coin et se désintéresse de nos personnes pour discuter avec Artaban, ils ne sont pas d'accord au sujet d'une lettrine sur un manuscrit, est-ce un « B » ou un « P », le sens serait changé... et sans doute la face du monde ! Mais, pour Artaban, le mot concerné peut s'écrire de plusieurs façons, l'orthographe n'était pas encore fixée à l'époque, Günther proteste que le latin ne souffre pas d'approximation... Enfin, ces messieurs sont plongés dans leur sujet favori, tout juste Cailin parvient-elle à attirer l'attention de son chercheur pour lui signaler que son éditeur a téléphoné, il manque une note de bas de page, il ne faut pas confondre Marsile Ficin avec Pic de la Mirandole... Et la conversation dévie sur les ésotéristes de la Renaissance, Mathieu semble suivre, mais Günther est largué, il fixe Cailin avec de grands yeux quand elle explique le problème, il ne la savait pas ferrée dans le domaine de la philosophie du seizième siècle.

Sean et moi, nous nous regardons, esquissons un geste pour sortir. Mon druide se lève en faisant la grimace, Artaban qui est quand même resté dans le monde réel lui demande ce qui lui est arrivé, il raconte, le chercheur le plaint, lui souhaite bon courage pour les formalités avec les assurances... Pendant ce temps, Mathieu nous regarde avec une drôle de tête, tout en discutant avec Günther. Je ne sais pas si je dois lui parler, Sean s'adresse à Cailin et la remercie, lui fait la bise, salue les trois chercheurs d'un geste de sa main valide, et parvient à se diriger vers la porte en boitillant, il a une crampe et commence à sentir ses bleus, il doit prendre un cachet. J'en profite pour aller à la cuisine et lui donner un verre d'eau. Apparemment, Mathieu s'arrange pour ne pas se trouver sur mon chemin, d'ailleurs il est en train de trier des dossiers, une pile dégringole, nous sommes trop nombreux dans cette pièce, je salue Cailin et entraîne mon druide dans l'escalier. Ouf !

Nous rentrons par le métro, nous manquons rater la station, car Sean a du mal à se lever et à se glisser entre les gens qui ne se poussent pas, nous sommes sortis, enfin. Mon druide pousse un gros soupir, il doit rentrer chez lui se changer... je lui propose de l'accompagner, s'il veut je reste, le temps de nourrir Chester... Il ne sait plus, non, trop crevé, excuse-moi, je vais dormir tôt, on s'appellera, j'ai un cours en fin d'après-midi et il va falloir que je m'occupe de l'assurance, en plus je dois contacter ma boutique d'instruments pour un nouveau saxo, s'il faut que j'y aille je dois être en forme. Il m'embrasse, en prenant soin de le faire du bon côté, de l'autre le bleu de son œil s'est étendu et vire au verdâtre, d'ici demain tu vas ressembler à un schtroumpf ou à un martien, mon beau druide.

XXVI.

Le lendemain, Alice me téléphone, elle a une opportunité pour jouer lors d'un mariage, dans un domaine pas très loin de Paris, il y a un bon piano, mais attention c'est sous un chapiteau dans le jardin, sauf s'il pleut, il y a une solution de repli dans le salon. Simplement, il faut convaincre Michel, le violoncelliste, c'est payé... on dira plutôt défrayé, un petit quelque chose pour le déplacement, et le collègue hésite toujours à se produire pour pas cher quand il ne s'agit pas de concerts de charité dans un hôpital, pour une œuvre ou dans un cadre scolaire. On le comprend, on ne demande pas à un plombier de faire du bénévolat, alors, pourquoi à nous ? Alice précise qu'il s'agit de très bons amis de ses parents, la mariée est une ancienne camarade de classe, elle veut faire plaisir. Mais une pensée me vient : par hasard, ont-ils embauché un orchestre pour danser ensuite ? Elle ne le sait pas, elle va se renseigner.

Une heure après, elle me rappelle : oui, ils ont engagé un groupe, des pros. Alors là, non, nous ne sommes pas de petits élèves du conservatoire à qui on demande de « jouer un morceau ». Je morigène mon amie, ce n'est pas la première fois que je lui reproche de se laisser faire, enfin, quoi, tu es une professionnelle, pourquoi payerait-on un groupe de musique de danse et pas toi ? Nous sommes sur le point d'être engagés par un impresario, qui va se charger de nos concerts, il y a un enregistrement à la clé, demande à

Sean s'il se produit gratuitement avec son jazz-band. Oui, bien sûr, nous avons joué à l'hôpital, pour une fondation, mais on peut toujours donner un concert de charité. Enfin, Alice, tu as des prix de conservatoire, tu as été sélectionnée pour un concours international, et tu veux « jouer un morceau » au mariage de ta copine ? En ce cas, pour lui faire plaisir, ressors la chacone de Bach pour violon seul à l'église, mais ne fais pas déplacer notre ensemble !

La conversation dure, elle bafouille, je lui parle le plus gentiment que je peux, finalement elle lâche prise. Elle dira à son amie que nous ne sommes pas libres, mais comme elle tient à lui faire plaisir, elle jouera quelque chose à l'église, comme je le lui ai suggéré. J'ajoute : surtout, tu n'es pas embauchée, mais invitée au mariage, s'ils veulent te payer quelque chose, tu refuses, tu m'entends ? Elle est d'accord, mais me demande... Je lui promets de ne pas en parler à Michel, il est capable de lui passer un savon, elle va en faire un drame... Mais je l'adjure de faire attention à l'avenir.

Je raccroche, la conversation a duré. Sean a dû chercher à me joindre, j'essaie de l'avoir, non, il doit être dans le métro. Je rappellerai.

Un autre coup de téléphone. Tiens, Mathieu. « On se voit samedi ? » Alors, là, j'ai un hoquet, il ne s'est donc rendu compte de rien ? J'arrive à ne pas laisser passer plus d'une seconde et trois dixièmes pour lui répondre que je répète avec les danseuses, l'après-midi avec les petits, le soir avec les grands... Dimanche matin ? Oui, je joue à l'église. Je ne peux pas lui mentir, si je dis que je pars en province il est capable de venir et me verra à l'orgue. Alors, à dimanche. Et bip-bip-bip, il a coupé.

Je reste ahurie, heureusement que je suis assise. Oh, et puis, pourquoi pas, l'affection que je lui portais ne s'est quand même pas transformée en haine ! D'ailleurs, ce sera une bonne occasion pour mettre les choses au point. Zut, j'ai horreur de ce type de situation, mais il faut bien s'expliquer. À moins qu'il ne me tende un piège, il va me faire une scène… non, pas Mathieu, lui serait plutôt du genre à s'excuser, à pleurer… quoique… enfin, je ne sais pas. Juliette, comment fais-tu ? Attention, ne comparons pas, elle n'a pas de relation fixe, si on veut la voir il faut prendre rendez-vous au coup par coup, c'est le cas de le dire…

Tiens, quand on parle du loup… Cette fois, c'est Juliette. Je lui raconte brièvement l'histoire d'Alice, elle me dit que j'ai eu raison, on a passé l'âge des auditions au conservatoire. Surtout elle, avec sa carte de visite, une finaliste de prix international, enfin… Mon amie enchaîne sur ce qui la préoccupe : son chanteur spécialiste du contre-ut à la soixante-neuvième position vient de la demander en mariage. Là, je dois m'asseoir, pourquoi m'étais-je mise debout, aujourd'hui j'ai intérêt à visser mon derrière sur une chaise.

— Tu le revoyais ?

— J'avais passé un week-end de rêve avec lui il y a un mois, il est parti pour une tournée, au cours de laquelle il a eu deux aventures décevantes qui lui ont fait comprendre qu'un artiste a besoin de sécurité…

— De sécurité ? Tu serais une sécurité, toi ? Tu n'as pas une tête de pantoufle, et dans ce cas il est urgent que tu mettes de l'ordre dans tes placards, question mecs.

— Moque-toi de moi, je me suis sentie… enfin, c'était trop mignon. Et il est… Bref, j'y tiens assez, quoi. D'autant plus qu'avec ses tournées, et mes déplacements, il m'a promis que nous garderions notre liberté, avec un peu de discrétion, on arrive à s'arranger.

— De discrétion ? Tu me parles de sécurité, puis de discrétion, avec ce grand séducteur qui pousse le contre-ut au moment fatidique, j'imagine ça dans une chambre d'hôtel... Je ne te critique pas, rassure-toi, je comprends que tu sois pincée, Claude... pardon, c'est Claudio ?

— Son prénom, c'est Claude, mais sa mère est d'origine italienne, et dans la profession il s'appelle Claudio. Tu l'as vu en scène, non ?

— Ah, oui, le beau gosse irrésistible, même le jour où il s'est cassé la figure en poignardant Carmen...

— J'ai su après ce qui s'était passé. Elle lui en voulait pour je ne sais quoi, lui a fait un croc-en-jambe discret, il s'était relevé tout de suite en entonnant son air final, rattrapant le coup, mais ça a chauffé dans la coulisse. Bref, je suis dans tous mes états. On a beau dire « con comme un ténor »... Il est arrivé hier avec un bouquet de roses rouges, m'a fait la grande scène ce matin avant de partir, entre Mario et Don José...

— Tu te prends pour Tosca ou Carmen ? Les deux meurent à la fin, alors... Méfie-toi, s'il confond le théâtre et la vie réelle...

— Ne me traite pas de midinette, quand même, je n'ai pas fait mon éducation sexuelle dans *Bonnes Soirées*. Je l'ai adjuré de se calmer, je veux bien qu'on se revoie, même je lui accorde la priorité, on se promet de ne pas se poser de lapin, on s'organise, tu sais que je fais attention à ça...

— Oh, oui, je te connais ! Pour le coup, c'est le chanteur qui doit réserver un billet pour retrouver sa pianiste ! Mais... comment va ton toubib de charme ?

— Il est de garde de nouveau, celui qui est revenu de vacances a trouvé chaussure à son pied, je l'ai rencontré par hasard et il m'a parlé franchement, on restera bons copains. Il n'y a que celui qui a eu la grippe que j'ai revu la semaine dernière, on doit se rappeler, j'aviserai.

— À propos de rappeler… devine ce qui vient de m'arriver…

Je lui raconte l'accident de Sean, la journée d'hier, et le coup de téléphone de Mathieu. Elle en perd la parole, puis bafouille :

— Mais… il est bouché ou quoi ? Ah, non, la solitude lui pèse, il a besoin de tirer un coup.

— Et pour ça, il prend rendez-vous à la tribune de l'orgue dimanche, pendant la messe ?

— Et tu me charries avec mon ténor ? Entre ton médiéviste et ton druide… D'après ce que tu me racontes, ils se battent pour toi, par petite croche interposée.

— Eh ! Tu crois ? Je ne suis pas tranquille !

— Je rigole ! Mais il est possible que ton Mathieu ait envie d'éclaircir la situation, à moins que simplement, comme je pense, il ne veuille que se calmer avec une partie de jambes en l'air. Ne cherche pas de complications avec lui, je t'ai dit, avec sa manie du rangement, le tiroir « sexe » était vide, alors il t'a appelée.

— J'ai beau ne pas être très grande, je ne rentrerais pas dans un tiroir.

— À part s'il t'assassine, à la morgue !

— C'est malin ! C'est digne de ton carabin, cette réflexion !

— Exactement ! D'ailleurs, ledit carabin désire se consacrer à la médecine légale.

— Beurk ! Je te le laisse, ou plutôt prends ton ténor à plein temps, il vaut mieux entendre un contre-ut qu'un rapport d'autopsie !

— Non, je vais refiler le toubib à Alice, histoire de la dégourdir un peu.

— Fiche la paix à ma violoniste, s'il te plaît ! Elle a du talent, elle est seulement trop gentille. Je lui ai remonté les bretelles, c'est tout. Et qui te dit qu'il lui plairait ?

— Si en plus elle est difficile... je peux te dire que le gars est tout à fait fréquentable au lit, au cas où tu voudrais meubler un soir de solitude...

— Non, mais, tu me prends pour qui ? Je marche au sentiment, moi, je ne cherche pas à rentrer comme toi dans le livre des records !

— Record, record... j'en suis loin, tout de même. Bon, bref, on s'amuse bien avec les mecs, ma vieille ! Je te signale aussi que mon ténor fait très bien la cuisine, et qu'il nettoie et range tout après. Je n'ai pas eu besoin de le dresser, il a eu une mère militante féministe qui l'a éduqué à se débrouiller tout seul.

— Ah ? Alors là, c'est la perle rare ! Encore que Mathieu soit comme ça, mais lui, il est carrément maniaque, c'est vraiment excessif. Sean... non, apparemment, il fait le ménage, il range, sans en faire trop, et il ne rechigne pas devant la vaisselle. Il suffit de les élever comme il faut !

— Et si leurs mères n'ont pas su, on s'en charge ! À prendre ou à laisser ! Surveille bien ton druide pour ça...

— Je veille, t'inquiète pas ! Mais je me fais du souci pour dimanche. Je crois que Sean est occupé, mais en tous cas je dois le prévenir...

— Attends : tu lui dis que tu n'es pas libre, c'est tout. Tu n'as pas à lui donner de raisons, quand même !

— Oui, c'est vrai. Surtout que si ça tourne mal avec Mathieu, ou qu'au contraire je choisisse de rester... quoique j'aie plutôt l'impression que mes sentiments pour Mathieu sont un peu... enfin, moins...

— Tu viens de découvrir la différence entre habitude et élan. Une bonne occasion de comparer, sur le plan physique d'abord, et dans la conversation. Parce que, avec Sean, discutez-vous d'autre chose que de vos petites croches tueuses ?

— Ah, mais oui, tu sais que nous sommes allés au concert, nous parlons souvent de musique et il aime l'histoire. Bien sûr, les légendes celtes l'intéressent plus que la législation carolingienne, mais moi aussi, Mathieu est franchement trop spécialisé et déteste que l'on fasse de l'humour sur ses sujets de prédilection...

— Mais il écoute volontiers quand on discute de musique, même sur le plan technique, il connaît les bases. Vous avez joué ensemble récemment ? Le petit morceau à quatre mains qu'il aime bien...

— Oui, tiens... il n'y a pas très longtemps. Il lui arrive de jouer quand il est chez moi, des choses faciles, je lui explique un peu la construction, la façon d'interpréter.

— Apparemment, tu ne le rejettes pas. Après tout, tu n'as qu'à garder les deux, puisqu'il n'est libre que le week-end, et en plus s'il n'a pas de séminaire de recherche.

— Je me demande. Quand il est arrivé chez Cailin et m'a vue, tout juste s'il m'a dit bonjour, et encore collectivement, salut tout le monde, vaguement surpris en reconnaissant Sean, mais après, rien, je n'existais pas.

— Peut-être était-il gêné, c'est possible, s'il a compris...

— Peut-être. Il faut que je mette les choses au point dimanche. Je n'aime pas ce genre de situation, j'ai des concerts à préparer, il faut surveiller Alice, bref... Bon, alors, pour toi, quand publiez-vous les bans ?

— Non, mais, tu me prends pour qui ? Je t'ai seulement dit que je lui donne la priorité, c'est vrai que c'est avec lui que je suis le mieux, mais je veux laisser passer un peu de temps. Les décisions prises sous le coup de l'exaltation, merci ! Pour toi, je crois que c'est le contraire, tu hésites trop... Bon, quelle heure est-il ? »

Nous avons à faire toutes les deux, il faut bien en terminer avec l'exposé de nos vies sentimentales. Tiens, même si je n'ai pas de cours, j'irai à l'école de musique discuter un moment avec Alice, lui rappeler de ne pas se laisser faire une fois de plus.

J'arrive, je salue la directrice, Alice n'est pas encore là, je file dans l'auditorium pour travailler un peu sur le grand piano à queue. Et j'ai à peine commencé qu'entrent deux femmes, une jeune et une autre qui a l'air d'être sa mère, elles se présentent : il s'agit des amies d'Alice, elles viennent me demander si vraiment nous ne sommes pas libres, ne pourrions-nous pas nous arranger... J'explique gentiment que nous ne pouvons pas, au moins moi et le violoncelliste, et que je pense qu'Alice a proposé de jouer seule... Mais la mère me coupe : elle me rappelle que l'on nous remboursera le déplacement, si c'est cela qui nous gêne... J'ai trop entendu ce genre d'argument pour ne pas réagir un peu sèchement. Ils ont bien engagé un groupe pour le bal qui suivra, non ? Oui, me dit la future mariée, mais eux, ce sont des professionnels...

Là, je me fâche, mais en m'efforçant de rester polie, je me retiens d'élever trop la voix. Je précise que nous aussi sommes des professionnels, qu'un impresario est en train de prendre en main nos intérêts, qu'Alice est une finaliste de concours international, nous ne sommes pas des petits élèves qui jouent à la distribution des prix. Savez-vous le travail que cela demande ?

La mère est un peu interloquée, mais elle insiste, s'approche du piano, du côté droit... Instinctivement, je tripote des touches, un arpège, je monte, et voilà, j'arrive dans l'aigu... Hep, non, doucement, je ne suis pas agressée, cette dame est correcte, tout de même, je dois seulement convaincre quelqu'un qui ne connaît pas les arcanes du métier...

La mère et la fille ont l'air déçues, elles m'expliquent qu'elles ont souvent entendu Alice, elle joue bien, mais elles aimeraient bien la voir avec son groupe... Par chance, il y a sur le mur une affiche annonçant notre prochain concert, des tracts sur la table à côté... Je leur en donne un, la fille est surprise « ah, mais alors, c'est payant ? » On dirait qu'elle découvre à l'instant que sa petite copine d'école qui apprenait le violon est d'une autre race, celle des « musiciens qu'on voit sur les affiches ». Comme elle est près du clavier, elle effleure les touches, dans l'aigu, s'excuse quand je reviens, puis toutes les deux me disent au revoir et sortent.

Je joue un peu, mais j'entends du bruit, je me lève et m'approche de la porte. Alice vient d'arriver, on discute, la mère remarque : « mais on ne savait pas que tu étais violoniste, que c'était un métier ». Et elles lui déclarent qu'il ne faut pas qu'elle se dérange, non, pas la peine, il y aura l'organiste local. Et elles s'en vont.

Alice me regarde, me demande ce que je leur ai raconté. La vérité, c'est tout. Elles ne se rendaient pas compte. Si cela t'empêche d'aller au mariage, je suis désolée... Elle me précise qu'elle n'y tenait pas tant que cela, ce sont seulement des amis de ses parents, leur fille est une camarade de classe, mais pas vraiment proche... Et elle ajoute qu'ils sont très à l'aise financièrement, qu'ils avaient tout à fait les moyens de rémunérer aussi un ensemble de musique de chambre, mais en fait c'était simplement pour frimer, ils ne s'intéressent pas tant que cela à la musique classique, mais le maire du patelin est mélomane, bref... L'orchestre de bal, ils ont cherché sur Internet, ont consulté les tarifs, ont payé d'avance, comme on commande un traiteur.

Du coup, nous éclatons de rire et j'émets la possibilité que les organisateurs nous commandent comme des préparations culinaires... En entrée, un Mozart, en plat de résistance, Beethoven, et Debussy en dessert... Alice a du mal à retrouver son sérieux quand elle voit son élève arriver et pouffe encore en ouvrant la porte de sa salle.

Je retourne au piano, et brusquement, je sursaute : j'ai bien joué des notes aiguës ? Oui, au moment où la mère arborait un air pincé et allait visiblement se fâcher après moi. Et après, la fille a tripoté des touches... non, il ne s'est rien passé, elles sont reparties un peu mécontentes, mais sans problème particulier. À l'évidence, je n'ai pas cherché à me défendre, ce n'était pas une agression. Si je dois envoyer à l'hôpital toutes les personnes qui ne sont pas d'accord avec moi...

En plein dans Schubert, j'entends un bruit et vois une tête de martien apparaître à la porte. C'est Sean, j'éclate de rire, car ses bleus se sont effectivement étendus, il faut le regarder du bon côté pour le reconnaître. Je lui présente mes excuses, lui demande comment il se sent. Non, ça va, à part que j'ai fait peur à la directrice qui a cru que j'avais été victime d'un attentat ou passé à tabac par des voyous. Il a failli lui dire qu'il était tombé sur un mari jaloux, ce qu'il a expliqué à son magasin d'instruments histoire de frimer, mais il y a des personnes avec qui il faut être sérieux.

Je commence à lui raconter l'histoire d'Alice, mais ses élèves arrivent. Il a envie de venir ce soir, je pourrai lui en parler. D'accord, tu as la clé ? Le code ?

Je joue encore un peu, puis quitte la salle. Finalement, ai-je bien fait de passer ? Alice risque de me dire que je me mêle de ce qui ne me regarde pas. Quoique j'espère que cela fait au moins deux personnes qui auront changé d'opinion à son sujet, et j'ai pu lui mettre les points sur les « i » concernant sa carrière. Mais j'ai vraiment pensé à la note noire, suis-je à ce point possédée ?

Rentrant chez moi, je tombe sur la gardienne qui me demande pourquoi je n'ai pas ouvert quand elle a sonné l'autre jour... Quand ? Vendredi ? Je n'étais pas là, je donnais des cours. Mais j'ai trouvé son mot, pour le changement de code, il n'y a pas de problème. Elle m'explique qu'elle a entendu jouer du piano. Oh, effectivement, c'est le jour où le salon était en désordre, le chat avait eu un moment de folie, ou quelque chose lui avait fait peur. Ah, alors, votre Chester, quand il a peur, il joue du piano ? me dit-elle en rigolant. Ça va, elle a compris, il saute sur le clavier. Elle a eu l'impression qu'on jouait vraiment un morceau... Ah, mais, c'était peut-être la petite fille au-dessus, on entend mal du couloir. Oui, certainement.

XXVII.

Quand on joue de l'orgue, on a les deux mains et les deux pieds pris, plus la tête, car il faut se concentrer sur la partition, les registres, bref c'est un instrument qui occupe. Et voilà que mon pied gauche a dérapé, une belle fausse note, du coup un des tirants m'a glissé des doigts, j'ai rattrapé le coup comme j'ai pu et je continue, agacée. Il est vrai que je viens de voir arriver Mathieu, qui a un sparadrap sur la main droite, du mercurochrome sur la gauche... Qu'est-ce qu'ils ont, tous, à se faire amocher ?

Je joue toujours pendant qu'il pose son sac, apparemment très lourd comme toujours, il s'assied et sort un gros livre qu'il commence à feuilleter. Mais, je le connais, ce livre... Aïe, attention, j'ai encore failli déraper. Je me focalise sur la partition, les claviers, mon cerveau se remet en place et le gentil char d'assaut obéit, le morceau se termine sur un bel accord puissant comme je les aime, tout va bien.

Le curé dit les paroles sacramentelles, les gens répondent, le rituel se déroule comme d'habitude et je regarde Mathieu. Tiens, le livre, oui, c'est celui qu'il m'avait prêté et que je cherchais l'autre jour, donc je le lui avais rendu. Le copain continue à lire après m'avoir fait un rapide bonjour de la tête. Je mets en place la partition que je dois jouer à présent, et me retourne pour suivre l'office afin de redémarrer le moteur de mon engin au bon moment.

C'est le tour de Mozart, et je termine ma prestation avec le père Bach, si je l'oubliais mon professeur m'en voudrait, c'est du moins ce qu'il nous disait toujours, un récital d'orgue sans au moins une pièce de Bach, ce n'est pas un vrai récital.

Mathieu qui connaît l'œuvre ferme son livre au dernier accord, et se lève en le tenant à la main.

— Tiens, dis, est-ce que tu veux le relire ? Je te l'avais prêté, mais j'en ai eu besoin. Là, j'ai fini.

Exact, c'est cet ouvrage sur l'art du Moyen-âge que je cherchais l'autre jour... Ce fameux vendredi. Je lui réponds que non, je l'ai parcouru, il y avait des chapitres qui m'intéressaient, mais il peut le reprendre.

— Je te l'avais rendu ? Je ne me souvenais plus...

— Non, je suis passé chez toi avant-hier. Comme je savais que tu étais en cours, je n'ai pas voulu te déranger en te téléphonant.

— Oh, c'est toi ? La gardienne a entendu du bruit chez moi, tu as joué du piano ?

— Vaguement. Mais ton chat...

Il me montre sa main. Chester t'a griffé ?

— C'est ma faute, j'ai été maladroit. J'aurais dû penser que, comme tu n'étais pas là, il serait inquiet, il était sur le rebord du piano, je l'ai poussé, il m'a craché dessus, il est parti, j'ai joué un peu et il est revenu, a fait tomber les partitions, je l'ai grondé et il m'a griffé. Du coup, j'ai ramassé le bouquin et j'ai pris la fuite.

— Chester t'a griffé ? Mais enfin, il te connaît... Tu l'as bousculé ?

— Oui, sans doute trop fort, sans le faire exprès. Seulement, je voulais te dire… Qu'est qui t'arrive en ce moment ?

— À moi ? Mais, et toi ? Bon, tu as beaucoup de travail, mais on dirait que tu as disparu derrière tes grimoires.

— Et toi, qu'est-ce que tu fricotes avec Cailin et l'autre, l'anglais, vous faites de la magie noire, avec vos histoires de légendes ? J'en ai parlé à Jean-Claude, lui il ne s'en occupe pas, je lui ai signalé qu'il devrait s'en inquiéter, si sa copine s'est fourrée dans une secte ou joue les sorcières avec ses articles pour ménagères superstitieuses !

— Pardon ? On s'occupe de sujets qui nous intéressent, c'est tout. Si je préfère les légendes bretonnes aux édits des héritiers de Charlemagne, c'est mon droit, non ?

— Les légendes sont des survivances d'obscurantisme, alors que les écrits législatifs sont des réalités qui éclairent les mentalités des siècles passés. Jusqu'à présent, tu t'étais intéressée aux manuscrits de partitions, aux modifications apparues dans les différentes éditions, pas aux racontars… Et je suis sûr que tu ne travailles pas assez ton piano, il était plein de poussière.

— Pardon ? Quelle poussière ? Je joue tous les jours, chez moi ou à l'école, ou ici, qu'est-ce que tu me racontes ?

— En tout cas, il y avait de la poussière sur le clavier, ou tu as renversé quelque chose, comme du café moulu ou du poivre, il y avait du noir quand j'ai joué et que Chester m'a sauté dessus.

C'est moi qui manque sauter en l'air, mais le sacristain nous appelle, il veut fermer. Je rassemble mes affaires, vérifie que l'orgue est éteint, tire le couvercle et descends, suivie par Mathieu. Je salue le curé, Mathieu échange quelques mots avec le sacristain, je sors et le copain me rejoint.

Je ne sais pas quoi lui dire, j'ai envie de m'expliquer, mais en plus de lui passer un savon, de quel droit juge-t-il mes goûts ? Et voilà qu'il nous prend pour des gourous de secte, Cailin, Sean et moi... Et il en parle sérieusement à Jean-Claude, qui a dû bien rigoler. Et qu'est-ce qu'il me raconte, avec son histoire de poussière, de poivre sur le clavier ?

Dans la rue, nous restons silencieux jusqu'à son immeuble, il me tient la porte, nous montons, en entrant je constate que tout est aussi bien en ordre que d'habitude, même les piles de dossiers sont droites, d'ailleurs Mathieu s'en approche, repousse un livre qui dépassait d'un millimètre, pose son sac, range livres et chemises sur les étagères correspondantes, sans s'occuper de moi. Je sais que c'est son habitude, mais j'ai hâte qu'il en termine avec ses alignements. Ah, bon, on dirait que ça y est.

Il prend la parole :

— Alors, qu'est-ce qui se passe ? Tiens, tu ferais mieux de regarder ça.

Il allume son ordinateur, ouvre une page qui relate un événement dramatique, une secte vaguement satanique qui se livrait à des rituels de magie noire et qui a enrôlé presque la totalité d'un village, en faisant croire aux gens qu'il s'agissait d'une animation qui attirerait les touristes.

Je lève les yeux au ciel, j'ai effectivement lu ça dans les nouvelles, mais je ne vois pas le rapport... Mathieu insiste :

— Pour l'instant, tu te contentes de jouer avec des symboles, mais ensuite tu vas y prendre goût et tu finiras comme ça. C'est pareil pour Jean-Claude, il ne se rend compte de rien concernant Cailin, mais je ne désespère pas de le convaincre de s'éloigner de cette influenceuse, elle va finir par le détourner de ses travaux...

Alors, là, je suis ahurie. Mathieu n'a pensé à rien d'autre qu'à « mon histoire » de note noire, le simple fait que j'aie abordé le domaine de l'irrationnel l'affole, il veut prévenir son collègue contre Cailin qu'il considère comme une sorcière... Il n'a rien compris, moi qui croyait qu'il me faisait une crise de jalousie... J'avale une grande bouffée d'air et lâche :

— Tu es complètement à côté ! D'accord, je me suis renseignée avec Cailin et Sean au sujet de ce phénomène, mais en cherchant une explication rationnelle. Seulement, tu ne t'es pas rendu compte qu'entre Sean et moi... non ?

— Tu veux dire que...

— Nous avons entamé une liaison, c'était cela qui me préoccupait vis-à-vis de toi, pas des histoires de secte satanique !

Et voilà Mathieu qui a l'air rassuré. C'est la meilleure ! Quoique, il fait la grimace.

— Et Cailin, elle sait ?

— Elle doit s'en douter, mais ce n'est pas son affaire, pareil pour Artaban.

— Lui aussi ? Mais alors, j'ai l'air de quoi, moi ?

— Rien du tout, cela ne les regarde pas, je te répète. En plus, Sean travaille maintenant dans mon école de musique, je le vois souvent, bref... J'étais embêtée pour te le dire, mais rien n'est définitif, je ne sais pas...

— Et qui d'autre est au courant ? Juliette ?

— Elle, oui, bien sûr, sans doute Alice puisqu'elle enseigne aussi à l'école. À part ça, je ne vois pas... Si, mon chat.

— Alors, c'est pour ça qu'il m'a griffé ?

— Qu'est-ce que tu racontes ? Tiens, explique-moi dans le bon ordre ce qui s'est passé quand tu es entré chez moi l'autre jour. Et qu'est-ce que tu as joué ?

Il me dit qu'il a cherché son livre, puis que, voyant le piano ouvert, il s'est assis et a commencé à jouer, à enfiler des gammes, des arpèges, d'un bout à l'autre du clavier, et le chat était sur le bord supérieur, il a dû lui donner un coup... Il s'est fait griffer, et Chester a bondi dans la pièce, renversant tout, a finalement sauté sur les touches et y est resté en le regardant fixement jusqu'à ce qu'il parte. Je l'interromps :

— Tu as joué des gammes, jusqu'en haut du clavier ?

— Oui, je me suis un peu énervé, j'ai répété des notes aiguës pour qu'il s'en aille, mais il n'a pas apprécié.

Ouille ! Voilà que Mathieu a appelé la note noire pour se battre avec le chat... C'est ridicule ! Du coup, j'éclate de rire, il est surpris, puis hausse la voix :

— Arrêt de te moquer de moi ! Puisque tu me parles de note noire, de forces telluriques, j'ai essayé de le faire aussi ! Et personne n'est mort, le chat m'a griffé, c'est tout !

Il fait la grimace, regarde sa main... le pansement se décolle un peu, je lui propose de le lui changer... Aïe, ce n'est pas très beau à voir, le chat l'a griffé profondément et il n'a pas bien nettoyé l'endroit... Je lui signale qu'il est préférable de consulter un médecin, on dirait que ça s'infecte. Il s'inquiète tout à coup, m'assure qu'il ira demain matin, je lui suggère de se rendre aux urgences tout de suite, je peux l'accompagner… Il me regarde de travers, mais finalement accepte. Dans la rue, il me dit entre ses dents :

— Et dire que j'ai annulé mon rendez-vous avec…

— Qui ? Allez, vide ton sac, si toi aussi tu as quelqu'un…

— Mais tu sais bien, ma collègue lyonnaise, nous avions suivi ensemble nos séminaires de thèse, je t'en avais parlé, elle a une chaire en histoire médiévale.

Je suis surprise, fouille dans ma mémoire, ah, oui, quand nous nous sommes connus, il avait une vague fréquentation, il la rencontrait de temps en temps, et donc cela a continué.

— Mais tout va bien, alors ? Si tu as quelqu'un…

— Pour un homme, c'est normal. Pour toi, ça me rend ridicule.

Et voilà. Mathieu a lâché le grand mot. « Pour un homme ». Non, mais, tu t'es retenu de sortir des réflexions machistes pendant toutes ces années ? Parce que tu croyais que je restais fidèle par devoir ? Je vide mon sac : non, mon ami, je n'ai pas la notion du devoir, je cherche seulement à être honnête, à ne pas faire de peine. Et à laisser l'autre libre de faire ce qui lui plaît, tu as un travail absorbant, moi aussi figure-toi. Tu as des séminaires, moi des tournées, nous sommes à égalité, il nous arrive à tous les deux d'avoir des aventures d'un soir, d'un week-end, et cela ne porte pas à conséquence. À quelle époque vis-tu ? Au neuvième siècle ? Et encore, à cette époque, les gens ne s'embarrassaient pas de préjugés…

Comme quoi, on ne connaît jamais bien ses semblables… Sean, lui, avait admis que j'avais une vie avant de le rencontrer, que je n'allais pas tout laisser pour lui… Mais qui me dit qu'il ne va pas changer ? Juliette, à l'aide, comment parviens-tu à expliquer à tes mecs qui a la priorité et qui est accessoire ?

J'ai encore l'impression d'avoir reçu une douche froide sur la tête alors que nous entrons dans l'hôpital. Il y a la queue aux urgences, heureusement Mathieu n'a pas oublié ses papiers, il soupire en fixant la pendule, il aurait pu avancer ses travaux pendant tout ce temps, mais quand il regarde sa main, il s'inquiète. Je m'efforce de le rassurer, ils vont sans doute lui prescrire des antibiotiques, plus un rappel antitétanique. Les griffures ou les morsures d'animaux, il faut faire attention. Il marmonne que si on vit en ville, on n'a pas à avoir des animaux... Je fais mine de ne rien entendre, je lui demande s'il peut joindre sa collègue, s'il préfère... Il hausse les épaules, et, brusquement, devient blanc et paraît avoir besoin de vomir. Je le traîne vers les toilettes, il en sort tout pâle et en sueur, bizarre...

On s'occupe de lui, on soigne sa main, effectivement rien de grave, mais il a bien fait de venir, c'était en train de s'infecter. On l'ausculte, il respire mal... J'explique à l'infirmière qu'il semblait aller bien il y a une heure, mais nous n'avons rien mangé depuis le matin... Elle me dit qu'il est préférable qu'il reste, ce peut être un simple malaise vagal, mais il vaut mieux vérifier. Vous êtes... Non, juste une amie, je leur passe l'adresse de ses parents qui vivent à Paris, eux ont la clé de son appartement pour lui apporter des affaires.

À ce moment, je réalise que, si je lui ai donné ma clé, lui ne m'a jamais donné la sienne. Discrètement, je fouille sa sacoche et récupère mon bien, ça suffit, arrêtons les intrusions. Je note les coordonnées du service, lui dis que je prendrai des nouvelles demain, l'adjure de ne pas s'inquiéter et lui promets de prévenir Artaban.

Dehors, j'ai l'impression de sortir d'un souterrain boueux, il est vrai que je n'ai jamais beaucoup aimé les hôpitaux, mais à la fois je me demande ce qui est arrivé à Mathieu et je me morigène d'avoir été incapable de me rendre compte… « Pour un homme » Non, mais ! Il va falloir que je fasse attention avec Sean, à moins que je ne m'aperçoive très vite qu'il est aussi macho et susceptible que mon chercheur. Bon, téléphonons à Artaban.

C'est Cailin qui répond, je lui explique, elle s'inquiète, je la rassure, il a eu un malaise, il est normal qu'ils le gardent au moins une nuit. Elle me demande si la vue du sang… Apparemment pas, j'ai changé son pansement, il n'aime pas ça, mais je ne l'ai jamais vu s'évanouir, quand même. Et, à l'hôpital, ils avaient l'air de penser qu'il y avait peut-être autre chose. Elle me passe Artaban, qui me dit que ce n'est pas de chance, mais on va s'arranger pour ses travaux, il note les coordonnées, promet d'aller le voir et me demande si je peux lui prêter la clé de chez lui… Je ne l'ai pas, mais ses parents… Ah, oui, bon, il va les contacter, il les connaît.

J'arrive chez moi, tout est en ordre, Chester vient me faire un câlin. Dis donc, le chat, même si Mathieu a été un peu brutal, avais-tu besoin de l'envoyer à l'hôpital ? Mon greffier fait semblant de ne pas comprendre, c'est l'heure de dîner, qu'est-ce que j'attends ? Je prends sa gamelle et m'aperçois que moi aussi… effectivement, la journée a passé et je n'ai rien mangé, mais servons le chat qui a la priorité. Sale bête !

Tout en me préparant à manger, je regarde l'animal, pourquoi, comment… Mais Mathieu m'a jeté à la figure qu'il a joué des notes aiguës, il a vraiment appelé la note noire, en espérant que cela allait nous nuire, à moi, au chat, à Cailin, ou à Sean… Bon sang, qu'est-ce qui lui a pris… Et son histoire de poivre ou de café moulu, ce sont les petites notes, il a vu ces petites notes qu'il avait vraiment appelées. Mais alors, il peut le faire, lui aussi ? Et Chester en plus... Mais que se passe-t-il ? J'ai envie de téléphoner à Sean, je me souviens à temps qu'il est parti pour Londres voir ses parents, il s'est fait remplacer pour les concerts de ce week-end, il ne pouvait pas bien jouer avec son poignet foulé et ses points de suture sur la figure. Il va sans doute rentrer tard ce soir, il doit se reposer. Rappelons Cailin.

J'explique la chose, elle m'écoute, me demande des précisions... Oui, c'est ce que je craignais, Mathieu, incrédule, a voulu lancer une sorte de défi, ou a pensé que lui aussi était capable de le faire... Et le chat l'a remis en place.

Je lui raconte que Sean et moi... Oui, elle s'en était rendu compte, mais n'avait jamais parlé de ça à Jean-Claude et encore moins à Mathieu. Quand je lui fais part de la réflexion « pour un homme », elle a un hoquet, et me jette que si son ami lui sortait ça, elle partirait illico et lui ferait casser la figure par des copains et copines qui n'aiment pas ce genre... Si j'ai besoin... Je me récrie aussitôt, il suffit que je le laisse tomber, après tout il l'a peut-être dit sans y penser... Pour elle, le simple fait de le dire est grave, ça suffit les mecs qui se croient tout permis ! En plus, il s'agit de gens éduqués, instruits, dans les unités de recherche ils travaillent avec des personnes des deux sexes et de toutes les origines... Ah, oui, mais pour la vie privée, c'est sans doute une autre affaire... Enfin, pourquoi en serait-il autrement ? Ce qui est autorisé à l'un l'est à l'autre, nous sommes à égalité, point.

C'est moi qui dois la calmer, je crains que le cyclone ne se déclenche, mais l'Irlandaise reprend un ton de voix normal pour me demander comment se porte le chat. Oh, lui, très bien, il mange, il a été très sage toute la journée, apparemment, rien n'est en désordre.

Après avoir dîné, je passe dans le salon, suivie par Chester. Je ferme la porte et m'assieds au piano. Tout va bien, le chat apprécie une pièce de Mozart, qui me calme, j'enchaîne avec Bach, histoire de me remettre les idées en place.

Chester s'approche de la porte, il a un petit besoin... je lui ouvre, je rabats le couvercle, je m'installe sur le canapé, j'allume les nouvelles... non, rien de grave dans le monde, des événements habituels, pas de cataclysme, de nouvelle guerre, des accidents sur la route et un assassinat quelque part dans un département éloigné, rien que de la routine. Tiens, un bon film assez amusant, c'est ce qu'il me faut. Chester, tu viens le regarder avec moi ?

XXVIII.

Deux semaines ont passé, très vite, et nous sommes dans l'auditorium, le concert de fin d'année va commencer. Aujourd'hui, pas question de bavarder, chacun s'occupe de ses élèves, qui eux n'ont en tête que la prestation qu'ils ont à fournir. Ceux de la classe de danse sont excités comme des puces, les deux professeurs s'efforcent de canaliser leur énergie, des parents d'élèves dévoués réparent quelques petits accrocs aux costumes et au matériel. Il est temps de commencer, l'adjointe au maire vient d'arriver, la directrice monte sur la scène pour un bref discours de présentation.

Je suis dans un coin du plateau, je regarde vaguement dans la salle, et j'aperçois Mathieu, à côté de Juliette. Est-ce qu'ils se sont entendus pour me faire une mauvaise blague, par hasard ? Bon, nous discuterons de nos problèmes personnels plus tard. Alice arrive avec un groupe d'élèves qui ouvrent le spectacle, je rentre dans la coulisse. Sean est là, avec Charly et sa classe de jazz, eux jouent à la fin du concert, juste avant l'orchestre, ils vont s'asseoir dans une loge.

Je reviens vers la scène, c'est le tour de mon élève qui doit jouer une sonate de Beethoven, elle est un peu émotionnée, mais je m'efforce de l'encourager. Tout se passe bien, elle est applaudie, ça y est, il me semble qu'elle a passé un cap, elle a pris confiance en elle. Je jette un coup d'œil dans la salle et me rends compte que Mathieu n'y est plus.

Un téléphone portable sonne, quelqu'un élève la voix et exhorte le public à faire attention à ces engins perturbateurs. Le calme revenu, le cours de danse se met en rang derrière le rideau, on déplace le piano, je m'installe. Et je m'aperçois que Mathieu est là, dans un coin des coulisses. Qu'est-ce qu'il cherche à faire ? À me jeter un sort ? Je regarde du côté de Juliette, elle n'a pas bougé de son siège.

Le rideau s'ouvre, une petite danseuse se prend le pied dedans et s'étale, l'enseignante la relève, la pousse à sa place et j'attaque le morceau.

La suite du spectacle a beaucoup de succès, Sean qui joue à côté de son élève a retrouvé figure humaine, avec juste un petit pansement au-dessus de l'œil. En sortant de scène, il me fait un signe et se dirige vers les vestiaires.

Je n'ai pas le temps d'aller lui parler, nous devons tous saluer, on vient me voir, je discute avec des parents, Alice est également accaparée. Un peu en retrait, Juliette m'attend. Je parviens à me dégager et m'approche d'elle.

— Alors, tu as amené Mathieu ?

— Non, pas du tout, quand je suis arrivée il faisait les cent pas devant l'école et est venu me parler. Bon, j'ai fait celle qui ne savait rien, mais il me posait des questions, je lui ai dit de régler ses problèmes avec toi, que cela ne me regardait pas, mais il est resté à côté de moi. Il s'est levé à l'entracte, je ne vois pas où il est allé.

Je reviens dans la coulisse, la porte qui mène aux salles de cours est ouverte, les élèves de danse ramassent leurs vêtements qui traînent partout, une contrebassiste a du mal à les écarter pour ranger son instrument, on déplace des chaises, des portants de vestiaires s'écroulent, j'arrive à la loge où j'ai laissé mes affaires et je trouve Mathieu aux prises avec une de mes élèves qui l'empêche d'ouvrir ma sacoche.

— Ce n'est pas à vous, mais à Étiennette, d'ailleurs il y a une étiquette avec son nom, là !

Me voyant entrer, Mathieu s'excuse, il s'est trompé... La jeune fille me sourit, je la félicite pour sa prestation, je récupère mon bien, et Mathieu me regarde avec un air épuisé. Je lui demande comment il va, il me dit qu'il a un petit problème cardiaque, il est persuadé qu'on lui a jeté un sort, jamais personne n'a eu ça dans sa famille, qu'est-ce que nous essayons de faire, mon amant et moi, de le tuer ? Ce qu'il cherchait dans ma sacoche ? Sa clé, pourquoi la lui ai-je reprise, je la lui ai donnée, il a le droit de venir chez moi...

J'attends qu'il se calme, s'il est cardiaque ce n'est pas ce genre de scène qui va arranger les choses. Je ne le reconnais plus, Mathieu ce garçon si doux, si prévenant, si pondéré et qui ne voulait jamais déranger personne est devenu un vieux grognon jaloux qui exige son dû. Dis donc, tu ne m'as pas achetée, enfin. Et il faut que tu viennes ici faire du scandale ? Tu espères me reconquérir en réagissant ainsi ?

Je vois arriver Juliette, qui regarde Mathieu et lui dit qu'il a une sale tête, qu'il ferait mieux de rentrer chez lui se reposer. Mathieu se récrie, c'est ma faute s'il est malade, et d'ailleurs la sienne aussi, elle a dû s'y mettre... En plus, leur projet de publication, dans son unité de recherche, n'a pas été accepté, du moins pour cette année. En revanche, le bouquin d'Artaban sur les ésotéristes de la Renaissance vient de sortir et a eu l'honneur d'une bonne critique dans une revue spécialisée. Alors, les histoires de secte, de magie de campagne, c'est ça que les gens veulent ? Des illusions ?

Les propos de mon copain, à présent « mon ex », là, c'est sûr, deviennent incohérents, je prie le ciel pour que Sean n'arrive pas, il ne manquerait plus qu'une empoignade... Ce n'est vraiment pas le jour ! Heureusement, des personnes viennent récupérer des affaires, ranger des chaises, et Mathieu ne semble pas avoir envie de se donner en spectacle, il nous tourne le dos et s'en va.

Juliette et moi sortons avec précautions de la pièce, pour tomber sur la directrice qui entre avec Sean et Charly, où étais-je, elle me cherchait partout, merci Étiennette, vous nous avez amené un élément précieux. J'espère qu'il va à l'avenir faire attention en traversant la rue, ajoute-t-elle en fixant la figure de notre ami.

Les salles se vident, la scène est dégagée, Sean s'approche de moi, il a aperçu Mathieu et me demande s'il y a eu un problème. Je lui explique brièvement, il trouve cette attitude ridicule, mais il lui semble que c'est l'ajournement de leur publication qui l'a affecté... Son avis est qu'il s'est attiré des ennuis tout seul, on en discutera.

Je retiens Juliette, je fais signe à Alice, nous nous réunissons près de la table pour prendre un verre, par principe, car comme d'habitude le jus d'orange est fade, les petits fours sont de dernière qualité, il y a bien une bouteille que l'on qualifie de « champagne », mais vu l'étiquette cela ressemble à du mousseux de sous-préfecture, écœurant et tiédasse. C'est l'intention qui compte ! La directrice nous tire à l'écart pour nous dire que le jour de la sortie, elle organise un buffet digne de ce nom dans la salle de réception de l'école, on commencera quand tout le monde sera parti, ce sera entre nous, on pourra cancaner sur les parents, les élèves et même l'équipe municipale !

Nous récupérons nos affaires, Juliette me signale qu'elle est un peu pressée, elle ne veut pas manquer son train… Je prends un air interrogateur, le plus innocent du monde, et elle précise que son *divo*[7] chante le rôle de Rodolphe dans Traviata à… enfin, quelque part en province, il lui a fait une nouvelle déclaration enflammée au téléphone, c'est son premier grand rôle, il a besoin d'elle pour l'assurer, bref… Très bien, il a besoin d'une égérie, quoi ! Non, je ne te dis pas d'une maman, ce n'est pas ton genre ! Allez, bonne soirée !

Alice me regarde étonnée en voyant Juliette s'en aller en courant, je lui explique sommairement, l'évocation du contre-ut du gars en pleine action la fait s'esclaffer, ainsi que Sean et Charly qui est connu pour son sens de l'humour, et qui ajoute « Traviata, Carmen, Tosca… Elle n'a pas peur, ta copine, de mourir à la fin ? » On s'écroule de rire, tout en sortant de l'école. Je jette un coup d'œil rapide aux alentours, non, pas de Mathieu à l'horizon.

Je salue mes collègues et pars avec Sean, qui redevient sérieux pour me demander ce qui s'est passé avec celui que désormais j'appelle « mon ex ». Je lui donne quelques précisions, il me dit que cela semble de la simple jalousie, mais il y a autre chose… Oui, il est jaloux non seulement de l'homme, mais aussi du pouvoir que nous paraissons avoir, car en plus son unité de recherche s'est vu refuser une publication. Était-ce important ? J'avoue ne pas savoir, il faudrait demander à Artaban… Quoique lui doive être content pour son livre, mais cela contrarie Mathieu : il traite d'ésotérisme, et, cerise sur le gâteau, il est édité dans le circuit privé, pas dans une édition universitaire.

---

[7] « Divo » est le masculin de « diva », chanteuse d'opéra célèbre, donc désignant un chanteur. Le terme est surtout utilisé en italien, mais s'emploie en français.

— Effectivement, me dit Sean, mais je crois que si l'ouvrage ne reprend pas des éléments de travaux du groupe, il est libre de le faire paraître où il veut, non ?

— Bien sûr, c'est une étude sur les philosophes de la Renaissance, et le département se consacre au neuvième siècle, sept siècles de différence, il n'y a pas de plagiat ni de concurrence. Ce serait la même chose s'il écrivait un roman policier ou un guide de voyage, que sais-je...

— Et ça énerve Mathieu ? Pourtant, il travaille tous les jours avec Jean-Claude, enfin, Artaban. Et on ne peut pas accuser l'auteur de courir après le profit, ce genre de sujet ne va pas l'enrichir, c'est réservé à un public connaisseur.

— Ce qui énerve Mathieu est que l'on ne soit pas complètement dans le domaine universitaire. Pour lui, si l'on est un chercheur, il faut publier uniquement pour ses semblables. Combien de fois lui ai-je fait remarquer que tel ou tel mémoire pourrait intéresser beaucoup de monde s'il était diffusé plus largement ! Mais avec lui, tout juste s'il ne faut pas être intronisé par la faculté pour avoir le droit de consulter des travaux de recherches qui ne sont pas pour les béotiens. Évidemment, moi non plus je n'apprécie pas les commentaires de gens qui veulent donner leur avis sur une musique à laquelle ils ne connaissent rien. Et encore, s'ils disent ne pas s'y connaître, j'explique volontiers, ce qui est agaçant est d'entendre affirmer « c'est mauvais » au lieu de « je n'aime pas ».

— Mais, par exemple, a-t-il lu des ouvrages comme « Les mémoires d'Hadrien » ? Est-ce qu'il lui arrive de lire des romans ?

— Des romans, oui, tout de même, mais à condition qu'ils ne touchent pas au domaine historique et qu'ils ne soient pas trop « grand public ». Tu me parles des

« Mémoires d'Hadrien », il a été choqué que l'on prête à un empereur romain des propos inventés. Même si de notoriété publique l'ouvrage est un chef-d'œuvre, parfaitement documenté. Je dois t'avouer qu'au fil de nos conversations, il commençait à m'agacer avec ce sectarisme. Il dit détester les sectes, mais se comporte comme s'il en était membre, avec Artaban comme grand gourou, et le directeur de l'unité de recherches comme commandant suprême de la galaxie.

— Tiens, tu verses dans la science-fiction ? Obiwan Kenobi incarnant Charlemagne dans « La guerre des étoiles » version neuvième siècle… Luke Skywalker serait Lothaire ou Charles le Chauve ou je ne sais plus lequel…

— Et la princesse Léia en Irène de Byzance… Tiens, une idée à soumettre à un cinéaste !

On s'amuse bien à inventer des anachronismes plus mauvais les uns que les autres, mais, en arrivant chez moi, je repense aux petites notes… et cette allusion à la poussière, aux grains de poivre…

— Mais, dis, je t'ai raconté, Mathieu a vu « de la poussière ou des petits grains » sortir du clavier quand il a joué… ce sont les petites croches, à coup sûr !

— Attends… Tu avais nettoyé ton piano, j'imagine ? Et tu n'y as rien renversé ? Y avait-il quelque chose que le chat aurait pu faire tomber ?

— Non, rien, je ne mets jamais de pot de fleurs sur le piano, ni rien qui se mange ou se boit, il y a bien des crayons, mais un ou deux, une mine cassée, peut-être, mais cela se remarque à peine… Le chat ? Je n'ai pas de plante verte, je n'ai pas acheté d'herbe à chats récemment, donc il ne pouvait pas avoir de la terre sur les pattes, sa litière est grise, claire, et elle ne colle pas… Il n'a rien renversé depuis longtemps, à part des livres ou des partitions ce fameux vendredi...

— Il semble que Mathieu ait « vu » les notes, alors... C'est ça, il s'est emparé du pouvoir, il te l'a pris, ou vous l'avez partagé...

— Mais, dis, et toi ? Depuis que tu as défendu ton frère contre ta prof de piano, est-ce que...

— Non, je ne crois pas que cela me soit arrivé depuis... Bon, j'ai toujours joué, au moins pour accompagner ou donner des cours, il m'est donc arrivé de faire des gammes jusqu'en haut, ou de répéter machinalement des notes aiguës, mais apparemment je n'ai tué personne. Est-ce que je peux encore le faire ? Ça, je n'en sais rien, je n'ai pas envie d'essayer, et je pense vous non plus, ma chère Belisama... Téléphone donc à Cailin, raconte-lui...

J'hésite un peu, un samedi soir... Oh, non, chez elle il n'y a pas de week-end ni de jours fériés. Je sors mon portable.

Cailin est là, et son ami regarde un match. Eh, oui, le grand intellectuel a le droit d'apprécier le football. Pour mieux entendre sans déranger, elle va à la cuisine et ferme la porte. Effectivement, la parution de leurs actes de colloque a été reportée à l'année suivante, mais elle n'est pas refusée, ils auront le temps de la revoir, de la mettre en forme plus calmement. Et Artaban est tout heureux, pour son livre, il doit le présenter dans un salon. Mais, alors que ses autres collègues l'ont tous félicité, il a d'ailleurs dû payer la tournée, Mathieu lui a fait la tête et ne l'a même pas remercié de s'être occupé de lui et d'avoir assumé tout son travail pendant son séjour à l'hôpital. D'accord, Jean-Claude s'en moque, mais cette attitude l'a surpris. Cailin n'a pas pu s'empêcher de lui raconter son accès de jalousie, ses réflexions, il en est tombé assis, il a eu du mal à le croire.

Je reviens sur le sujet des petites notes, Cailin m'écoute attentivement, me fait préciser des détails...

— C'est ce que je te disais l'autre jour, il t'a pris ton pouvoir, et tu vois, cela s'est retourné contre lui... Jean-Claude a parlé avec ses parents, qui lui ont appris qu'ils le trouvaient bizarre depuis quelque temps, il est devenu irritable, grognon. Ils lui ont demandé si cela allait toujours bien avec toi, il a émis l'idée que peut-être il y avait un problème, mais il ne savait rien de précis...

— Et sa santé ? Tu t'es renseignée ? Quand je lui ai téléphoné à l'hôpital, il m'a dit qu'il n'avait rien de grave, aujourd'hui il m'a raconté qu'il était cardiaque...

— D'après Jean-Claude, il doit faire un peu attention, une petite tachycardie, ou quelque chose comme ça, il a des médicaments.

— On a dû lui dire qu'il doit éviter de s'énerver... Il a fait tout le contraire !

— Oui, en un sens je le comprends, déception professionnelle et affective à la fois, c'est un peu dur. Mais s'introduire chez toi et jouer au sorcier en appelant la note noire parce que tu as touché à son honneur de mâle, en essayant d'atteindre le chat en plus, là franchement...

— J'ai l'impression que c'est Chester qui l'a puni, en quelque sorte. Il l'a griffé, et il est possible qu'il ait retourné la chose contre lui...

— Hum... oui, quelque chose comme ça. Mais Sean a eu un accident le même soir, je pensais que c'était fortuit, mais il peut y avoir un rapport. La jalousie...

— Je ne crois pas, car il a fallu que je lui mette les points sur les « i » au sujet de Sean et moi, il ne s'en doutait pas, c'est du moins ce qu'il m'a dit. C'était notre obsession des forces telluriques qui l'énervait. Il n'a pas osé s'attaquer à toi ni à moi, il a visé Sean, qui semblait être « dans le coup ».

— Il a eu l'impression que nous formions un clan, que nous détenions des connaissances qui lui étaient en quelque sorte interdites, il a essayé de convaincre Jean-Claude de se séparer de moi à cause de mes pratiques de sorcellerie, il paraît que j'ai une influence néfaste... Il s'est fait rire au nez, nous sommes ensembles depuis des années, j'ai mes activités, lui les siennes, nous collaborons parfois, cela a été le cas pour son livre.

— Pour ce qui est de former un clan, il le fait aussi, avec Günther et les autres chercheurs, avec également sa collègue lyonnaise et son équipe, non ? Il m'a souvent parlé de ses travaux, mais n'a jamais accepté que je l'aide, même pour corriger un article, servir de « bêta lecteur » en quelque sorte, tout le monde peut laisser des fautes de frappe ou d'accords, et en plus je n'avais pas le droit de donner mon avis. Nous ne vivions pas ensemble, donc je n'insistais pas, mais ce qu'il appelle « mon histoire de note noire » l'a mis hors de lui. Je crois que nous nous serions séparés un jour ou l'autre, il ne manquait qu'un déclencheur.

Elle est d'accord avec moi. Mais elle s'inquiète un peu, s'il recommence à vouloir faire remonter des forces souterraines, cela va se retourner contre lui plus sérieusement. Je lui précise que j'ai repris ma clé, elle m'approuve, il vaut mieux que je ne le rencontre pas pendant un moment.

Sean nous entend, j'ai mis le téléphone en haut-parleur. Chester est près de lui, ils ont l'air de faire la conversation, j'ai envie de les photographier. Mais, brusquement, voilà le chat qui bondit du canapé, saute sur le piano — ça y est, j'ai encore oublié de fermer le couvercle ! — je le vois se hérisser et doubler de volume. Qu'est-ce que… Non, Chester, cela suffit, tu ne vas pas t'y mettre, toi aussi…

J'explique à Cailin, en lui disant que cela arrive à tous les chats, un moment de folie, on dirait qu'ils ont vu un fantôme, qui n'est souvent qu'une poussière qui vole ou un insecte. Elle en convient, mais on ne sait jamais… quoique, elle espère qu'il n'y a pas de rapport. Et elle s'excuse, elle doit me laisser, Artaban est en train de téléphoner, il a l'air de s'énerver. On se tiendra au courant.

J'ai fermé le piano, appelé Chester qui est revenu avec son regard le plus innocent, je lui signale qu'il n'a pas à déclencher une émeute pour attraper une mouche, mais apparemment mes propos ne l'intéressent pas, il me montre la cuisine. Bon, Sa Majesté a besoin de son personnel, ce ne serait pas digne de lui d'ouvrir le placard pour se servir, et il ne sait pas utiliser un ouvre-boite. J'obtempère, que faire d'autre ? Mon attitude amuse Sean, qui m'indique qu'il vaut mieux avoir un mec qu'un chat, on peut parvenir de temps en temps à se faire obéir… Ah, oui, mais moi j'ai les deux, et des mecs, j'en ai plusieurs… Enfin, j'ai… Attendons la suite, même Juliette semble se fatiguer du cumul. À l'heure qu'il est, elle doit être arrivée et admirer son ténor en train de sangloter devant Violetta agonisante.

Maintenant que l'animal est servi, si nous pensions à nous sustenter ? Ça creuse, un concert d'élèves. Je parviens à ouvrir une boite de conserve, à sortir les assiettes sans que rien ne tombe, Sean débarrasse la table et vient m'aider, non sans me faire remarquer que le chat a vidé sa gamelle avec une célérité… Tiens, ce n'est pas son habitude, normalement il mange un peu, va dormir, retourne manger… Bon, la chasse à la mouche invisible lui a donné faim. Mais après, tu dors, d'accord ? Tu as tes deux humains à ton service, tu les laisses tranquilles, s'il te plaît...

C'est vrai, quoi, même le personnel a une vie en dehors du chat...

XXIX.

Le dimanche a passé trop vite, nous étions si bien, mon beau druide et sa fée, nous discutions d'autre chose que de magie, j'ai joué du Chopin, nous sommes sortis pour déjeuner sur une terrasse près du bois, il y avait longtemps que je n'avais pas éprouvé ce sentiment de quiétude. L'air sent les vacances, encore que pour nous musiciens l'été soit toujours une période d'activité importante.

Il y a eu un moment de surprise, qui a dégénéré en fou-rire, quand, ouvrant un placard, j'ai trouvé quelques vêtements appartenant à Mathieu. J'ai couru dans la salle de bains récupérer sa trousse de toilette et ai rangé le tout dans un sac. Qu'est-ce que je fais, je le lui porte, je l'envoie par la poste, je mets le tout à la poubelle ? Sean déclare se désintéresser de la chose, à part que lui rapporter ses affaires chez lui serait assez maladroit, Cailin t'a bien dit qu'il vaut mieux ne pas vous voir. Tu n'as qu'à passer le carton à Artaban, il le lui rendra à l'occasion. Hem... j'imagine le chercheur planant comme toujours dans ses nuages apporter du linge de rechange et une brosse à dents au bureau, et dire à Mathieu : « Tiens, c'est à toi » devant les collègues qui vont immédiatement comprendre et se moquer de lui. Je donnerai tout ça à Cailin, elle l'adjurera de se montrer discret ou au besoin le fera elle-même.

J'ai reçu un mail de Michel, ça y est, un impresario va se charger de notre groupe, les dates de concerts sont pour la plupart fixées, quelques-unes encore à confirmer. Je suis sur un petit nuage, entre mon bel ami et ce succès professionnel, je comprends ce qu'a pu ressentir Artaban quand son livre a été accepté par un grand éditeur.

Sean est passé chez lui se changer, je sens que... mais lui, s'il apporte des affaires, il lui faudra plus qu'un simple tiroir, il soigne davantage sa tenue, aussi bien pour se produire en scène que dans la vie de tous les jours. Pas de problème, j'ai encore de la place dans les placards, et puis il fera comme il voudra.

Lundi matin, je travaille mon instrument, j'ai droit à un coup de téléphone d'Alice qui exulte, enfin ! Je lui rappelle la gaffe qu'elle a failli faire. Elle est d'accord, on peut toujours faire plaisir à des parents ou des amis en jouant lors d'une fête de famille, à condition de ne pas le divulguer sur tous les réseaux, et en leur précisant bien... Mais oui, elle a compris. Elle souhaite répéter cet après-midi, l'auditorium de l'école est libre. J'envoie un message à Sean pour lui dire que nous nous y retrouverons, j'ai oublié de lui donner la clé que j'ai récupérée de Mathieu.

Pas de nouvelles de Juliette, j'ai hâte de savoir comment cela s'est passé avec son ténor, c'est amusant que la chose nous arrive en même temps. Je regarde Chester pour en discuter, mon greffier ne prête aucune attention aux affaires sentimentales des humains, il est vrai que, depuis sa petite opération, ces choses ne le concernent absolument pas. Il dort, étalé sur le lit, il n'a eu que treize heures de sommeil au lieu des seize normales, il faut rattraper ça. Du coup, il me laisse faire mes gammes tranquillement, les notes aiguës ne le dérangent pas, apparemment il n'a pas de moment de folie aujourd'hui.

Je suis sortie pour porter à Cailin les affaires de Mathieu, cela m'a pris du temps, car son bureau est à l'autre bout de Paris. J'ai répété avec Alice avant ses cours et nous avons croisé Sean qui est assez contrarié : son magasin de musique n'a pas reçu l'instrument qu'il a commandé, résultat, il ne peut pas encore donner de justificatif pour son assurance... Il est vrai qu'il a choisi un saxophone haut de gamme, et il se sent frustré de ne pouvoir toucher autre chose que le vieux clou qu'il avait quand il a débuté, il compense en jouant un peu de piano entre deux élèves ou en les accompagnant. Je lui donne les clés, il est désolé, il n'a pas eu le temps de faire faire un double des siennes, on se dit à ce soir.

J'arrive chez moi, et comme de juste le téléphone sonne. Je suis assez surprise d'entendre la voix d'Artaban, qui a l'air préoccupé. En s'excusant de me poser des questions personnelles, il me demande ce qui s'est passé entre Mathieu et moi. Je résume la situation, précisant qu'il peut se renseigner auprès de Cailin. Il le fera, quand elle rentrera, car Mathieu a fait une crise cet après-midi. Je m'inquiète, pensant à un ennui cardiaque. Non, il s'est mis en colère contre un collègue, pour trois fois rien, il a insulté le stagiaire et la secrétaire qui discutaient d'un roman historique à la mode, il a jeté à la figure d'Artaban le dossier contenant ses recherches récentes, avant de s'effondrer en pleurant.

Du coup, son ami n'a pas osé lui donner le sac avec ses affaires, craignant que cela n'envenime les choses. Il est de mon avis, l'entêtement de Mathieu touchant à ses travaux « réservés aux spécialistes » l'énerve aussi. Il avoue qu'il était un peu comme cela quand il était jeune, mais cela lui est passé, il trouve cette attitude puérile. Il ajoute qu'ils se sont donné rendez-vous, avec Günther et le japonais de Copenhague pour reprendre leur publication, afin de présenter quelque chose de parfait l'an prochain, ce n'en sera que mieux. Il espère que cela calmera Mathieu. Je ne peux que le souhaiter moi aussi, mais bon, nous nous sommes séparés, cela arrive, je suis désolée qu'il le prenne au tragique...

Jean-Claude me coupe en arguant que notre rupture n'a fait qu'ajouter à son énervement, le principal pour lui étant ses travaux et le refus de ce qu'il appelle l'ésotérisme de bonnes femmes. J'en profite pour lui glisser un mot sur ses propos misogynes de l'autre jour, il soupire, Cailin lui a raconté, il me comprend, nous ne sommes plus au dix-neuvième siècle... Je ne peux que dire que je souhaite que Mathieu se fasse une raison...

J'ai à peine raccroché que Chester arrive en trombe. Ça y est, tout était beaucoup trop calme, le voilà qui fait son cinéma. Ça va, le chat, tu as faim, je vais te servir, tu n'as pas besoin de piquer un sprint pour ça... Je file à la cuisine, non, l'animal reste et saute sur le piano, c'est une cacophonie. Flûte ! Je parviens à fermer le couvercle, un silence relatif règle à présent. Ah, ça y est, le fou a l'air de s'être calmé. Et comme de juste, je n'ai vu ni poussière ni insecte voleter.

Plus tard, Sean arrive, il est préoccupé. Il me dit qu'il doit passer chez lui, il doit ensuite se rendre à... en Seine-et-Marne, son amie ingénieure a eu un grave accident, elle lui a fait téléphoner par l'hôpital. Je l'encourage à y aller, tout en pestant intérieurement, j'avais envie de prolonger notre petit week-end romantique... Je me traite d'égoïste, il n'est pas né le jour où je l'ai rencontré, il connaît cette personne depuis très longtemps, et elle est à l'hôpital loin de chez elle, loin de sa famille, lui peut se déplacer et la réconforter quelque peu.

Une heure après, je suis assise sur le canapé, Chester trône sur le fauteuil en face et me fixe. Ça va, toi, moque-toi de moi, tu ferais mieux de venir me consoler. Mais brusquement, des pensées confuses m'assaillent : Mathieu s'introduit chez moi, Sean a un accident, Mathieu est malade, Sean a un souci... Mais enfin, est-ce que cette spirale maudite va s'arrêter ? Et moi... non, moi, je n'ai rien eu, à part le collègue qui m'avait insultée et qui est parti, l'organiste... Je ne suis pas tranquille. Et personne à qui parler, Juliette ne m'appelle pas, elle doit pourtant être rentrée, avec ou sans son chanteur, Cailin... soyons raisonnable, il est tard, je ne vais pas la déranger.

J'ai mal dormi, j'ai rêvé d'hôpital, il y avait Mathieu dans une camisole de force, maintenu par le gros collègue, et d'autres personnes qui braillaient comme lors d'un match au Parc des Princes... Le lendemain, je n'étais pas vraiment en forme et me suis traînée jusqu'à l'école de musique. Personne à qui parler, à part la secrétaire, ni Alice ni Sean n'ont de cours aujourd'hui, j'enchaîne mes leçons machinalement, je ne parviens pas à me concentrer sur les élèves, qui ont l'air encore plus perdus en me voyant transformée en chiffe molle. Je regarde la pendule à chaque fois que je peux lever la tête, je gronde un élève qui n'a pas bien travaillé comme s'il avait commis un délit grave, j'arrive à rester polie avec les parents, mais je ne suis pas à ce que je dis ou fais.

Après les cours, je pars presque en courant, je m'enferme chez moi, je ne trouve rien de mieux à faire que de prendre le chat dans mes bras. Tout de même, l'animal a l'air de comprendre, il se laisse faire, frotte sa tête contre mon visage, j'ai envie de pleurer. Non, il ne faut pas, si Sean arrive je ne tiens pas à ce qu'il me voie déguisée en fontaine en pleine crise de cafard.

La soirée se tire, rien, pas de coup de téléphone, Sean ne vient pas... Eh, mais il a cours demain, va-t-il pouvoir l'assurer ? Pour le coup, ce serait une catastrophe ! Alors que tout allait si bien...

Le matin suivant, Alice m'appelle, un petit changement au programme, il me faut travailler une partition que je n'ai pas jouée depuis longtemps. C'est tout juste si j'ai envie de poser mes doigts sur le clavier, je me force à penser à ce que je fais, je reprends un peu de force. Mais je suis inquiète pour Sean. En fait, pour nous deux.

J'arrive à l'école, je descends vers sa salle de cours, j'entends des sons de saxophone hésitants... Je m'approche de la porte, je reconnais sa voix. Est-ce que j'entre ? Non, il vaut mieux ne pas le déranger, mais je suis rassurée, il est là. Filons retrouver les élèves de danse.

Je m'ennuie ferme à tapoter les morceaux du cours, un trois temps, un quatre temps, vite, moins vite, je réagis à chaque fois avec un peu de retard, je regarde la pendule... Mais enfin, qu'est-ce que j'ai ? Il faut que je voie Sean, que je parle avec mon druide, qui si cela se trouve a changé d'avis en ce qui nous concerne, je me suis fait des illusions... Alors que j'avais déjà quelqu'un... Stop ! Les récents événements m'ont aidée à comprendre que Mathieu n'était pas un partenaire de vie idéal, trop enfermé dans son domaine, même si moi aussi j'aime les livres, j'ai envie de discuter, d'échanger, pas d'avoir une conversation à sens unique. En plus cette expression : « pour un homme », non, mais !

Du coup, mon moral se redresse, je me dis que mieux vaut être seule que mal accompagnée, flûte, je peux toujours piocher dans le cheptel de Juliette, si je me retrouve en manque... Hum... Non, sans façon, ses mecs ne sont pas mon genre.

Les élèves sortent, et enfin, j'aperçois Sean à la porte de la salle. J'arrive, lui demande des nouvelles. Il m'explique qu'il doit repartir là-bas, c'est sérieux. Il me parle gentiment, mais en restant à distance, il s'excuse, je le sens inquiet, il s'en va assez vite, en me faisant juste un signe de la main.

À la maison, j'ai finalement un coup de téléphone de Juliette. Elle flotte sur un petit nuage, elle n'a pas encore prévu de passer devant le maire, mais la chose est envisageable. Elle préfère laisser filer un peu de temps, son Mario-Don José a une réputation bien établie de tombeur, bon, il est possible qu'avec l'âge il ait besoin de stabilité, surtout pour pouvoir se consacrer tout entier à sa carrière qui démarre très fort, mais avec Juliette… Certes, elle lui accorde la priorité, mais donnant-donnant, elle exige qu'il lui téléphone tous les jours s'il n'est pas à Paris, et qu'il ne lui fasse pas faux bond. Depuis que l'on a inventé les portables, on n'a pas d'excuse pour ne pas joindre les gens ! À part si on se le fait voler, et on peut oublier de le charger… Mais pas quand on aime quelqu'un ! J'entends des petits « clic-clic », elle me parle de son fixe, tout en lui envoyant un SMS enflammé de son portable. Mais enfin, Juliette, tu as de nouveau treize ans, ou quoi ?

Ma copine se calme et me demande comment je vais. Là, j'explose, je lui raconte tout, avec des hoquets, à tel point que le chat se blottit contre moi, il a vraiment l'air inquiet. Juliette me propose de venir chez elle, oh, oui, je viens, au moins je ne serai pas seule.

XXX.

Le lendemain, je me sens mieux, mon amie a trouvé les mots qu'il faut pour me remonter les bretelles. À évoquer nos aventures passées, à m'approuver en ce qui concerne Mathieu, mais en me prévenant de ne pas m'emballer au sujet de Sean, je ne le connais pas depuis bien longtemps, et en plus il arrive que les gens aient des ennuis qu'ils ne souhaitent pas faire partager à leur entourage, c'est plutôt à leur honneur.

Il est vrai qu'elle était gonflée à bloc, elle et son Claudio échangent des SMS où les serments se mêlent aux citations de poètes romantiques, puisqu'ils ne peuvent pas roucouler de vive voix. Comment faisait-on quand il n'y avait pas de portables ? Eh bien, on lisait « Les Hauts de Hurlevent », on rédigeait des lettres interminables, avec une belle écriture à la plume sergent-major. Ou bien, étape intermédiaire il n'y a pas si longtemps, on mobilisait le téléphone de la famille ou on s'enfermait dans la cabine du bistrot. Et on se faisait incendier après, ah, ces ados mal élevés qui occupent l'appareil pendant que des gens qui travaillent en ont besoin ! Du coup, je suis parvenue à rire, je me dis que je dois laisser Sean résoudre son problème. Bon, mais j'aimerais bien que la solution, ce soit moi... Même si je ne veux pas de mal à sa copine.

En arrivant à l'école, un jeune homme avec un étui de saxophone m'aborde, me demandant de lui indiquer le bureau. Il m'explique que Sean lui a téléphoné pour le remplacer, une parente qui est dans un état grave… La directrice va se dire que mon Dumnorix attire les malheurs, il rate son train, il a un accident, et maintenant il a quelqu'un de malade… Telle que je la connais, elle va avoir la puce à l'oreille. Pourvu qu'elle ne pense pas que c'est ma faute… Je file vers ma salle de cours, je ne veux voir personne d'autre que mes élèves.

Je m'efforce de me concentrer sur mon travail, en plus certains de mes apprentis pianistes passent des examens, ce n'est pas le moment de leur transmettre mes états d'âme !

En sortant, je croise la directrice, elle me salue gentiment, elle n'a pas l'air de m'en vouloir, encore heureux… Nous échangeons seulement quelques mots au sujet d'une élève qui se présente à l'examen de fin d'études, et je pars.

Alors, qu'est-ce que je fais, maintenant ? Bien sûr, je rentre chez moi, mais… hep, ce n'est pas par là, ça y est, je me trompe de chemin, c'est malin ! Après tout, j'ai envie de marcher… Oui, bon, c'est un prétexte que je me donne, voilà que je me retrouve tout près de l'immeuble où habite Sean. Tiens, bizarre… Je lève les yeux vers ses fenêtres, le troisième étage est allumé. Ça alors ! Je le croyais à Fontainebleau, non, c'est à… enfin, dans ce coin. Oh, il a pu revenir. Tiens, j'aperçois une silhouette devant la fenêtre… non, c'est quelqu'un de plus petit que lui, un homme ou une femme ? On ne voit pas bien.

Je me retourne d'un coup, je regarde autour de moi, pourvu qu'il ne sorte pas, ou n'arrive pas, j'aurais l'air malin de l'espionner ! Je m'en vais le plus vite que je peux, je dois me forcer pour ne pas courir. Je me traite d'idiote, je dois penser à mon travail, à Alice, à mes collègues, et à mon chat. Le mec, laissons-le avec ses préoccupations, il m'a dit ne pas avoir d'autres fréquentations que sa *prima donna* et son ingénieure, mais est-ce qu'il ne m'a pas raconté des bobards ? En plus, il a pu voir réapparaître une ex un peu collante, ou faire une rencontre. Ou peut-être la personne qu'il est allé retrouver n'a-t-elle jamais eu d'accident, elle lui fait du chantage, il est en train de faire un choix de vie. Comme le ténor de Juliette… Encore que, pour ce dernier, il ne s'agisse pas de faire le grand ménage, l'un et l'autre se gardent quelques fonds de penderie… Là, je me mets à rire toute seule, je les imagine tous les deux, avec un mari jaloux ou une épouse aux ongles acérés enfermés dans un placard… Pourquoi pas avec de la naphtaline entre les dents !

Il y a beaucoup de circulation, du bruit dans la rue, mon portable est au fond de mon sac, du coup je ne l'ai pas entendu sonner. Arrivé chez moi, je m'occupe de Chester, en lui racontant le détour stupide que je viens de faire. Tiens ? Il a encore remué les partitions, mais le piano était fermé. Je range.

Et je prends la peine de vérifier mon portable. Un coup de téléphone de Mathieu, un message… J'appréhende de l'écouter.

Le message dure, dure, Mathieu vocifère plus qu'il ne parle, il me dit qu'il ne m'en veut pas, mais que ce n'est pas bien de le ridiculiser de la sorte, il espère que je comprendrai le mal que je lui fais et que je me fais à moi-même, et que je ne vais pas me retrouver dans une secte satanique avec cette… d'irlandaise, il a prévenu son collègue qui n'a pas l'air de vouloir suivre ses conseils, il verra bien quand tout lui retombera sur la tête… Il continue, avec des termes grossiers, je ne l'avais jamais entendu s'exprimer de cette manière. Il m'ordonne de ne pas chercher à l'appeler ni à le revoir. Tu parles, comme si j'avais envie d'être insultée ! Il a des malaises, du coup il loge chez ses parents. Tu as raison, retourne chez ta mère te faire dorloter ! Je les connais, ils sont sympathiques, mais un peu trop protecteurs pour leur fils chéri, je me dis qu'ils risquent de me contacter pour me faire des reproches. Quoique, Artaban leur a parlé, leur a expliqué. Mais bon, c'est leur fils.

Le message a été coupé, il a dépassé la durée normale. Je me demande quand même si... Oh, non, Cailin a raison, je ne l'appelle pas, il n'est pas en état de discuter calmement. Peut-être plus tard, mais là j'ai l'impression qu'il fait une sérieuse dépression. Ah, j'espère qu'Artaban et Günther arriveront à lui redonner le moral, s'ils doivent reprendre leur travail, il se trouvera dans son domaine de prédilection, il verra bien qu'on ne cherche pas à se passer de lui. Sacré Charlemagne, comme dit la chanson...

Un autre coup de téléphone, nettement plus calme, c'est Charly, le professeur de piano jazz, qui cherche à joindre Sean, il a perdu son numéro de portable. Je le lui donne volontiers, précisant qu'il n'est sans doute pas chez lui, une parente à l'hôpital, il s'est fait remplacer... Oui, le collègue a vu le remplaçant dans sa salle, il n'a pas voulu le déranger, il y avait plusieurs élèves, des parents. On bavarde un instant, il me remercie, on espère que tout ira mieux, le blabla de circonstance.

Bon, ça y est ? Est-ce que je vais pouvoir manger quelque chose ? Quoique j'aie l'appétit quelque peu coupé, mais je n'ai rien avalé depuis ce matin, faisons un petit effort. Non, Chester, tu as eu ton dîner, et ce qu'absorbent les humains n'est pas fait pour les chats, je t'ai déjà expliqué. Apparemment, il le sait, mais c'est tellement drôle de chiper...

XXXI.

Ce matin, j'ai l'impression de perdre mon temps. J'ai rendez-vous chez ma gynéco, il faut penser à sa santé quand même... La visite se passe normalement, mais quand j'arrive au laboratoire pour les analyses qu'elle m'a prescrites, je fais la queue, on dirait que toute la ville a voulu prendre rendez-vous en même temps. On me dit que l'on peut s'occuper de moi tout de suite, enfin, une fois qu'une partie de la foule se sera dissipée. Bon, j'attends quand même, comme cela j'en aurai fini, je n'ai cours qu'en fin d'après-midi.

Je poireaute, debout, plus de chaises libres, pour me donner une contenance je tapote sur mon téléphone sans conviction, je regarde la météo, les nouvelles, j'essaie même de lire un e-book, je me retrouve à faire un jeu bébête quand on m'appelle enfin, on me fait les prélèvements habituels, on me demande d'attendre encore...

Ouf, ça y est, je suis sortie, je cours jusqu'à l'école, pour m'apercevoir que je suis en avance. Du coup, j'ai pu travailler un peu mes morceaux avant l'arrivée des élèves, cela m'a remonté le moral, mes doigts fonctionnent comme il faut. Ah, oui, dimanche je suis de service à l'orgue. J'ai envie de rire quand je me dis que peut-être Mathieu va m'attendre. Et cela m'amuse... Ce n'est peut-être pas charitable, mais au moins il ne m'a pas transmis sa dépression !

Nous prenons un verre entre collègues, Charly se met près de moi et me parle de Sean, je n'y tenais pas trop, mais bon, il souhaitait travailler avec lui, ai-je des nouvelles ? Je lui précise que je ne sais rien, il sera peut-être là demain, en principe il a un cours.

On m'interroge sur mon groupe, sur notre répertoire, sur le fait que nous sommes engagés par un bureau de concert, je me sens mieux, je peux discuter sur ce sujet. Je ne raconte pas l'aventure d'Alice avec ses amis, mais je fais allusion à la chose. Les collègues m'approuvent, le flûtiste qui est délégué syndical nous explique des points de droit, décrit le contenu de nouveaux décrets, deux jeunes enseignants l'écoutent bouche bée, ils ne savaient pas qu'ils pouvaient se défendre en cas de problème avec une institution… Et alors, nous sommes une profession comme une autre, nous déclarons nos revenus, nous avons une assurance maladie, enfin ! Mais nous tombons tous d'accord pour dire que dans cette école, nous avons une directrice en or qui est tout à fait au courant des règlements, et sait discuter avec les instances municipales et gouvernementales.

Rentrant chez moi, je branche mon téléphone… tiens, un SMS de Sean. Je tremble…

Il est rapide : « j'espère que tu ne m'en veux pas, je serai demain à l'école, mais je suis encore coincé, excuse-moi » Bon, il est laconique, ce doit être grave, mais il pense quand même à moi. Laissons-le tranquille, et d'ailleurs je le verrai demain.

Le cours de danse se traîne, on dirait que les élèves ont jeté toutes leurs forces dans le spectacle et maintenant ils sont mous comme des chiffes, l'enseignante les bouscule. Mais ils ne se pressent pas pour s'habiller, pour sortir, et c'est moi qui dois fermer, je dois presque les pousser dehors.

Enfin, je peux rendre la clé au bureau, et je descends. Zut, Sean est déjà parti... Je remonte, il est en haut, près de la machine à café, il discute avec le jazzman.

Il me fait un signe de la main, me demande si j'ai eu son message, me dit de ne pas m'inquiéter, il me contactera. Pas un geste d'affection, pas un sourire. Je lui réponds que j'espère que les choses vont s'arranger. Je ne sais pas ce qui se passe, sans doute son amie est-elle gravement atteinte... Il hoche la tête dans ma direction et sort rapidement.

Histoire de discuter, j'appelle Cailin, qui se fait du souci, elle n'a pas eu de nouvelles de Sean. Je lui explique sommairement, elle comprend. Mathieu a l'air de se calmer petit à petit, il travaille sans faire d'esclandre, à ce que lui a dit Jean-Claude qui a pris soin de ne pas parler de son livre et de la séance de signature à laquelle il ne viendra sûrement pas. Tiens, la date de la sortie est fixée, je peux passer, il y a des gens sympas. Tu as cours ? Oh, mais tu peux arriver tôt, il sera là tout l'après-midi, tu rateras seulement les journalistes. Je promets de venir, au moins ça me distraira. Si je peux joindre Sean ? Oui, mais je doute qu'il puisse. Je lui laisserai un message, tout de même, en plus cela me donnera une raison pour le contacter.

Je regarde le calendrier, et m'aperçois que les vacances sont dans moins d'une semaine, je n'ai pas vu passer le temps. Alors, c'est le moment de travailler le programme des concerts, sinon, mes collègues vont se fâcher. Michel m'a communiqué les dates, m'a précisé que nous allions recevoir les contrats, il y a deux prestations en province, deux en région parisienne, d'autres en septembre. J'ai intérêt à assurer, ce sera enregistré. Donc, le vague à l'âme... dans ma poche et mon mouchoir par-dessus, comme on dit ! Téléphonons à Juliette pour lui raconter tout ça.

Je n'ai pas le temps de contacter ma copine, voilà que Cailin m'appelle : Artaban, qui vient de rentrer, lui a donné un renseignement important : le jour où Mathieu avait piqué sa crise, il s'était rendu dans une salle de la section de musicologie, où il y a un piano. Il n'y avait personne, il s'est mis à jouer, et un collègue qui le cherchait depuis un moment est parvenu à le faire revenir vers son bureau, et c'est à ce moment qu'il s'est énervé. Si je comprends ? Ah, ça, oui, il a voulu détruire quelqu'un, moi, ou Sean... pas Cailin, apparemment ? Si, peut-être, elle a eu une grosse migraine ce soir-là, elle s'est demandé pourquoi. Je signale que je n'ai rien eu... Et elle m'annonce :

— Toi, tu as, ou tu avais le pouvoir, et tu as ton chat. Est-ce qu'il était agité ces temps-ci ?

— Oh, oui ! Il a des quarts d'heure de folie, même si c'est courant chez les chats, c'est arrivé un peu plus souvent que d'habitude. Il se colle à moi, et il ne veut pas lâcher l'écharpe que lui a laissée Sean.

— Oh, alors, il vous protège. Enfin, il ne peut pas le faire complètement, mais apparemment ça marche pour toi, et Sean n'a pas eu d'accident ?

— D'accident, non, je l'ai vu en fin de journée, mais il est bizarre, plutôt préoccupé par l'état de sa copine, ça a l'air grave. À moins que lui n'ait un motif d'inquiétude, pour sa santé, ou un problème administratif, un souci avec l'assurance, je ne sais pas...

— Oui, c'est clair. Mathieu n'y croyait pas, mais il t'a volé quand même ton pouvoir, pour que tu cesses de t'occuper de ces choses. Et il s'en sert n'importe comment, il joue avec le feu.

— Mais que puis-je faire ? Il n'est pas question que je le voie, je tiens à mon équilibre mental, plusieurs de mes élèves passent des examens, et j'ai des concerts, c'est important. Quant à Sean, apparemment il ne m'oublie pas, mais il est reparti là-bas, j'ai peur pour lui, d'après ce que tu me dis.

— Tu ne peux rien faire. Je ne m'inquiète pas trop pour Sean, il a assez de force et connaît son pouvoir. Évidemment, il a eu un accident, mais il n'y a rien eu d'irrémédiable, en ce moment c'est son amie qui est atteinte, il n'y a peut-être aucun rapport. Je ne peux que compter sur Jean-Claude pour faire entendre raison à Mathieu. C'est ridicule, voilà un garçon qui ne croit pas au paranormal, qui déteste ça, et qui pour t'empêcher d'en user vole ton pouvoir pour combattre tout ceux qui t'entourent. Et bien sûr il prend un sacré choc en retour. Pardon ? Excuse-moi, Jean-Claude me parle.

Elle pose son téléphone et discute avec son ami. Je reste avec l'appareil collé à l'oreille, qu'est-ce qu'il se passe ? J'entends Cailin qui a l'air surprise. Peu après, elle reprend la conversation :

— Un nouveau scoop : Jean-Claude vient de m'annoncer que Mathieu a demandé sa mutation.

— Sa mutation ? Pardon ?

— Pour Lyon, le département d'histoire médiévale. Dirigé par Madame...

— Voilà autre chose ! Tu ne le sais peut-être pas, mais cette personne est une ex de Mathieu, et il était toujours en contact professionnel avec elle. Le jour où je l'ai accompagné à l'hôpital, il devait la rencontrer et a dû annuler.

— Allons bon ! Mais alors, pourquoi cherche-t-il à te faire du tort ? Oh, là, ce gars qui semblait si gentil, si doux, est en réalité un macho de première, il ne veut pas que tu le quittes, il faut que ce soit lui qui ait décidé de rompre pour quelqu'un d'autre.

— Mince alors ! Comme quoi on ne connaît jamais vraiment les gens... En fait, il sera mieux avec cette personne qui travaille dans le même domaine que lui. Récemment, il m'avait accompagné à une répétition, il a passé son temps le nez dans un gros livre, et m'a dit que Mozart en fond sonore permettait de bien se concentrer. Dire que j'avais trouvé ça mignon...

— C'est bien de se passionner pour quelque chose, c'est encore mieux si cette passion devient votre profession, mais il faut quand même s'aérer la tête de temps en temps. Jean-Claude et moi, on ne fait pas qu'échanger ésotérisme de la Renaissance contre tradition celtique ! Même si ces derniers temps, lui était complètement dans son bouquin, je pouvais parfaitement le comprendre, mais ça ne l'empêche pas d'avoir envie de regarder un match de foot !

Du coup, j'éclate de rire, je m'excuse auprès de Cailin, c'est nerveux. Elle m'adjure de faire attention, de mener ma vie normalement, évidemment je dois penser à Sean, mais c'est à lui de résoudre son problème qui n'a peut-être rien à voir avec la note noire...

Nous continuons à discuter un moment, elle me dit qu'elle doit me quitter, car Jean-Claude a préparé le dîner et ce n'est pas agréable de manger froid. Bien sûr.

Viens ici, Chester, que je te raconte ! Ensuite, je mets la télé, tu me laisses quand même regarder les nouvelles ? Bon, inauguration de chrysanthèmes par un ministre, tentative de négociation concernant un conflit armé quelque part dans le monde, naissance d'un héritier d'une famille princière d'Europe, grève des trains la semaine prochaine, découverte d'un tableau de... chez un receleur, décès d'un chanteur et guitariste de jazz... Overdose, disent-ils, peut-être suicide. C'est vrai, mon collègue en parlait tout à l'heure, c'était un très bon musicien, mais du genre écorché vif, ne supportant pas le monde actuel, sans doute prenait-il de la drogue, ou abusait-il des tranquillisants. C'est moche de mourir comme ça...

XXXII.

Je reçois mes résultats d'analyses, apparemment rien à signaler, du moins c'est ce que je comprends. Je téléphone à ma gynéco, on lui a transmis les résultats, tout va bien. Elle m'exhorte à la prudence.

Tiens, pourquoi ? Ah, oui, je réalise qu'on m'a également fait le test pour détecter le Sida, j'avais signalé à la doctoresse ma nouvelle relation, en précisant que nous nous étions protégés. Tout de même, ni Sean ni moi ne sommes idiots à ce point ! Enfin, elle n'est pas obligée de me croire... Au labo, on m'avait dit d'attendre, j'avais poireauté en regardant ma montre, on m'a appelée, test négatif, évidemment, qu'est-ce qu'ils croient ces gens ! Ah, on me précise que ce n'est vraiment viable qu'au bout de quelques mois après les rapports, il faudra faire un nouveau test... Oui, oui, d'accord, je reprendrai rendez-vous.

C'est vrai, la gynéco connaît ma profession, alors elle doit croire que tous ces artistes sont des cavaleurs écervelés. Évidemment, elle a aussi Juliette comme patiente... Et ma chère copine a eu quelques petits problèmes avec des mecs à nombreuses relations... Depuis, son toubib de charme lui a fait un cours sur les différentes marques de préservatifs, elle les collectionne à présent, les classe par couleur de sachet, se sert de tel modèle pour X, de tel autre pour Y... Tiens, elle ne m'a pas parlé de ça avec son ténor, j'espère pour elle que...

Et brusquement, une angoisse me saisit. Sean n'aurait-il pas une inquiétude à ce sujet ? Il a peut-être envie de rester avec moi, et il veut être sûr... Mais pourquoi ne m'a-t-il rien dit ? Apparemment, il a appris quelque chose qui lui a fait craindre... Qu'est-ce que je fais, je l'appelle, je lui envoie un message ? Non, c'est idiot, si ses problèmes n'ont rien à voir avec ça, j'aurais l'air bêtement soupçonneuse. Mais j'ai envie de le contacter... Je tapote un SMS en m'efforçant d'être cohérente, lui demandant comment il va, je lui dis qu'il me manque, que je souhaite avoir de ses nouvelles...

Apparemment, il a gardé un œil sur son portable, car quelques minutes après l'envoi de ma prose, il répond, brièvement : « C'est un peu compliqué, mais ne t'inquiète pas. Je vais bien, c'est pour mon amie que c'est grave. Je t'expliquerai quand tout sera fini ».

Je respire, il va bien, il est inquiet pour son amie, mais où est-il exactement ? Est-ce qu'il rentre chez lui, est-ce qu'il dort sur place, et qui loge chez lui en ce moment ? En même temps, je me traite d'idiote, Sean me dit de ne pas me faire de souci, de quoi est-ce que je me mêle ? Oh, laissons-le tranquille, s'il a envie de s'expliquer il le fera, présentement je reste seule avec mon chat et mon piano, et ça suffit les histoires de forces souterraines, de note noire et de sorcières !

Quand on est de mauvaise humeur, il faut jouer du Mozart. Quand on est un peu perdu, du Bach pour remettre ses idées en ordre. Et quand on s'ennuie, qu'on n'a de goût à rien, attaquons Beethoven, si on en veut à toute l'humanité, Chopin... Et Schubert... Aïe, ce dernier est mort de la syphilis, c'est bien le moment de l'avoir mis au programme ! Quoique, à l'époque, ils avaient toutes les maladies, l'être humain est une denrée périssable. Tiens, c'est le dernier jour de cours, ce soir la directrice nous invite à un buffet.

Et voilà, nous sommes tous arrivés, Alice est là ainsi que mes partenaires, nous nous installons pour jouer, car tout le monde a envie de nous entendre en avant-première.

C'est un moment magique, tout se déroule comme sur un tapis de velours, Alice a une sonorité superbe, mes doigts suivent ou précèdent selon le cas, l'éternité est là... À part un bug, comme disent les geeks, la collègue qui me tourne les pages en saisit deux à la fois, j'ai failli déraper, je me rattrape. Elle s'excuse à la fin, pendant que les autres nous applaudissent. La directrice nous congratule, commente un passage, un point d'interprétation particulier... Le flûtiste, pour une fois, ne discute pas du syndicat ou de formalités administratives, ce n'est pas le moment, il se joint aux félicitations des autres, même en présence de sa victime favorite, l'adjointe au maire, qui pensait venir pour seulement prendre un verre et se déclare ravie.

Instinctivement, je regarde autour de nous, cherchant... qui, quoi ? Oui, Sean a assuré son dernier cours, il a donné aux élèves des consignes pour travailler pendant les vacances, mais il est reparti, il m'a saluée de loin. Apparemment, il a dû prévenir la directrice, qui s'étonne de l'absence d'une collègue, mais ne le mentionne pas.

Il y a souvent une étroite corrélation entre la musique et la gastronomie. On dévoile le buffet, somptueux comme promis, j'ai beau avoir peu d'appétit en ce moment, je parviens à y faire honneur. Je discute, je traîne, j'aide à ranger, je n'ai pas envie de me retrouver seule, bon, pensons à Chester... Mais que vais-je faire, maintenant qu'il n'y a plus de cours, je vais errer dans mon appartement, tourner en rond... Eh, là, on se réveille, Étiennette ! Il faut travailler ses programmes de concert, enfin ! Ah, et je joue dimanche à l'église, il y a une cérémonie dans la semaine, alors, ce n'est pas le moment de gamberger !

Il se fait tard, je rentre. Chester me tourne autour, il a faim, comme de juste, mais il n'a pas l'air de me faire des reproches. Et tout est resté bien en ordre. Bon, ça y est, tu as fini de chasser les fantômes ?

Une fois rassasié, il se colle à moi, je veux lire, apparemment lui aussi. Et, entre ses pattes, il y a l'écharpe de Sean. J'ai un petit pincement au cœur, mais le livre est passionnant, ma mélancolie s'est envolée. Je me mets à somnoler sur le canapé, me lève et me traîne jusqu'à mon lit, suivie par Chester. Il reste un moment près de moi, puis repart au salon alors que je m'endors.

XXXII.

Cet après-midi, une course à faire me fait passer devant la salle de danse de l'école. Tiens, bizarre, c'est allumé ? Et j'entends du piano, de la batterie, du saxophone, des cuivres... un groupe de jazz qui répète, apparemment. Ah, oui, le collègue m'a dit qu'il avait l'autorisation de venir travailler, il a dû prendre cette salle parce qu'il y avait plus d'espace. Tiens, si j'entrais écouter ? La grande porte est fermée, mais il y a la sortie de secours... je frappe à tout hasard, quelqu'un vient m'ouvrir, j'explique que je suis une collègue, j'entre.

Sean est là, avec ses deux guitaristes, je reconnais aussi une élève, et le professeur de trompette... Je fais signe à Charly, m'assieds au piano près de lui, ils continuent, Sean et moi échangeons un regard.

Le trompettiste demande souvent des précisions, apparemment il est moins chevronné en technique d'improvisation que les autres, mais il s'applique. Sean note des indications pour son élève, ils reprennent, on passe un moment agréable. J'ai beau ne pas être spécialiste, je sais reconnaître des bons musiciens.

Ils font une pause, le collègue me montre sa partition et me demande en plaisantant si je veux essayer de lire... il est tout surpris de me voir suivre une grille d'accords, je lui explique qu'en tant qu'organiste et claveciniste, je suis capable de réaliser une basse et d'improviser, d'accord ce n'est pas le même style, mais le principe est le même. Je louche du côté de Sean, qui finit par s'approcher de moi et me dit à l'oreille :

— Il faudra que je te parle, mais plus tard, ne sois pas fâchée.

— Je ne le suis pas, mais je me pose des questions... en plus, j'ai appris des choses très désagréables sur Mathieu, et tout ça alors que j'ai des concerts importants dans quelques jours, je vais m'absenter. On reste en contact ?

— Oui, bien sûr, je... enfin, rien n'est changé pour nous, mais... Nous aussi avons des concerts... Oui, on se contacte, je n'arrive pas à savoir où j'en suis en ce moment.

— Ne t'inquiète pas, tu m'expliqueras quand tu pourras.

— D'accord, merci. Et Chester, il va bien ?

— Oh, oui, il a eu une période de folie, il piquait des sprints, il chassait je ne sais quoi, mais il a l'air d'être calmé maintenant. Il a gardé précieusement ton écharpe.

Sean a un sourire, ce qui me rassure, il me regarde avec ces yeux qui me troublent, il a l'air si triste, j'ai envie de l'embrasser, de tout faire pour qu'il retrouve le sourire... Mais ce n'est pas le moment de se laisser aller. Il me fait un signe de la main, se retourne brusquement et va discuter avec les guitaristes.

Je pars, je dois encore aller au bureau de concerts signer le contrat, je rencontre Michel avec son violoncelle, Alice et Hubert, l'altiste, arrivent ensuite, on nous donne nos billets de train, l'adresse de la salle, de l'hôtel, les coordonnées des responsables, tout est préparé comme il faut. Michel parle d'assurance, préoccupation habituelle pour un violoncelliste, un gros instrument est plus exposé en cas de sinistre, et j'en profite pour signaler que normalement le piano doit être accordé avant le concert. On nous assure que tout est prévu.

Bon, je n'ai plus qu'à prévenir Chester que notre gardienne va venir s'occuper de lui durant quelques jours, et lui acheter ses rations préférées. Et à lui expliquer qu'il sera privé de télévision, comme toujours quand je m'absente, il ne doit pas faire la tête à sa gouvernante...

À présent, je commence à ranger mes affaires, et le téléphone sonne. Tiens, Juliette. Alors, comment va ? Je me retiens de lâcher une plaisanterie, si jamais il y a eu du tirage... Mais non, apparemment, c'est le grand amour, une idylle passionnée, Claudio a eu un succès énorme, qui lui a valu les honneurs d'un article par un journaliste réputé, il est devenu la coqueluche des amateurs d'art lyrique, il a un contrat pour enregistrer, bref... Et Juliette est à présent sa répétitrice particulière pour travailler ses rôles. Bien, bien... Est-ce que le contre-ut sort toujours ?

— Ça arrive, mais à l'hôtel, il est capable de se retenir, il fait un gros effort pour ne pas ameuter les voisins et le personnel. Mais pour le reste, c'est... enfin, tu imagines. Et alors, et toi ?

— Période neutre. Mais des événements assez bizarres, d'abord Mathieu...

Je lui raconte comment il a demandé sa mutation, Juliette commente brièvement : « Bon vent ! », et que même Artaban, pourtant assez indifférent à ce qui se passe autour de lui, trouve son attitude incorrecte, non seulement envers moi, mais aussi de ses collègues. Il explique cela par un état dépressif. Ils devaient reprendre leurs travaux la semaine suivante, préparer une publication pour janvier prochain, non, cela n'intéresse plus Monsieur. J'ai appris par Cailin qu'il avait pris ses vacances.

— Bon, alors, tu es débarrassée d'un sacré faux jeton ! Dis donc, il a bien caché son jeu...

— Au début, il ne devait pas être comme cela, il était très timide, et ce genre de personne passe souvent d'un extrême à l'autre.

— Toi aussi, tu es passée d'un extrême à l'autre quand tu t'es tapé le maître-nageur...

— Oh, la la ! Tu remontes à la préhistoire ! Non, pour Mathieu, il a dû prendre de l'assurance dans son travail, et petit à petit vouloir diriger, quelque chose comme cela, et cette attitude a rejailli sur nos rapports. Ne pas approuver mes goûts pour l'ésotérisme, je comprends, d'ailleurs toi non plus tu ne les partages pas, mais en faire toute une histoire, c'est trop.

— Et en plus c'était lié à ton copain british, il a eu l'impression que vous étiez complices, après il est devenu jaloux... À propos, où en êtes-vous, Sean et toi ?

— C'est bizarre... Je l'ai vu cet après-midi, apparemment, il m'aime encore, mais il y a quelque chose...

— Est-ce que par hasard il ne serait pas tout bonnement marié avec cette ingénieure ? Et ils ont des intérêts communs ? Ils n'auraient pas un enfant ?

— J'ose espérer qu'il me l'aurait dit, quand même, mais il doit y avoir une histoire de chantage là-dessous. À moins que ce ne soit plus grave...

Je lui explique mes craintes au sujet d'une maladie, elle sursaute, me demande si... non, pas de risques pour moi, mais j'ai des doutes...

— Alors, c'est peut-être sa copine qui est séropositive, et il a fait des examens. Mais on a les résultats assez vite, il doit être fixé, il y a autre chose...

Je lui rapporte les propos de Sean, effectivement, l'attitude est bizarre, mais il a certainement de gros ennuis.

La conversation dérive sur le domaine professionnel, et quand je lui parle de mes concerts à venir, elle s'écrie :

— Et avec ça, tu as du vague à l'âme ? Mais enfin, on ne peut pas tout avoir ! Moi j'ai trouvé l'amour de ma vie, disons de ma vie actuelle, et toi tu vas gagner la célébrité ! Alors fonce, ma grande, bosse, les doubles croches, ça reste accroché à vous, ça vous tient compagnie, ça n'attrape pas le sida, ça ne demande pas sa mutation, ça ne vous traite pas en bonniche !

— Les doubles croches... ça y est, tu viens encore de parler de notes qui vous sautent dessus, moi qui voulais oublier cette histoire...

— Oh, la la ! Non, tu ne pas oublier, telle que je te connais, mais tu vas me faire le plaisir d'y accorder moins d'importance. Est-ce que ça t'empêche de faire tes gammes ? Bon, alors !

— Là, tu as raison, je n'ai pas à me plaindre. Nous partons la semaine prochaine, je t'enverrai des photos.

— J'y compte bien ! »

On discute assez longtemps, on rigole, je lui souhaite de passer une bonne nuit, ah, non, le beau Claudio n'est pas là, il ne rentre que demain. Alors il faut qu'elle se repose pour prendre des forces, il faut assurer avec ce gaillard... Elle m'insulte, le fou-rire dure un moment, bref j'en ris encore quand enfin nous arrêtons la conversation.

Aïe, j'ai oublié les réserves de litière pour Chester, la gaffe ! Il faut que j'aille au Monoprix. En marchant, je ne peux m'empêcher de penser à Sean, j'aimerais l'aider, mais apparemment je ne peux rien faire.

Je passe devant son immeuble, instinctivement je lève les yeux, oui, il y a du monde. En bas, il y a une voiture arrêtée, avec un gyrophare. Tiens... j'avance lentement, je ne vois personne... Oh, là, c'est grave, il a les flics chez lui...

Je m'éloigne assez vite, je frissonne, qu'est-ce qu'il a fabriqué, avec ou sans sa copine, ou avec ses musicos, ou tout seul, je n'en sais rien...

Eh bien, je n'ai pas de chance avec les mecs ! Un petit macho coincé, et maintenant un repris de justice... Enfin, calmons-nous, je comprends mieux son attitude, il veut me laisser à distance. Mais s'il est coupable d'escroquerie, de trafic, de recel, de voies de fait ou de je ne sais quoi, est-ce que ça vaut la peine de me faire du souci pour lui ?

Je fais mes courses, en passant j'achète un journal, essayons de lire autre chose que de la fiction, restons dans le réel !

Rentrée chez moi, je passe l'aspirateur, je range, je fais tout très vite, j'ai une casserole dans une main, une serpillière dans l'autre et un vêtement à laver dans la troisième, enfin, non, mais presque, je me suis transformée en tornade, je suis arrivée à faire fuir Chester qui me regarde ahuri depuis le haut de l'armoire.

À un moment, je me retrouve les mains vides, tiens, je n'ai plus rien à faire, ah, si, cette pile de livres n'est pas droite... Allons bon, voilà que je deviens aussi maniaque que Mathieu ! Il m'a transmis sa maladie du rangement, ma parole... Non, tout de même... Ah, simplement j'ai l'habitude d'enfermer dans un tiroir les partitions quand je ne suis pas là, au cas où Chester voudrait réviser ses notions de lecture de notes.

Bon, la valise est faite, avec les partitions du concert bien en ordre, ai-je pensé à tout ? Allons, Étiennette, tu ne pars pas pour six mois dans un désert, mais pour deux jours dans une ville de France à quelques heures de train, il est toujours possible d'acheter un savon ou autre chose... Alice et moi avons eu une fois une grosse angoisse, les jours du mois qui débarquent un samedi soir alors qu'on n'a plus assez de protections, c'est comme les fuites d'eau et les rages de dents, les samedis, dimanches et jours fériés ! Heureusement, la concierge du théâtre avait pu nous dépanner. Du coup, nos valises sont bourrées de tout ce qu'il faut, elle en fourre même dans son étui à violon. Ça a bien amusé Michel qui nous a raconté qu'une de ses amies avait l'habitude de mettre son linge de rechange dans sa boite à violoncelle, les gens étaient un peu surpris de la voir déballer son instrument en sortant culottes, chaussettes et protections périodiques. Alice a rétorqué « et alors ? On met ça où il y a de la place, une boite à violoncelle c'est très bien pour ça, en plus ça cale l'instrument ». Michel a dit qu'il y penserait, pour alléger sa valise.

Le téléphone sonne, c'est Michel qui me confirme l'heure du train, la gare, m'explique quelle ligne de métro je dois prendre...

Eh, toi, je ne suis pas une demeurée, il m'est arrivé de monter dans un train, tout de même, je sais où sont les gares, j'ai déjà fréquenté le métro. Oui, j'ai chargé mon téléphone, moi aussi j'aime faire des photos. Oui, j'ai emporté un petit échiquier de voyage, nous pourrons y jouer dans le train, d'accord, j'ai même un jeu de cartes, on fera une belote avec Hubert si on arrive à avoir des places en vis-à-vis. Alice, elle, est complètement hermétique à tout ce qui est jeu de société. D'accord, on se réveille mutuellement…

Mon collègue angoisse, du coup il veut nous mettre la pression, il est vrai que c'est important, mais pas la peine d'avoir le trac l'avant-veille !

XXXIII.

Et voilà, je suis rentrée. Nous sommes tous les quatre euphoriques, le concert a été une réussite, l'organisateur nous a proposé une autre prestation, il contactera notre impresario. Aucune anicroche, personne de malade, rien n'a été oublié. On est venu nous chercher à la gare, l'hôtel était confortable, tout près du lieu du concert. Nous avons pu répéter dès notre arrivée, et le lendemain, la salle était à notre disposition. En plus nous avons bien mangé, sans excès évidemment. J'ai eu le temps de me promener un peu avec Alice, il y avait un centre-ville historique avec une superbe cathédrale, j'ai mitraillé le tout et envoyé des photos à Juliette.

Alice et moi en avons profité pour bavarder, je lui ai raconté brièvement, expliqué que Sean avait des ennuis, elle me dit qu'elle espère que cela s'arrangera, il est sympathique et nous avons l'air de bien nous entendre. Elle me confie qu'elle trouvait Mathieu bizarre, trop distant, et elle enchaîne sur sa propre vie, elle voit assez régulièrement quelqu'un, mais il n'est pas musicien, du coup il y a incompatibilité d'horaires... Eh oui, il ne faut pas s'étonner de ce que les membres des professions artistiques restent entre eux. Je lui conseille d'assister de temps en temps au cours de chant qu'accompagne Juliette, je lui décris l'ambiance, il y a peut-être un beau ténor (même baryton ou basse, ne soyons pas sectaires !) à piocher dans le cheptel...

Cela la fait rire, mais me confie qu'elle ne cherche pas à se faire remarquer... Du moins autrement qu'avec son violon, précise-t-elle quand je la regarde de travers. Elle me raconte que son amie d'enfance lui a envoyé un mail, elle et sa mère ont été ahuries de voir l'annonce de nos concerts dans une revue spécialisée, elle lui a dit : « alors, tu es célèbre ? »

Du coup, a-t-elle ajouté, elles ne vont plus oser m'inviter ! Et elles ont téléphoné à ses parents pour leur sortir quelque chose du genre « vous auriez pu nous dire que votre fille était quelqu'un de connu », alors que les parents en question n'ont jamais fait mystère des succès d'Alice. Ils ne devaient pas y prêter attention, les gens célèbres sont sans doute d'une autre race et ne peuvent être vos voisins du dessus...

On a bien ri en rejoignant nos collègues, qui eux mitraillaient la partie historique, tandis que l'organisateur s'affolait en se demandant où nous avions disparu, il avait ouvert la salle, il nous attendait avec un journaliste et le photographe local... Nous l'avons rassuré, nous nous sommes prêtés à la séance de pose en faisant quelque peu la tête et en précisant que nous étions musiciens, pas acteurs... Hubert nous a prévenus, le journaliste avait l'air de ne rien connaître à la musique, il lui a bien donné l'orthographe des noms des compositeurs, les titres, les dates, les styles, expliquant que « opus » signifiait « numéro de catalogue », qu'un « altiste » est quelqu'un qui joue de l'alto, c'est un violon plus grave, tout cela pour au moins éviter les grosses bourdes dans les articles. Le gars va-t-il écouter ses conseils ? On espère, et l'organisateur qui lui s'y connaît est présent.

Aujourd'hui, je suis chez moi, j'ai défait ma valise, je m'aperçois que je n'ai pas grand-chose à ranger, à part une boite de gâteaux que l'on nous a offerte, Chester me fait des câlins, je lui accorde un moment pour jouer, je lui dois bien ça, trois jours tout seul, c'est grave... Évidemment, j'exagère, mon quatre-pattes n'a pas l'air traumatisé.

J'ouvre le piano, je fais quelques notes... oui, c'est un peu raide après la journée dans le train, mais ça se remet en route.

Regardant les nouvelles, je trie machinalement les quelques revues qui traînent, je tombe sur le journal que j'avais acheté avant mon départ et que je n'ai pratiquement pas lu. Tiens ? Un article concernant le fameux jazzman décédé récemment... ah, il était gallois, comme Sean, a commencé sa carrière dans un groupe folklorique celtique... Il est possible que ce soit un meurtre, une enquête est en cours. Oui, bon, les journalistes brodent pour avoir des lecteurs, si cela se trouve il a forcé sur sa dose d'ecstasy ou d'autre chose, volontairement ou non. Qu'il y ait une enquête, c'est normal, il y a sans doute eu une autopsie. Du coup, je vois le docteur de charme de Juliette en pleine action et je rigole. Ce n'est pas charitable, mais j'imaginais ma copine flanquée d'un médecin légiste, qui lui raconte au dessert comment on remet les organes en place après examen... beurk, je ferais mieux de réfléchir à autre chose, le Grand-Guignol n'est pas vraiment mon truc.

Et ça y est, maintenant je pense à Sean. Ça m'agace, j'ai hâte de savoir si oui ou non il a fait quelque chose de répréhensible... Aurait-il frappé son amie qui lui faisait du chantage ? Je n'arrive pas à y croire, mais on ne connaît jamais vraiment les gens, n'est-ce pas, Mathieu ?

XXXIV.

Une journée à gamberger, enfin, en travaillant son programme, tout de même, le jour suivant nous avons répété, plus tard dans la semaine j'avais une messe de mariage à accompagner, des élèves veulent que je leur donne quelques leçons particulières, le dimanche je suis de service… Donc, du travail en perspective, tant mieux.

En revoyant un morceau que je dois jouer à l'orgue, je tombe sur un passage qui monte dans l'aigu… tiens, cela ressemble, attention. Non, je n'en veux à personne, silence, la note noire… Tout va bien, je redescends, et Chester n'a pas bougé du canapé. On sonne, c'est un élève, ces phénomènes telluriques ne sont plus à l'ordre du jour.

La semaine suivante, je pense à Cailin, si je l'appelais, pour bavarder un peu ? J'hésite, je n'ai pas envie de la déranger, mais si elle sait quelque chose concernant Sean… oh, certainement pas, c'est du ressort du pénal, cette histoire. Je l'appelle quand même.

L'Irlandaise est contente de m'entendre, me félicite pour le concert, elle avait vu l'annonce dans la revue et a pioché Internet pour trouver la critique du journal local. Je n'y avais pas du tout pensé, mes collègues non plus, d'ailleurs, elle me donne les références, il paraît que cet article est bien fait.

Concernant la note noire, rien de neuf, elle n'a guère eu le temps de faire des recherches ces derniers jours, et n'a eu aucune nouvelle de Sean. Quant à Artaban, il est toujours pareil, content de l'accueil fait à son livre, il accumule de la matière pour un autre, encore plus compliqué s'il est possible, bref il ne s'ennuie pas. Ils vont partir quelques jours en vacances à Saint-Malo, l'unique préoccupation de Monsieur est qu'il y ait une connexion Internet valable à l'hôtel. Il va passer ses soirées à faire des recherches, elle sent ça. Tant pis, elle sortira seule, c'est tout, elle a des amis tout près, elle ne les voit pas souvent... Je lui dis que si l'un d'entre eux est bronzé au retour et pas l'autre, je saurai pourquoi. Ah, non, elle me précise qu'elle ne peut pas bronzer, avec sa peau de rousse, elle se protège au maximum.

Je lui raconte ce que j'ai appris concernant Sean et son amie, elle est surprise, mais me fait tout de suite remarquer qu'il ne faut pas le prendre pour un criminel parce que la police est venue chez lui, il a peut-être été témoin de quelque chose, ou c'est lui qui les a appelés s'il a été menacé... C'est vrai, je n'avais pas pensé à ça, du coup j'ai peur pour lui. Pour elle, le mieux est d'attendre, de ne pas imaginer des scénarios de films, s'il m'a dit qu'il me tiendrait au courant... Elle ajoute qu'elle a eu à contacter son cousin pour des raisons professionnelles, ils ont parlé de lui, il l'estime beaucoup et le tient pour un homme sérieux, fiable, assez calé dans le domaine des traditions celtiques, et aussi fin musicien... Je la remercie et lui souhaite de bonnes vacances.

Le lendemain, je suis à l'orgue, cette fois c'est une messe commémorative, il y a des officiels, cela ressemble plus à une remise de médailles qu'à une cérémonie religieuse. Bon, occupons-nous de nos claviers, pas des décorations ni des écharpes tricolores. La cérémonie finie, j'essaie de m'esquiver, le curé me retient pour que le maire ait le temps de venir me congratuler, je reste polie, mais abrège les salamalecs, m'excuse en racontant au curé que je suis un peu pressée, il me dit « à dimanche ».

En fait d'urgence, la seule était de nourrir Chester ! Arrivée chez moi, j'explique à l'intéressé que Sa Majesté le Chat est plus importante que Monsieur le Maire, Madame l'Adjointe, Madame la Présidente de l'association et Monsieur le Curé. Le matou me regarde avec l'air de trouver la chose parfaitement normale. Bon, elle vient, ma pâtée ? Voilà, Votre Seigneurie.

Je pioche dans mon sac, prends mon téléphone qui est resté sur le mode silencieux, et découvre qu'il y a eu plusieurs appels d'un numéro de province. Oh, zut, encore un harcèlement publicitaire ! J'efface. Et ça sonne. Je m'apprête à incendier la personne, en lui précisant que j'ai toujours refusé des appels d'offres à chaque fois que j'ai donné mon numéro sur un formulaire. Juliette, elle, a une technique personnelle, elle drague le mec ou la nana en lui posant des questions sur son anatomie, lui demandant son adresse, sa vie privée, en général quand elle arrive à des détails sordides la personne raccroche. Bon, je prends, prête à me débarrasser vite fait des démarcheurs.

C'est une jeune femme, qui me demande si je suis l'épouse de Mathieu X... Je dois m'asseoir. Je parviens à dire qu'effectivement, nous nous fréquentions jusqu'à une période récente, mais que nous ne sommes pas mariés, que j'ai à présent quelqu'un d'autre — enfin, je m'avance — et que je crois qu'il n'est plus à Paris... Oui, tout à fait, il est comme elle à Lyon, elle est professeur à la faculté, membre du groupe de recherche sur le Moyen-âge, et Mathieu a été nommé dans son département d'histoire. Je m'étonne : mais il vous a raconté qu'il était marié ? Oui, ce n'est pas le cas, alors ? Je lui demande si elle... oui, elle est mariée, elle a un enfant, mais elle est séparée, elle a été contente de retrouver Mathieu qui est un bon ami et un collaborateur qu'elle estime beaucoup, il vient de s'installer à Lyon, pas très loin de chez elle, l'a contactée, ils se sont revus, apparemment ils ont toujours quelques inclinations l'un envers l'autre... Je lui dis que je trouve cela très bien, que lui et moi cela n'allait plus, j'ai une profession à horaires irréguliers, j'explique un peu... Il lui a raconté que je donnais dans les sectes, les histoires de sorcellerie, que je lui faisais honte en public...

Je lui précise qu'il a légèrement exagéré, je m'intéresse à l'ésotérisme, mais je suis avant tout musicienne, cela passe avant la vie privée, c'est une vocation qui exige quelques sacrifices, et puis... enfin, ça ne collait plus entre nous, c'est tout !

Elle préfère cela, mais c'est assez bizarre qu'il lui ait dit être marié, je suggère que c'est pour qu'elle ne cherche pas à lui aliéner sa liberté, oui, peut-être, mais avec elle il ne risque rien, elle a tout de même un enfant et est assez indépendante. Mais elle l'aime beaucoup, c'est quelqu'un de précis, de ponctuel, de rangé, qui a de l'ordre... Ah, si elle aime ce genre, elle sera servie, c'est sûr ! Elle me demande si je souhaite avoir sa nouvelle adresse, je réponds que son mail me suffit, si j'ai besoin de le contacter.

Par politesse, je la questionne : est-il bien installé, la chose semble-t-elle définitive ? Mais oui, me dit-elle, il a fait venir ses meubles, elle l'a aidé pour quelques aménagements, il a même acheté un piano, une voisine en cédait un pour pas cher, elle lui a indiqué un accordeur, il joue un peu...

Ses explications me font l'effet d'un coup de tonnerre. Bon sang, il a un piano, il en joue... il est vrai qu'il aimait bien, mais que dans son studio parisien il n'avait pas de place. Là-bas il a dû prendre un deux-pièces, et puisqu'il a trouvé un piano à vendre… J'essaie de conserver un ton de voix calme et indifférent pour lui demander depuis quand… oh, depuis le début des vacances scolaires, elle a eu le temps de le présenter à ses futurs collègues, car elle organisait un pot pour un départ à la retraite, il ne viendra qu'en septembre, mais il a pris des renseignements sur les travaux effectués, la documentation disponible… Bref, elle paraît bien contente de l'avoir dans son équipe, apparemment lui aussi… Alors, si tout le monde est content, pourquoi suis-je inquiète ?

Nous terminons notre conversation, je lui précise que comme nous ne nous sommes pas quittés en très bons termes, je préfère qu'elle ne lui parle pas de moi, il faut attendre… Oh, oui, elle connaît, elle aussi s'est séparée et attend un peu avant de mettre en place la procédure de divorce, effectivement, il faut laisser du temps au temps.

Je reste assise, je regarde Chester qui a un drôle d'air. D'abord, Mathieu raconte à son amie qu'il est marié, sans doute pour qu'elle ne cherche pas à s'installer avec lui, puis que je fais de la magie noire, et maintenant il achète un piano… J'ai beau me dire qu'après tout, il en a toujours joué un peu, que c'est une distraction comme une autre, je ne suis pas tranquille. Tel que me semble être devenu mon ex, j'ai l'impression qu'il va essayer de se venger… De quoi ? D'être cocu ? Veut-il détruire ce qui lui paraît être une secte satanique ?

Je fouille dans ma mémoire, lui ai-je fait du tort à un moment ou à un autre ? Mais non, jamais, il savait bien que je donnais des concerts, que je jouais de l'orgue le dimanche et les jours fériés, que je m'absentais de temps en temps, il l'acceptait, et ce depuis longtemps. Il est devenu hystérique à cause de l'histoire de la note noire ? Mais alors, c'est à Cailin qu'il devrait en vouloir, c'est elle qui a soulevé le problème. Ah, oui, elle a eu une grosse migraine, un jour, et moi, rien, mais il y a Sean, et son amie ingénieure... Peu importe l'heure, je téléphone à Cailin, il n'y a qu'elle qui peut avoir un avis sur la question.

C'est Jean-Claude qui me répond, il a une voix bizarre, il est inquiet, Cailin est à l'hôpital. Elle a passé une nuit à vomir, tout sortait par tous les bouts, et il y a eu du sang, il a appelé le Samu, il s'agit sans doute d'un empoisonnement. Je lui demande comment... vraisemblablement là où elle a déjeuné, près de son journal, le soir elle n'avait pas faim, ne se sentait pas très bien. La veille, ils avaient mangé la même chose tous les deux, rien à signaler. Il a téléphoné à son bureau, les deux collègues qui ont déjeuné avec elle ne sont pas venus travailler, ils ont été malades, c'est clair, le restaurant leur a servi un produit pas frais. Je lui dis que j'espère que ça va vite s'arranger, pourrai-je aller la voir ? Il me donne les coordonnées de l'hôpital, promet de me tenir au courant. Puis il me demande si j'ai eu des nouvelles de Sean, Cailin lui a raconté... Je suis presque surprise d'entendre Artaban, le chercheur toujours sur son petit nuage, s'intéresser à quelqu'un, se souvenir de ce qu'on lui a dit... J'avoue ne rien savoir, simplement qu'il y a des problèmes, une enquête de police, il ne contacte pas les amis pour ne pas les mêler à ça, certainement. Il trouve que c'est bien, correct, et me dit de ne pas m'inquiéter exagérément. Pour Cailin, elle est hors de danger, c'est un sale coup, mais elle s'en sortira indemne, peut-être devra-t-elle surveiller son alimentation pendant quelque temps, mais les médecins l'ont vite tirée d'affaire.

Je me traite d'idiote, mais ne peux m'empêcher de lui rapporter le coup de téléphone de la Lyonnaise. Là, il se met à rire, il connaît cette personne, qui est quelqu'un de très autoritaire, d'indépendant... Le Mathieu cherchait peut-être une Maman ? Qui lui donne le fouet quand il n'est pas sage ? Je me retiens de rire trop fort, j'imagine la chose... Et Artaban me raconte tout ça sur le même ton de voix égal, comme s'il s'agissait d'une conférence sur les écrits d'Érasme ou la musique mesurée à l'antique... Mais je me calme en me souvenant de l'existence du piano dans l'appartement de mon ex... Je reparle de Cailin, promets d'aller la voir si l'hôpital la garde quelques jours, félicite Artaban pour son livre que j'ai lu, pour une fois j'en ai à peu près compris le contenu... On se quitte, mon interlocuteur résume la situation, elle est grave, mais absolument pas désespérée.

Mais c'est moi qui m'affole, à présent, cette nouvelle m'a coupé l'appétit. Je regarde Chester, je soliloque, lui semble m'écouter... Je feuillette une revue, sans y prêter trop d'attention. Le chat vient vers moi, pose sa patte sur mon genou, il a l'air de vouloir me dire quelque chose... il incline sa tête pour que je le gratte derrière l'oreille, puis grimpe sur le canapé, récupérant au passage l'écharpe de Sean qui était en boule dans un coin. Par jeu, j'essaie de la prendre... non, il refuse de me la donner, il veut se mettre dessus. Bon, bon, c'est à toi, mais il va falloir la secouer, c'est plein de poils...

Le lendemain, je me réveille plutôt en forme, mais mon énergie accuse une sérieuse baisse dès que je me remémore tout ce que j'ai appris la veille. Bon, une seule solution : travailler ! Ce matin, piano, cet après-midi, j'ai un élève... Ah, il y a quelques courses à faire, je consulte plusieurs fois mon agenda pour vérifier que je n'ai rien oublié, et je m'installe devant mes partitions.

Tout va bien pendant une heure ou deux, puis je me lève, m'étire un peu, passe dans la cuisine... et voilà que j'entends une cacophonie... Chester ! Enfin, qu'est-ce qui t'arrive ?

Le matou est sur le clavier, du côté droit, il patoune consciencieusement sur les touches aiguës, puis il sautille, tape, on dirait un gamin qui veut imiter un virtuose. Je parviens à penser à refermer la porte, mais reste figée, sans l'empêcher, complètement ahurie.

En fait, l'intermède pianistique n'a duré qu'un court instant, et Chester descend du clavier et vient se frotter à moi. Je le prends dans mes bras, il a la queue un peu hérissée, c'est sûr, il a senti quelque chose. Et alors, mon gros, tu n'as pas besoin de provoquer l'apocalypse, il n'y a pas de guerre de déclarée, pas de cyclone sur le département des Hauts-de-Seine, pas d'épidémie de peste bubonique... Et je ne suis pas malade, personne ne m'a menacée... Enfin, pas que je sache, peut-être à distance... Bon, ça y est, tu es calmé ?

Comme tous les chats, mon greffier s'étire, me fait comprendre qu'il désire que je lui ouvre la porte, il fait ses griffes sur son poteau, prend un petit en-cas dans sa gamelle, revient, grimpe sur le canapé, récupère l'écharpe et s'installe confortablement avant de s'endormir. Fin de l'épisode.

XXXV.

Je passe une soirée tranquille, Artaban m'a appelée pour me dire que Cailin sortait le lendemain, avec toute une batterie de médicaments à prendre, l'hôpital lui a conseillé de porter plainte contre le restaurant, ses collègues qui ont eu quelques troubles devraient le faire aussi, du coup il s'en est chargé. Normal.

Les jours suivants, Chester est très calme, il ne pense qu'à manger, sauf quand mes élèves viennent et le font jouer avec une ficelle ou une boulette de papier, ça le distrait, il n'a rien contre les nouvelles têtes, si elles savent le traiter avec la déférence requise.

J'ai eu Cailin au téléphone, il paraît que le restaurant n'en est pas à sa première plainte, il va y avoir une inspection de la commission d'hygiène. Elle m'explique qu'elle et ses collègues déjeunent là depuis des années, mais que depuis le changement de propriétaire tout s'est dégradé, tant la propreté de la salle que la qualité de la nourriture et l'amabilité du personnel, qui change d'une semaine sur l'autre. Ils avaient décidé de leur donner une dernière chance... c'est vraiment la dernière ! Elle se sent à peu près bien, mais doit faire attention à ce qu'elle mange. Je compatis, moi non plus je n'aime pas faire la cuisine, mais il vaut mieux des nouilles à l'eau qu'un plat industriel bourré de conservateurs et dont la date est périmée... Jean-Claude s'en moque, il n'est pas gastronome pour un sou, il mangera ce qu'il y a, elle peut choisir ce qui lui convient.

Elle me demande des nouvelles… je reparle du coup de téléphone de la Lyonnaise, et n'oublie pas de lui raconter le dernier accès de folie de Chester. Sean ? Non, rien, pas de message.

Dans la conversation, elle m'apprend que le cousin de Sean connaissait le chanteur décédé, ils sont de la même région, sans doute mon ami le connaissait-il également, il se produisait aussi bien en France qu'au Royaume-Uni… Mon cerveau accélère son processus d'analyse, c'est donc pour ça qu'il a rencontré les flics, qui font une enquête… Bon, enfin, ce n'est pas si grave, ce n'est pas Sean qui a tué ce type, quand même. Mais, si on avait voulu l'entendre en tant que témoin, on l'aurait simplement convoqué, et il aurait pu m'en parler, alors que j'ai bien vu qu'ils sont venus chez lui…

Je file à l'église pour accompagner un mariage, l'esprit occupé par cette histoire. Sean, trafiquant de drogue, ou accusé de non-dénonciation de quelque chose… Ces musicos, ils ne peuvent pas bosser sans donner dans les stupéfiants ?

Je parviens à m'abstraire de toutes ces péripéties le temps de la cérémonie, j'ai choisi les morceaux avec la mariée qui a de bonnes connaissances musicales, la famille m'invite au banquet… Je refuse poliment, mon estomac vibre au diapason de celui de Cailin, j'ai des doutes sur tout ce que je vois dans mon assiette, même si je l'ai préparé chez moi, alors, un buffet où tout le monde met la main…

Chester m'accueille avec enthousiasme, apparemment, il s'ennuie, il veut jouer, manger, regarder la télévision, non, pas jouer du piano. Ah, dans ce cas c'est une bonne nouvelle, tu ne cherches pas à jeter des sorts sur les employés du Monoprix parce qu'il n'y avait plus de ta marque de croquettes préférée ? On cause tous les deux, et je m'aperçois qu'en ce moment, à part Chester, je n'ai personne avec qui bavarder le soir. Juliette, tu pourrais laisser un peu Don José tranquille et venir voir ta vieille copine ? Au moins, m'appeler ? Non, elle est absente. Oh, oui, elle accompagnait des chanteurs lors d'un concours, j'avais oublié. Comment faisais-je, avant ? J'avais les cours, les collègues, et aussi je discutais avec Mathieu, ou nous sortions... Et, ces derniers temps, j'avais Sean, et les histoires des petites croches tueuses nous occupaient beaucoup.

Et le téléphone ne remplace pas la présence, je m'en rends compte. Allez, un de ces soirs j'inviterai Alice, avant notre prochain concert. Voyons les programmes de télévision... ah, il y a un bon film, quand même. Ma pile à lire... ça va, j'ai encore des réserves de lecture. Tiens, mon portable qui se réveille, chic, quelqu'un pense à moi...

C'est la Lyonnaise, elle parle à toute vitesse, bafouille, je ne comprends rien... elle finit par reprendre son souffle, se rend compte que je n'ai rien saisi, et recommence ses explications. Mathieu est à l'hôpital.

Lui aussi ? Qu'est-ce que c'est que cette épidémie ? Je me remémore, dans l'ordre : Sean, puis sa copine, Mathieu une première fois, puis Cailin, maintenant de nouveau Mathieu... je sens que la prochaine fois, cela va être mon tour... et je n'inclus pas ceux que j'ai rendus malades, le collègue, l'organiste, même la mère d'élève...

L'universitaire retrouve son calme pour m'expliquer : Mathieu, étant pressé de s'installer, a pris un petit appartement dans un immeuble assez ancien, dont l'électricité et la plomberie n'étaient pas aux normes. Elle l'avait prévenu, lui avait conseillé d'attendre que les travaux nécessaires soient faits, mais il a emménagé quand même. Il y a eu une fuite d'eau qui a provoqué un court-circuit, le feu s'est déclaré dans son appartement. Il a sans doute essayé de sortir, mais le piano qui était près de la porte et touchait un fil électrique dénudé a pris feu et a explosé, Mathieu a été atteint par des éclats de bois et de métal, et intoxiqué par la fumée, comme d'autres locataires. L'immeuble est toujours debout, mais l'électricité a été coupée, il faut tout refaire en urgence. Mathieu est vivant, mais il va rester hospitalisé un moment, et comme il a un problème cardiaque, il est surveillé de près.

Je remercie sa collègue, lui dis que j'espère que tout s'arrangera... alors que le sort de mon ex-ami m'est à présent assez indifférent, quoique je n'aie jamais souhaité sa mort, tout de même. Et je préfère qu'il s'installe définitivement là-bas, après tout c'est lui qui l'a voulu. Je demande quand l'accident s'est produit... tiens, la nuit, peu après le dernier accès de folie de Chester... Ah, ça, alors... Ce peut être fortuit... non, il y a trop de coïncidences. J'appellerai Cailin demain.

XXXVI.

Cailin reste muette, puis a une espèce de sifflement, et parvient à retrouver la parole, lâche « c'est sérieux ! » Je donne des précisions, elle réfléchit un moment et dit, sur un ton que je trouve lugubre :

— C'est la note noire, sans aucun doute ! L'accident de Sean pouvait être le fait du hasard, mais pour Mathieu, c'est sûr, il t'a pris ton pouvoir. À deux reprises, il a essayé, la première fois ne lui a pas servi de leçon. Toi, tu n'as rien fait volontairement, tu étais vraiment importunée, tu as collé un mal d'estomac à ton collègue, pour la mère d'élève, tu as provoqué une maladresse, l'organiste a eu un malaise, mais rien de mortel, ta réaction était à la mesure du préjudice subi. Mathieu, lui, a agi comme un procureur qui aurait requis vingt ans d'emprisonnement pour quelqu'un qui a volé un paquet de biscuits dans un supermarché.

Sa comparaison me fait presque rire, mais je me mets à trembler. Ce pouvoir existe, donc... Et un inconscient qui m'en voulait s'en est servi sans discernement... Et Chester ?

— Ton chat ? Il l'a senti, d'ailleurs il avait attaqué Mathieu une fois, tu m'as dit qu'il a touché le piano juste avant cet accident. Il est le maître du jeu, alors... Et il a fait fort, avec un incendie... le piano a explosé ?

— Écoute, je n'y suis pas allée voir, mais c'est ce que sa collègue m'a raconté. Déjà, s'installer dans un appartement où l'électricité est à refaire, pour ne pas payer quelques jours d'hôtel, franchement...

— Il avait trouvé ce piano, il a absolument voulu essayer son pouvoir. Alors que s'il s'était contenté de jouer dans l'appartement, en allant dormir ou travailler ailleurs... Quoique, l'incendie ait pu aussi bien se déclarer en plein jour... Et les autres locataires ? Ont-ils été blessés, ont-ils subi des dommages ?

— D'après ce que sa collègue m'a dit, il n'y a pas eu d'autre blessé, des gens incommodés par la fumée, quelques dégâts réparables, mais par prudence on a évacué tout le monde et coupé l'électricité.

— C'est la moindre des choses ! Il est vrai que dans tous les centres des villes il y a des immeubles qui ne sont pas aux normes et qu'il faut refaire. Je vois chez nous, on a supprimé le gaz, mais on est toujours en train de bricoler une prise ou un robinet...

J'imagine le grand intellectuel en train de planter un clou... quoique, à présent j'ai la certitude que son air détaché des contingences terrestres n'est qu'une façade. Mais je me demande quelle attitude avoir, en face de ces cataclysmes déclenchés... par mon chat, apparemment ! Quand je fais part de mes préoccupations à Cailin, elle me répond sans hésiter :

— Encore une fois, ce n'est pas ta faute, et ton chat ne fait que te protéger. Réfléchis, tout peut passer pour des événements fortuits, l'accident de Sean, mon empoisonnement, et vu la façon dont Mathieu s'est comporté, il était sûr qu'il lui arriverait une tuile. Il a eu un problème une fois, ça ne lui a pas servi de leçon, il a continué à s'énerver au sujet de ses travaux, comme si le monde universitaire n'attendait que lui, il t'a sorti des réflexions sexistes… Il a eu la chance que ce poste à Lyon soit libre, dans le département de cette amie avec qui il s'entend bien, et il décide de s'installer tout de suite dans un appartement dangereux, il cherche encore à se venger de toi, de moi, de ses collègues qui ne reconnaissent pas son génie… Tiens, j'ai eu Günther au téléphone récemment, il voulait parler à Jean-Claude, j'ai entendu la conversation, Mathieu a refusé de collaborer avec lui pour un article, parce que son nom ne serait pas cité en tant que coauteur, mais comme simple collaborateur. Il a accumulé les indélicatesses…

— Franchement, il a bien caché son jeu. Quoique, je ne le connaissais pas dans son travail, et nous nous voyions peu la semaine.

— Je peux te dire qu'ils appréciaient ses compétences, mais le jugeaient trop tatillon. Jean-Claude, lui, le connaît depuis longtemps, il s'est fait une raison et Mathieu l'écoutait, tout de même, comme il faisait confiance au directeur.

— Mais qu'est-ce que je dois faire ? Bon, il est peut-être hors d'état de nuire, comme on dit, mais je m'inquiète pour Sean, il y a une histoire pas claire…

— Je ne sais pas quoi te dire, je trouve Sean sympathique, mais comme tu vois, on ne connaît pas vraiment les gens, peut-être a-t-il fait une bêtise, a-t-il voulu aider un copain, ou cette amie ingénieure, et il ne s'est pas rendu compte qu'ils avaient des fréquentations peu recommandables, ou faisaient du trafic de je ne sais quoi. Comme tu dis, ce n'est pas clair, mais puisqu'il ne t'a pas mise dans la confidence, ne cherche pas à le contacter, il t'expliquera. À moins qu'il ne se retrouve en taule !

— Ouille, comme tu y vas ! Enfin, heureusement, j'ai de quoi faire, des concerts, des déplacements en province, ça occupe. Mais dès que je suis seule, je gamberge.

— Sors, vois du monde, c'est ce que tu as de mieux à faire. Et attention en traversant la rue ou en descendant des escaliers !

— Oh, oui ! Et aussi, le plus important, je ne dois pas contrarier mon chat...

XXXVII.

Nous avons donné un concert, près d'ici, qui s'est très bien passé. On pense à nous pour un enregistrement, du coup nous travaillons tous d'arrache-pied, nous pouvons profiter de la grande salle de l'école de musique, en prévenant le concierge. J'ai invité Alice à dîner, elle m'a demandé des nouvelles de Sean, j'ai dit simplement qu'il avait des soucis de famille, elle n'a pas insisté. Elle est à un tournant de sa carrière, balance entre passer un autre concours international, et continuer avec nous. Évidemment, je préfèrerais la seconde solution, mais c'est à elle de voir, elle se concentre sur son travail, sur les choix à faire, sa vie privée est mise entre parenthèses en ce moment. Nous n'avons pratiquement parlé que de répertoire, d'interprétation musicale, devons-nous nous spécialiser dans une époque, un style donné, ou jouer un peu de tout... Il faudra que nous en discutions tous les quatre, avant de mettre au point un nouveau programme, et il faut aussi poser la question à notre bureau de concerts.

En faisant des courses, je rencontre Charly, qui me dit qu'ils vont répéter cet après-midi dans la salle de danse, si ça m'amuse de venir... Oh, oui, je suis d'accord, ça me distraira. Et tu m'expliqueras les principes de l'improvisation en jazz ? D'accord.

J'arrive à l'école, le gardien me dit qu'ils ne sont pas encore là, mais la salle est ouverte. Je m'installe au piano et commence à jouer un peu, calmement, je reste concentrée sur ma technique.

À un moment, voilà que je monte dans l'aigu... zut, j'en ai assez, fiche-moi le camp d'ici, toi, la note noire sur les touches blanches, je suis seule, personne ne me menace, alors... Je me rattrape, ralentis, replace mes doigts comme il faut et je continue. Doucement, laissons faire le père Bach, il sait vous remettre dans le droit chemin.

Je termine la pièce et me lève pour aller aux toilettes. Il y a du bruit, ce doit être Charly et ses musiciens qui s'installent. Je reviens, il y a quelqu'un dans l'entrée... Eh, là ! C'est l'ancien collègue, l'abruti dont on s'est séparés, il se précipite vers moi, m'empoigne et me crie dans la figure avec une haleine passablement avinée. J'arrive à lui flanquer un coup de pied dans les tibias, il me lâche, je l'insulte, et j'entends du monde arriver. Une jeune femme avec un étui de guitare qui entre se fait bousculer et traiter de « salope », elle réplique vertement, lève la main pour le gifler, Charly s'interpose et repousse le gars, en même temps quelqu'un me prend par les épaules et me tire en arrière... C'est Sean ! Il me lâche pour aider Charly à maintenir l'importun, pendant qu'un des musiciens appelle la police. Ils s'y mettent à quatre pour l'immobiliser, des agents arrivent, on s'aperçoit que le mec avait un couteau à cran d'arrêt sur lui, il est bon pour aller faire un tour au commissariat.

Sean et moi, nous nous regardons pendant quelques secondes, puis il me prend dans ses bras, m'embrasse et me dit tout bas « Pardonne-moi, et rassure-toi, c'est fini, tout va bien... » Puis il rejoint les autres dans la salle, ils ont besoin de se calmer un instant. L'un des musiciens demande qui est ce type, on lui explique, il était grossier, importunait les jeunes élèves de danse, on ne lui a pas renouvelé son contrat et il a pété les plombs. La conclusion du gars, qui l'a vu sortir son cran d'arrêt, est que Chicago a dû changer de place sur la carte… à moins que la Sicile n'ait dérivé ? Hilarité générale.

Tout le monde s'installe, je m'assieds à côté de Charly qui donne des indications au bassiste et au batteur qui sont nouveaux, pendant que Sean fait quelques mises au point avec la section des cuivres. On démarre, deux mesures… et c'est un gros fou rire, ils n'ont pas pris la même pièce.

Le calme revient, on recommence laborieusement, les choses se placent petit à petit. Entre les morceaux, Charly m'explique l'interprétation, la rythmique, je commente l'harmonie en lui faisant remarquer qu'il s'agit d'un Prélude de Chopin… il me dit en rigolant que j'ai tout compris, notre cher Frédéric a beaucoup servi de trame aux jazzmen. La guitariste me demande si je peux le jouer en « version originale », je m'exécute bien volontiers.

Suivent des improvisations, là je suis attentivement, j'apprends. Je m'aperçois que Sean a une sonorité superbe, apparemment il a récupéré l'instrument de ses rêves. Charly se laisse aller à la virtuosité, son péché mignon, il l'admet, mais se moque gentiment du bassiste qui n'apprécie pas ses accélérations. Il croit me choquer en continuant par une version swing de Bach qu'il juge iconoclaste, je lui réplique que papy Jean-Sébastien est un habitué des parodies et que j'aime bien son interprétation. Histoire de le titiller, je lui demande s'il ferait ça sur un orgue d'église, il me rétorque qu'il n'a pas son permis de conduire les chars d'assaut.

L'après-midi se termine, je n'ai pas vu passer l'heure et je sursaute en sentant la main de Sean sur mon épaule. Je retiens difficilement mon émotion, bafouille : « On pourra se parler ? » Apparemment, lui aussi a du mal à s'exprimer. Mais Charly et le batteur nous proposent de prendre un verre à côté, mon British se doit d'offrir la tournée en l'honneur de son nouvel instrument. Pas moyen d'y couper !

Notre pianiste vedette demande à Sean comment il a pu avoir si vite un remboursement de l'assurance. Eh, répond l'intéressé, je suis assuré à la compagnie où ma mère travaille, alors, ça aide. Bon, il a cassé sa tirelire pour compléter la somme, mais ça vaut la peine. Incapable de se taire, Charly me fait sursauter en abordant l'histoire du chanteur décédé, il savait que Sean le connaissait… Notre ami explique que l'enquête n'est pas terminée, mais le gars venait d'apprendre qu'il était atteint du sida, en plus d'être drogué jusqu'aux yeux, il a suffi de pas grand-chose pour qu'il y passe, il était à la fois affaibli et désespéré.

Se rendant compte qu'il a gêné le collègue, Charly change de sujet, plaisante avec le bassiste qui râlait au sujet de ses tempi trop rapides, et finit par reprendre son sérieux pour sortir son agenda, ils ont des concerts prochainement, tout le monde note, se fait préciser les adresses, les programmes, vérifie ses partitions.

Les musiciens s'en vont, Charly traîne, restant avec Sean et moi. Il s'excuse en demandant ce qui est arrivé à la jeune femme ingénieure du son, qui paraît-il fréquentait le chanteur… Sean hausse les épaules, elle a su récemment qu'elle était séropositive, elle a tenté de se suicider en apprenant la mort de l'autre, il s'est occupé d'elle en contactant sa famille qui l'a récupérée et emmenée, elle est soignée et surtout soutenue psychologiquement.

Je sursaute, c'était donc ça… Mais alors, Charly, tu la connaissais ? Oh, vaguement, je l'ai souvent rencontrée dans les studios, une technicienne très compétente, elle vivait plus ou moins avec le chanteur… Sean acquiesce, elle avait été son amie, ils étaient restés proches. Quand elle s'est retrouvée à l'hôpital, elle a appelé plusieurs personnes au secours, il a été le seul à l'aider, à venir et est parvenu à la convaincre de partir dans sa famille, il a hébergé le frère et la belle-sœur de la jeune femme, ils se sont relayés à son chevet, ses parents lui téléphonaient. Charly hoche la tête : « Enfin une famille digne de ce nom ! » Il a assez vu de gens en galère que leurs proches rejetaient parce qu'ils avaient fait une bêtise ou tout simplement pour des questions de vie privée ou parce qu'ils avaient choisi une profession artistique. Je reste silencieuse, je reconstitue les événements, effectivement, les absences de Sean... mais alors, pourquoi a-t-il eu la police chez lui ? Là, il va falloir que nous parlions en tête-à-tête.

Nous levons le camp, Charly me dit que je peux revenir lors de leur prochaine répétition, ce sera un peu plus sérieux, enfin si l'autre ne vient pas agresser tout le monde, il me demande si j'ai beaucoup d'admirateurs aussi violents... Je le traite de tous les noms, avant de partir avec Sean.

Sans nous concerter, nous nous dirigeons vers mon immeuble. Je le regarde, j'ai envie de lui, apparemment il a les mêmes intentions, mais je tiens à savoir.

— Bon, alors, pour ton amie, j'ai compris, tu as fait ce qu'il fallait, mais un jour j'ai vu une voiture de police en bas de chez toi. C'était pour toi ou pour un de tes voisins ?

Il ne lui vient pas à l'idée de me faire remarquer que je l'épiais, il répond immédiatement :

— Tu sais que cette personne a été mon amie, enfin, plus ou moins. Quand elle a connu l'autre, elle en est tombée amoureuse, c'était de la folie, elle était prête à tout pour lui. J'ai accepté le fait, nous n'étions pas vraiment liés, mais elle dormait souvent chez moi les soirs où elle travaillait tard, elle habitait assez loin. Elle m'avait laissé des affaires, je n'y ai pas prêté attention, mais elle a essayé de se suicider, par overdose, et il y a eu enquête. On a découvert qu'elle fournissait de la drogue à son chanteur qui ne tenait le coup qu'avec ça, plus des tranquillisants, plus des neuroleptiques, des amphétamines, que sais-je, enfin il était devenu une pharmacie ambulante et ça se ressentait en scène. En fait, ils ont tenté de se suicider ensemble, mais elle avait pris une dose moins forte et était en meilleur état physique. Quand elle a appris qu'il lui avait filé le VIH en prime, elle s'est effondrée, a demandé à voir plusieurs amis, j'ai été le seul à venir. D'autres, ça a été « j'ai pas envie d'attraper ça » ou « je ne fréquente pas les camés ».

— Eh oui, c'est ce que disait Charly. Encore heureux qu'elle t'ait eu, et que sa famille soit là...

— Mais, du coup, la police m'a interrogé, ils voulaient savoir comment elle et son ami se procuraient leurs drogues.

— Et tu as été suspecté...

— Eh oui, un musico, quand ce n'est pas un alcoolo, c'est un camé ! Bref, je les ai quasiment invités à venir fouiller chez moi, je savais qu'elle avait laissé des objets personnels, je préférais que ce soient des policiers qui y touchent. Heureusement, il n'y avait que des affaires de toilette, et une clé USB qu'ils ont examinée, il y avait un enregistrement musical auquel elle devait tenir, plus des photos. Je leur ai demandé de ne pas citer mon nom, car évidemment les journalistes vont délayer pas mal de pages sur une histoire d'amour qui si cela se trouve va devenir un scénario de film ensuite, c'était quelqu'un de célèbre.

— Je t'avoue que je n'ai jamais aimé ce mec, il avait l'air malsain et sa musique était monotone, il reprenait sans cesse les mêmes standards.

— À ses débuts, non, mais après, effectivement, à cause de son état, il ne s'est plus renouvelé. Son succès baissait, ça a joué sur son moral.

— Alors, maintenant, la police te laisse tranquille ?

— Oui, j'espère. Et les médecins aussi.

— Eh ? Parce que...

— On m'a fait toute une batterie de tests, tu penses bien, je leur ai dit que j'avais eu des rapports avec elle, mais c'était il y a assez longtemps, je voulais être sûr avant de te revoir. Mais alors, et toi ? Cailin que j'ai eue au téléphone a fait un séjour à l'hôpital, ton Mathieu a pété les plombs, ton chat est devenu un grand gourou, raconte !

Je me rends compte que nous avons fait un détour par un square pour pouvoir discuter tranquillement, j'aperçois mon immeuble, je regarde Sean, il me regarde, il est temps... Embrasse-moi, mon beau Dumnorix... Après, on va chez moi, et je t'explique.

Nous sommes à peine arrivés que Chester bondit vers Sean et se frotte à lui, grimpe après sa jambe, c'est tout juste si j'existe. Il quémande une caresse, reste collé à lui, heureusement que je ne suis pas jalouse...

Je lui raconte tout ce qui s'est passé, en m'efforçant de respecter l'ordre chronologique. En prime, j'ajoute la nouvelle passion lyrique de Juliette, afin de détendre l'atmosphère. Mais, quand j'aborde l'épisode de l'empoisonnement de Cailin et l'incendie dans l'appartement lyonnais de Mathieu, Sean est abasourdi.

— Alors là, c'est sérieux ! Ce gars qui n'y croit pas, que ça énerve en plus, qui décide de s'en servir quand même... ce n'est pas charitable, mais pour moi il n'a eu que ce qu'il mérite... Que l'on y croie ou pas, c'est se renier soi-même...

— Oui, cela me fait penser aux gens qui clament bien haut qu'ils sont athées, qui disent du mal des religions à qui veut les entendre, mais qui tiennent à faire baptiser leurs enfants « parce que ça se fait » ou « on ne sait jamais, si des fois ça sert »...

— C'est un peu ça, mais en plus grave... Ma chère Belisama, votre pouvoir est grand, si vous avez pu le transmettre à un incroyant...

— Mon pouvoir ? Ah, non, je n'en veux plus ! J'ai joué tout à l'heure dans la salle, j'ai failli déraper dans l'aigu, j'y ai pensé et du coup je me suis dit que j'en avais assez de cette histoire, s'il m'a pris mon pouvoir, qu'il le garde !

— Mais non, ma belle, on ne s'en débarrasse pas comme ça. Tu n'as pas à vouloir ou pas, cela se manifeste quand tu en as besoin, la preuve, il ne t'est jamais rien arrivé, mais tu as éloigné des personnes... je dirais toxiques.

— Oui, mais ton accident ? Et Cailin ? Et ce qui vient de t'arriver ? Est-ce que par hasard je n'aurais pas attiré quelques tuiles...

— Belisama se prend pour une « groac'h », maintenant... C'est une sorcière, et tu es loin d'en être une. Tout ce qui s'est passé peut sembler dû à des causes naturelles ou à des problèmes techniques. Mais il y a eu un déclencheur à chaque fois. Mon accident, tu m'as dit que Mathieu avait joué du piano chez toi, et aussi dans un amphi de la fac. Cailin, elle, baigne dedans du fait de sa profession, elle a le pouvoir, comme tout le monde, mais se méfie, sauf dans le cas du cactus que tu m'as raconté, mais là c'était plutôt amusant. Son empoisonnement, certes, il s'explique, d'ailleurs elle et ses collègues avaient déjà des doutes concernant ce restaurant, mais Mathieu s'était déchaîné à balancer des notes noires à tort et à travers, il s'est pris un retour de bâton. Parce que ton pouvoir est grand, mais en plus tu es aidée. Tu vois comment ?

— Aidée ? Qu'est-ce que tu racontes ?

Sean sourit — aïe ce sourire, je fonds ! Je me reprends pour écouter ses explications. Voilà qu'il regarde mon animal à quatre pattes qui trône à présent tel le sphinx sur une étagère et nous observe, il a l'air d'approuver les dires de Maître Dumnorix.

— Tu penses que… ce serait Chester qui…

— D'après ce que tu m'as raconté, c'est lui le maître du jeu, il te protège, et apparemment moi aussi, puisqu'il a griffé Mathieu et qu'il me fait des câlins depuis que je suis entré.

— Chester, maître du jeu… c'est exactement l'expression qu'a employée Cailin… Il serait un diable, non, pardon, un sorcier ?

— Qu'est-ce que tu vas chercher ! On n'est plus au Moyen-âge, et encore, même à cette époque, on a toujours apprécié les chats pour leurs talents de chasseurs de souris. Non, ils sentent les phénomènes telluriques, les chiens aussi, d'ailleurs, mais là où les chiens fuient ces zones dites « négatives », les chats, eux, s'y installent et neutralisent les ondes. Je suis sûr que Mathieu te visait, mais Chester a fait dévier la note noire, comme si l'on avait intercalé un miroir qui renvoie le reflet. Et là où ton copain aurait simplement chopé un mal de reins ou d'estomac pour avoir utilisé ce pouvoir à mauvais escient, le phénomène a doublé de puissance. Et que le piano ait explosé prouve bien qu'il a fallu beaucoup de force pour que cela se produise. Mais, dis donc, Chester… tu as toujours l'écharpe ?

— Oh, oui, regarde, sur ce coussin, j'ai essayé de la prendre pour la secouer, pas moyen, il s'y agrippait.

— Merci, Chester, ton aide a été efficace... Mais maintenant, il faut que tu te calmes, les choses sont rentrées dans l'ordre.

Le matou toise Sean comme s'il voulait dire « Ce n'est pas un humain qui va m'apprendre mon métier », et retourne sur son coussin, s'installe et bientôt on ne voit plus qu'une boule de poils dormant du sommeil du juste.

XXXVIII.

Ce rêve est si agréable, je ne veux pas me réveiller... non, je suis bien, il fait chaud... mais... non, c'est réel, il est bien là...

Sean me tient dans ses bras, me réveille doucement, mais nous éclatons de rire quand Chester nous saute dessus, il se fait tard et il a faim. Désolé, le chat, ton personnel humain a des désirs qu'il faut satisfaire, tu peux patienter un moment, quand même... Je suis euphorique, je me rends compte que ces derniers jours, à part lorsque je jouais, je n'arrivais pas à penser à autre chose qu'à mon Dumnorix, et que maintenant je n'ai plus qu'une envie, lui... oh, et la musique, aussi, ce n'est pas incompatible !

Nous avons le temps de prendre notre petit déjeuner, après avoir servi Chester, il va sans dire. Nous bavardons un court instant, et voilà mon téléphone qui retentit.

C'est Juliette, qui bafouille, crie, pleure à chaudes larmes. Allons, bon ! Quoi ? Il t'a trompée ? Je croyais que vous restiez libre, tu n'as qu'à en faire autant. Quoi ? En public ? Qu'est-ce... Oui, la couverture de ce journal... Elle me raconte une histoire d'article dans une revue de style « people ».

J'allume l'ordinateur, je cherche le site, ah, voilà, ce genre de feuille de chou qui publie toutes les photos de célébrités qu'il peut dégoter... Ah, oui, c'est Claudio, en couverture, tenant dans ses bras une charmante jeune actrice… ah, bon. Et c'est pour ça que tu me réveilles ? Je ne peux pas accéder à l'article, lis-le-moi.

Elle se mouche, froisse des pages, et trouve ledit article qui annonce « la dernière conquête de la belle Sandra X…, un jeune chanteur d'opéra prometteur ». Enfin, Juliette, tu perds la tête ou quoi ? Tu sais comment sont ces journaleux. Et la photo est très bien prise, ils ont plus intérêt à le portraiturer avec cette actrice qu'avec sa pianiste répétitrice, non ? En plus, tu connais l'animal, si tu fais une dépression à chaque fois qu'il soulève une starlette, une championne sportive ou une politicienne, du moins si un de ces journaux pour salle d'attente le raconte, tu vas finir à l'asile ! Là, il a une page de couverture, son impresario va se jeter dessus et s'en servir pour lui donner un premier rôle tout de suite, tu penses !

Juliette est parvenue à m'écouter sans sangloter ni se fâcher, elle respire un bon coup, me dit qu'il lui a envoyé un SMS passionné, le salaud ! Je la gronde gentiment, elle l'a voulu, elle savait à quoi s'attendre. D'ailleurs, il t'a demandée en mariage… Ah, oui, c'est vrai, mais peut-être fait-il le coup à tout le monde… Eh bien, s'il te redemande, tu n'as qu'à accepter, pour voir, ce sera un test concluant. Il va venir ? Non, seulement dans trois jours ? Eh, bien, va te changer les idées avec un de tes fonds de penderie, comme tu dis, je suis sûre que tu as négligé ton toubib ces derniers temps. Oui, c'est vrai, elle n'a rencontré personne depuis… Alors, ma vieille, tu es en manque, calme-toi et fais ce qu'il faut, tu en as la possibilité.

Ma copine se calme et s'excuse, elle ne m'a pas demandé de mes nouvelles. Elle me dit qu'il faut qu'on se voie, que je vienne avec mon beau druide.

J'entends un bruit, c'est son téléphone qui émet un signal d'appel, elle me prévient et me prie de rester en ligne. J'en profite pour mettre Sean au courant, il étouffe de rire en me disant qu'effectivement, elle l'a voulu. Et puis, si cela se trouve, eux deux, ça peut marcher très bien, avec un petit orage de temps en temps, ça permet d'arroser la pelouse… Je lui fais remarquer que pour ce à quoi il pense, on dit « le gazon ». Bon, bon, d'accord, dit-il en prenant un air très innocent et en demandant son avis à Chester qui daigne lever une oreille avant de se rendormir, ces questions de sexe qui tourmentent toujours les humains ne le concernent pas, nous devrions le savoir.

Ah, pardon, Juliette, j'allais raccrocher. Alors ? Comme par hasard, c'était son docteur Mamour, il s'ennuie, et il est libre ce soir… C'est parfait, amuse-toi bien ! Ah, demain ? D'accord, on vient dîner, mais tu vas être fatiguée… Non, ne te vante pas. On apporte ce qu'il faut, dans ce cas.

On se quitte, je m'aperçois que je n'ai même pas demandé son avis à Sean, je lui fais part de l'invitation, il est d'accord, il a besoin d'une soirée un peu détendue. Quoique, je vais raconter à ma copine ce qui m'est arrivé, ainsi qu'à Mathieu, Cailin, et ton histoire… Il me dit que puisque les choses se sont calmées, cela ne le gênera pas.

Sean doit passer chez lui prendre son instrument pour aller répéter, mais avant il aimerait… Tu veux que je te joue le quatrième Prélude de Chopin ? Mais bien volontiers. Je m'installe au piano et m'efforce de trouver la plus belle sonorité pour cette pièce qui est maintenant devenue notre signal, notre hymne, notre petit jardin secret. Bon, pour la version de Chick Corea, pour l'instant je la laisse à Charly.

Je passe la matinée à mon clavier, je ne relâche pas mon attention, je sens que toutes les préoccupations que j'arrivais à contenir sont en train de disparaître, me donnant un surcroît d'énergie. Attention, pour Mozart, il ne faut pas se déchaîner, et quel que soit le compositeur il faut toujours garder une petite réserve, c'est un conseil qu'Alice a reçu d'un grand maître. Je suis interrompue par un coup de téléphone de mon curé qui m'avertit qu'une cérémonie prévue après-demain a été annulée, qu'il compte sur moi pour dimanche... Je le préviens de mes absences prochaines, il note, il va s'arranger avec mes collègues. Du coup, je pense à cet examen d'orgue que j'avais envie de passer, puis-je me permettre, avec les concerts... Jouer à la messe ne me fatigue pas exagérément, je ne choisis pas des œuvres difficiles, mais donner un récital ou enseigner l'orgue demande de la disponibilité, pourrai-je cumuler ? J'exposerai le problème à mon professeur. Et puis, laissons filer l'été, après les concerts et l'enregistrement, où en serons-nous ?

Je sors un instant, achète un quotidien. Au kiosque, je tombe sur la revue avec la photo de Claudio et de la belle actrice, je rigole toute seule. Ayant envie de m'aérer, je m'assieds sur un banc du square, déplie le journal et manque m'étrangler en voyant l'article sur la mort du chanteur. Ces journaleux ont cité le nom de la jeune ingénieure, précisé qu'elle était atteinte du VIH, qu'elle était dans sa famille, en donnant même le nom de la ville. Bande de fouilleurs de poubelles ! Ça, c'est une violation du secret médical. Non, Sean n'est tout de même pas mentionné, juste « un musicien de ses amis a prévenu la famille ». Je vois venir le procès, comment veulent-ils que la jeune femme sorte de dépression avec cet étalage... Apparemment, c'est le cadet de leurs soucis, ils considèrent les milieux artistiques comme des creusets de vice et de maladies graves inguérissables, bons pourvoyeurs de sujets d'articles à scandales.

J'hésite un instant, et envoie un SMS à Sean. Même si cela ne lui fait pas plaisir, il faut qu'il prévienne la famille de son amie, qui ne va pas forcément avoir connaissance de cette parution, et ils doivent porter plainte. Rentrée chez moi, je trouve un message, il a répondu immédiatement, il me remercie, il vient de lire l'article dans le journal qui traînait dans le studio, tout le monde est choqué, il va appeler qui de droit, bien sûr.

Je me remets au clavier, Mozart, Schubert... Et je reprends une pièce de Bach que je joue souvent à l'orgue, il me faut la garder dans les doigts. Elle descend dans le grave, monte vers l'aigu, je n'ai pas de pédalier, mais mime le mouvement. Et voilà que mes yeux tombent sur le journal et que je tape « do-si-do », dans l'aigu. Zut, encore ! Je ne regarde pas, je ne veux pas voir les petites croches, non, faites que personne ne soit malade, n'ait d'accident, ne soit cassé ou brûlé, je n'ai pas cherché à me servir de ça, enlevez-moi ce pouvoir, je n'en veux plus.

Je sens quelque chose contre ma jambe, c'est Chester qui se frotte. Il me fixe, grimpe sur mes genoux, cale sa tête contre ma poitrine, il a l'air de me dire de me calmer, de m'occuper de lui pour éviter... Quoi ? De l'énervement ? Bon, ça va, mon gros, je me calme. Mais si j'ai provoqué... Il se frotte à nouveau contre moi, apparemment il ne veut pas que je m'en fasse, il n'y a rien de grave...

Du coup, je me demande si les petites croches... Je me moque de moi-même quand je regarde par terre, comme a dû le faire Mathieu qui avait cru que j'avais renversé du poivre sur le piano. Reprenons le morceau, ça va, Chester, tu me laisses travailler ? Je dois le pousser pour qu'il descende de mes genoux, il reste à côté. Bon, d'accord, tu écoutes et tu me dis si je joue bien.

Papy Bach me remet les idées en place, et plus tard Sean rentre, avec son instrument et une valise, comme je le lui avais proposé. Nous avons décidé de faire un essai de vie commune, nous ne nous gênerons pas pour le travail, lui répète le plus souvent dans un studio, ou avec Charly à l'école. Le jazzman a un grand fan en la personne du gardien qui, parti en vacances, lui a laissé un double des clés. En plus, Sean a reçu le renouvellement de son contrat d'enseignant, il est rassuré. Seul problème, il ne peut pas encore passer le concours pour être titulaire, il a demandé à avoir la double nationalité, mais l'administration traîne comme toujours.

Je lui parle de l'article, de ma réaction de tout à l'heure, il me dit de ne pas m'en faire, il a contacté le frère de son amie, qui l'a remercié et a assuré qu'ils allaient immédiatement porter plainte et exiger un démenti. Que ce soit vrai ou faux, l'état de santé de la jeune femme et son lieu de résidence n'ont pas à être révélés. D'ailleurs, des articles sur le chanteur, tous plus rocambolesques les uns que les autres fleurissent, le faisant passer aussi bien pour une innocente victime d'un impresario sans scrupules que pour un trafiquant de drogue ou un gourou de secte satanique. Les journalistes ne trouvent sans doute rien de mieux à se mettre sous la dent en cette période estivale...

XXXIX.

Notre dernier concert a été un beau succès, dans un décor magnifique, et, comble de bonheur pour moi, Sean est venu, il tenait à nous écouter et à visiter cette ville historique. En plus, on n'a pas entendu Michel râler en transportant son violoncelle, car, pour trois cents kilomètres, il était plus simple de louer un minibus. Sean s'est offert à le conduire, Hubert en a profité pour emmener sa femme et son fils, nous sommes partis pour une belle ville de Bretagne.

Nous avons pu répéter comme il faut, tout s'est bien passé. Le lendemain, Sean et moi ne traînons pas, nous avons décidé de visiter la ville, nous retrouverons les collègues l'après-midi pour rentrer.

Nous sommes sur les remparts du château, le gardien des Marches de Bretagne. Sean me parle de la légende de Mélusine, tiens, une autre fée, pardon, la fille d'une fée et d'un mortel, dont nous avons vu la représentation sur un vitrail. Attention, ma chère Belisama, proteste mon druide, vous n'avez rien de commun avec cette malheureuse condamnée à être serpente au-dessous du nombril tous les samedis soir. Vous avez un destin magique que vous tracez au bout de vos doigts...

Il a été particulièrement impressionné par le concert, la beauté de la musique était magnifiée par le décor. Il me dit que je ne dois pas rejeter mon pouvoir, il est là pour me défendre. Nous restons accoudés au parapet pendant un long moment, mais il nous faut descendre lorsque nous apercevons Michel et Alice qui nous font de grands signes depuis la rue en contrebas.

Le retour est un peu plus pénible que l'aller, nous avons eu beau partir tôt, la circulation est toujours chargée en arrivant sur Paris. Après avoir déposé les amis et rendu le véhicule, nous sommes rentrés retrouver Chester qui nous salue sans manifester exagérément son enthousiasme ni nous faire la tête.

À peine avons-nous déballé nos affaires que le téléphone s'énerve. C'est Juliette, elle s'excuse, elle a été stupide, elle a reçu mes photos — je lui en envoie à chaque déplacement — et nous apprend que... enfin, elle a dit oui, et Claudio n'a pas eu l'air surpris, il n'attendait que ça, il veut quelqu'un en qui il puisse avoir confiance, qui lui pardonne si de temps en temps... Ah, bon, il est prévoyant ! Et à qui il laisse sa liberté. Tout de même. Je trouve ça bizarre, un ténor qui a une réaction intelligente et ne se fait pas d'illusions... Juliette proteste, j'exagère, les musiciens se sont toujours gaussés des chanteurs, c'est injuste... Je calme ma copine avant qu'elle ne me fasse une scène, lui demande pour quand... bon, à la rentrée, d'accord, je serai ton témoin. Et moi ? Mais tout va bien, Belisama est très bien avec son Dumnorix, c'est plus peinard que Mario et Tosca, tu ne trouves pas ? C'est trop calme, me dit-elle, elle a besoin d'une météo où les ouragans alternent avec les périodes de canicule, où la neige balaie d'un coup la brise du printemps... D'accord, j'ai l'impression que tu vas être servie ! Si nous sommes libres le...

Je pose la question à Sean, il regarde son agenda, pas de problème, nous venons, on décrira un peu à Claudio nos frasques passées... Oh, je peux, dit-elle, ça ne lui fera ni chaud ni froid, il en a vu d'autres. C'est vrai, les anecdotes de fosses d'orchestre, j'en ai assez entendu raconter par Michel et Hubert...

Le lendemain, Sean fait une recherche sur l'ordinateur pendant que je tricote mes gammes. Et tout d'un coup... zut, qu'est-ce... Évidemment, je suis en Do Majeur, je peux aller au bout du clavier, pas la peine de s'affoler. Je tapote « do-si-do », tout doucement, Sean se retourne et me dit « Alors, encore en train de jeter des sorts ? »

Je lui balance une partition à la figure, il éclate de rire, cela réveille Chester qui se dresse, nous regarde, l'un puis l'autre avec un air incrédule. S'il pouvait se taper le front, il le ferait. Il soupire et se roule de nouveau en boule. Apparemment, les puissances telluriques sont en train de dormir paisiblement, comme lui, et n'ont pas à être dérangées. D'accord, maître.

Table des matières

Du même auteur :

Monsieur Barbotin, Maître en Musique
Books On Demand, 2012

Le Réveillon de Socrate
Books On Demand, 2013

Je m'ennuie...
Books On Demand, 2015

La Vengeance de Shiva
Create Space Independent Publishing Platform, 2015

L'Ombre s'étendit sur le Jardin
Books On Demand, 2016

Les Eaux Profanées
Books On Demand, 2016

Nestor, un cheval dans la Grande Armée
Books On Demand, 2017

Je joue du violon et je déteste les gares
Books On Demand, 2018

L'Île au Nord du Monde
Books On Demand, 2020

Piano et Balalaïka
Books On Demand, 2020

LES ENQUÊTES DU SUPERINTENDENT ROCKWELL :

La Mort dans les Cromlechs
Books On Demand, 2016

Le Mort de la Fontaine Romaine
Books On Demand, 2020

Présentation des romans,
compositions musicales, pièces pédagogiques et arrangements :

Voir le site :
utmineur.jimdofree.fr

Voir aussi le blog :
michelinecumant.blogspot.com/